Two Different Worlds

Die Verlorene Heldin

Trouble Black

*»Ich habe es geschafft,
ich habe den Zauber gebrochen.«*

- Bonnie Bennett
(The Vampire Dairies)

Lektorat:
Franziska Eife

Covergestaltung:
Ria Raven

Satz:
chaela (www.chaela.de)

Herstellung und Verlag:
Books on Demand, Norderstedt

© 2020 by Trouble Black, 1. Auflage 2020

ISBN: 978-375262-610-0

Bibliografische Information der Deutschen Nationalbibliothek:
Die Deutsche Nationalbibliothek verzeichnet diese Publikation in
der Deutschen Nationalbibliografie

Detaillierte bibliografische Daten sind im Internet über
www.dnb.d-nb.de abrufbar.

TROUBLE BLACK

DIFFERENT Two Worlds

die verlorene Heldin

Prolog

Man hörte nur das leise Klappern von Besteck auf Porzellan und das gelangweilte Tippen meiner Finger auf die dunkle Tischplatte vor mir, wie ich diesen Tisch doch hasste.

Ich schaute zu dem anderen Ende des Tisches, mein Vater löffelte genüsslich seine Suppe. Wie ein König thronte er am anderen Ende des Tisches, ein dunkler, großer, grausamer König. Zufrieden mit der Welt und sich, denn er hatte das bekommen, was er wollte, oder zumindest glaubte er das. Wütend schnaubte ich, wie konnte er nur etwas essen, mir war ja selbst ganz furchtbar schlecht. »Margret, ist alles okay?«, fragte meine Mutter mich lächelnd in dem krampfhaften Versuch, ihre kleine, perfekte Welt aufrecht zu erhalten. Ich schnaubte erneut, das Schnauben klang viel zu laut in der bedrückenden Stille des Raumes, natürlich war nicht alles okay, nicht nach all dem, was mein Vater mit mir vorhatte. Nicht nachdem, wie sie mich über Jahre behandelt hatten. Wie sie mich jetzt immer noch behandelten!

»Ist das dein Ernst? Ihr wollt mich zwangsverheiraten, nur weil ich schwanger bin. Von einem One-Night-Stand?«, schrie, nein brüllte, ich wütend, ich war aufgestanden, da ich keine weitere Sekunde an diesem Tisch in dieser Stille verbringen konnte. Verbringen wollte. Allein schon der Gedanke, mit diesen Menschen, nein Monstern, auch nur noch eine Sekunde länger verbringen zu müssen, schmerzte mich. Ich musterte meine Eltern angewidert, Robert und Luisa Fairchild waren eindeutig verrückt. Einfach und unwiederbringlich verrückt!

Nicht einmal der Teufel könnte die beiden und ihr Verhalten gutheißen. Wütend stapfte ich los in mein Zimmer, ich würde lieber mit weißen Haien speisen, wobei ich die Mahlzeit wäre, als mit den beiden auch nur noch eine Sekunde freiwillig verbringen zu wollen. »Margret, bleib stehen!«, doch ich blieb nicht stehen, ich wollte nur noch raus hier. Weg von diesen Monstern! Am besten so weit weg, wie ich nur konnte. Ein anderes Land klang auf einmal doch sehr verlockend, warum hatte ich bloß die Uni in Hamburg abgelehnt, die mich vor drei Jahren aufgenommen hätte? Ach, ja richtig! Mein Vater hatte das nicht gewollt!

»Komm sofort zurück, Fräulein!«, brüllte mein Vater mir hinterher, er hatte bestimmt wieder ein ganz rotes Gesicht so wie immer, wenn er wütend wurde, doch ich hörte gar nicht auf ihn.

Ich stapfte hoch in mein Zimmer und verschloss die Tür hinter mir, ich drehte mich um, als ich ein Lachen hinter mir hörte. Es konnte niemand in meinem Zimmer sein!

Doch als ich mich umdrehte und mein Zimmer genauer unter die Lupe nahm, fiel mir auf, dass mitten im Raum ein junger Mann stand. Ein mir bekannter junger Mann. »Leon ...«, geschockt starrte ich auf den Jungen im Alter von 20 Jahren, zumindest ging ich davon aus, dass er 20 war. Wir hatten, als wir uns in dem vollen Club kennengelernt hatten, nicht wirklich Interesse am Reden gehabt. Der Dunkelhaarige hatte seine Hände in den Vordertaschen seiner engen schwarzen Jeans vergraben und grinste mich an.

Wie war der Vater meines Kindes hier bloß hereingekommen? Ich schaute schnell zur Seite, doch das große Fenster war geschlossen und die babyblauen Vorhänge hingen immer noch offen an den Seiten der Fensterbank, auf der auch immer noch all meine Mini-Kakteen standen, und zwar genau da, wo sie hingehörten. Und selbst wenn er es versucht hätte, er wäre gar nicht erst zu meinem

Fenster, was im zweiten Stock ist, hoch- gekommen, da der alte Kastanienbaum letztes Jahr, als es so gestürmt hatte, gefällt werden musste. Weil er sonst möglicherweise auf das Haus gefallen wäre. Und woher zur Hölle wusste er, wo ich wohnte? Er wusste ja noch nicht einmal meinen Nachnamen. Außer meine beste Freundin Katie hätte ihm das erzählt. Aber soweit ich wusste, kannten sich der Dunkelhaarige und die Platinblonde nicht einmal. Leon kam einige Schritte auf mich zu.

Auf dem ebenfalls babyblauen Teppich hörte man seine schwarzen, schweren Stiefel, die sehr an Soldatenstiefel erinnerten, nicht einmal. »Hallo Margret, es ist schön, dich wiederzusehen.«, er grinste mich, wenn möglich, noch breiter an und wenn ich ehrlich war, machte mir das Angst. Auf einmal kam er mir viel bedrohlicher vor als damals in dem Club, in den meine beste Freundin mich geschleift hatte, weil es ihr Geburtstag war. »Woher weißt du, wo ich wohne? Hat Katie dir das verraten und wie bist du hier hereingekommen?«, ich verfluchte innerlich meine Stimme, die bebte und mich wie ein ängstliches kleines Mädchen klingen ließ, was ich eindeutig nicht mehr war.

Aber ich war alleine mit einem wildfremden Typen in meinem Zimmer! »Oh Margret, ich weiß sehr viel, wie zum Beispiel, dass das Kind in deinem Bauch ein Mädchen wird und mir helfen wird, frei zu sein.« Bitte was?! Wie zur Hölle sollte er das wissen, ich wusste es ja selbst erst seit einer Woche. Sofort begann mein Gehirn, sich Theorien auszudenken, zum Beispiel, dass er bei dem Frauenarzt arbeitet, zu dem ich gegangen war und er sich meine Akte angesehen hatte. Aber selbst das erklärte nicht, wieso er hier war, in meinem Zuhause, in meinem Zimmer. Er hatte kein Recht, hier zu sein.

»Was, was meinst du, mit frei sein?«, ich wich zurück, doch schon bald spürte ich die Türklinke in meinem Rücken, die Kälte der Klinke half mir nicht gerade, mich zu entspannen. Innerlich fluchte ich über meine eigene Dummheit, die Tür abgeschlossen zu haben, denn wenn ich ehrlich war, wollte ich nur noch wegrennen! Ich wollte weg von meinen Eltern und auch weg von Leon und das so schnell wie möglich. Warum musste ich auch diese bescheuerte Tür einfach abschließen?

»Ich, meine Hübsche, bin Lucifer höchstpersönlich, ich werde dieses Kind brauchen, um die Hölle zu öffnen, damit all meine Untertanen endlich auf die Erde kommen können und das geliebte Spielzeug meines Vaters vernichten können.«

Ich konnte nicht anders, ich lachte. Der Typ war doch durchgeknallt, einfach verrückt. Verrückter ging es gar nicht. »Du«, ich konnte mich vor Lachen nicht halten, »du bist verrückt. Sowas von verrückt.«, doch er schien mich nicht ernst zu nehmen, ganz im Gegenteil, er kam mir immer näher, so nah, dass nur noch ein paar Zentimeter zwischen uns waren und ich zu ihm aufsehen musste, seine dunklen Augen bohrten sich in meine, ich war gefangen in seinem Blick.

Doch dann hörte ich das Hämmern an der Tür und die Stimme meines Vaters. »Margret, mach die verfluchte Tür auf und zwar sofort!«

Ich schaute panisch zu *Lucifer*, oh Herr im Himmel, wie bescheuert es klang, er musste definitiv verrückt sein, eine andere Erklärung gab es einfach nicht. Er gehörte bestimmt in eine Nervenheilanstalt. Aus der er ausgebrochen war, oh Gott, wie schrecklich, sie hatte ihr erstes Mal nicht nur betrunken, sondern auch mit einem Verrückten gehabt. So verrückt wie er war, gehörte er 100 prozentig in eine Klapse! Doch genau dieser Verrückte grinste mich nur an und lehnte sich immer weiter in meine Richtung.

Seine Lippen waren viel zu nah an meinem Ohr und sein Atem kitzelte mich, als er sprach.

»Na los, mach die Tür auf, es wird dich nicht retten. Niemand kann dich retten!« Bei seinen Worten stellten sich meine Nackenhaare auf und am liebsten wäre ich vor ihm davongerannt, denn nun musste ich mir eingestehen, dass ich Angst vor ihm hatte. Panische Angst, um ehrlich zu sein, denn er war unberechenbar. Schnell tastete ich nach dem Schlüssel, der irgendwo hinter mir sein musste und drehte diesen, so schnell es ging, um, ich schaute wieder zu dem Mann vor mir, doch er war verschwunden, so als hätte es ihn nie gegeben. Für eine Sekunde fragte ich mich, ob ich ihn mir nur eingebildet hatte.

Oder vielleicht hatte meine Eltern mir auch etwas ins Essen gemischt, zutrauen würde ich es den beiden. Schnell trat ich von der Tür zurück, als mein Vater die Tür mit Gewalt aufstieß. Ich bekam sie zum Glück nicht in den Rücken oder sonst wohin, denn die weiße Tür knallte mit einem lauten Krachen gegen die cremefarbene Zimmerwand, es war ein Wunder, dass kein Loch in der Wand zurückblieb, schließlich hatte mein Vater die Tür mit so einer Gewalt aufgestoßen. Nur ein paar Sekunden später stand ich vor meinem wütenden Vater. Nun war ich mir nicht mehr so sicher, wer mir mehr Angst machte, die *Lucifer-Halluzination* oder mein Vater. Ich zitterte und wich zurück, als mein Vater dann auch noch die Hand hob, um mich zu schlagen, senkte ich bloß meinen Blick, mein Vater hatte mich schon oft geschlagen.

Es war nichts Neues mehr für mich. Immer wenn ich eine schlechte Note nach Hause gebracht hatte als Beispiel oder als ich aus Versehen zu lange bei Katie geblieben war. Fünf Minuten zu lange! Eigentlich hatte er immer einen Grund gefunden, egal ob es nun eine Note war oder einfach nur ein Krümel am Boden, den ich nicht schnell genug weggemacht hatte. Oder wenn Gott es ihm im Alkoholrausch befohlen hatte, da ich eine Sünderin war. Seine Faust erwischte mein Gesicht und ich schrie auf, für einen kurzen Moment sah ich nur Sterne und der Schmerz war unbeschreiblich, es war, als wäre ich von einem Zug getroffen worden. Ich war mir sogar ziemlich sicher, dass ich ein Knacken hörte. Ich stolperte einige Schritte zurück, als er noch einmal ausholte.

Meine Mutter betrat den Raum und schaute zwischen uns hin und her. »Robert, nicht! Was sollen die Nachbarn nur denken!« schrie sie auf, doch mein Vater schien sie nicht einmal zu hören, denn dieser hatte mich fokussiert und folgte mir, als ich noch weiter zurückstolperte.

Ich lachte kalt auf, während ich mir meine bestimmt schon blaue Wange hielt, natürlich dachte meine Mutter zuerst an den Ruf, der zerstört werden könnte. Er holte erneut aus und erwischte diesmal mein rechtes Auge.

Wenn es möglich war, war der Schmerz noch schlimmer als bei dem Schlag davor. Eigentlich hatte mein Vater mich immer in die Rippen oder den Rücken geprügelt. Er hatte immer darauf geachtet, nicht mein Gesicht oder meinen Hals zu verletzen, da ja sonst die Nachbarn das sehen könnten oder meine Lehrer in der Schule, die ja Fragen stellen könnten, die mein Vater nicht beantworten wollte. Mit einem Knacken brach meine Nase, der verrückte Mistkerl hatte mir meine Nase gebrochen. Mein Auge schmerzte und tränte, aus meiner Nase spritzte nur so das Blut und mein Kiefer fühlte sich auch ziemlich bescheiden an.

Meine Mutter packte seinen Arm, als er erneut ausholte. »Genug! Robert, es reicht. Du hast genug getan. Oh mein Gott, Herr im Himmel, was werden die Nachbarn nur sagen?«, sie zog ihn aus dem Raum und führte ihn aus dem Haus. Ein Sparziergang beruhigte ihn eigentlich immer. Oder aber eine große Flasche Whisky.

Noch an dem Abend packte ich meine Sachen und verschwand aus der Stadt. Das meiste Geld meiner Eltern nahm ich mit.

Die Augen der Frau hatten sich mit Panik gefüllt.

Das kleine Mädchen weinte bitterlich. »Mummy, was ist los?« Es zerriss der Frau das Herz, ihren kleinen Engel so zu sehen. Vor allem, da sie wusste, dass sie nichts tun konnte, zumindest nichts, was ihr großartig helfen konnte. Aber sie musste jetzt stark sein für ihren kleinen Engel. Sie fuhr ihrer Tochter durch die blonden Locken.

»Shhh, Lucy, du musst jetzt leise sein, okay?«, die Frau zitterte, diese Wesen jagten die beiden jetzt schon eine Weile. Zuerst hatte Margret nur gedacht, dass sie sich die Wesen einbildete. Es nur ein Hirngespinst war, doch das war es nicht. Damals, als Lucifer ihr gesagt hatte, wer er war, hatte sie ihn ausgelacht, nun waren seine Schergen hier, um ihr kleines Mädchen von ihr wegzuholen, das Lachen war ihr vergangen. Sie musste es nur aus dem Gebäude schaffen und hinaus auf die belebte Straße, zumindest redete sie sich selbst das ein.

Doch keiner der beiden sollten es schaffen. Die Tür flog auf und ein Wesen trat auf die beiden zu, es sah aus wie ein Wolf, der auf zwei Pfoten ging, er hatte sogar einen Schwanz, der leicht hin- und herschwang. Doch wo die Ohren des Tieres sein sollten, waren nur zwei Hörner, die sich in die Luft wanden. Zudem hatte er Hände, die nur sehr behaart waren. Doch anstelle von Fingernägeln hatte es lange, schwarze Klauen. Das Wesen schmiss den Kopf in den Nacken und öffnete sein Maul, aus dem ein sehr menschlich klingendes Lachen kam. Ohne dass eine der beiden es merkte, öffnete sich unter den beiden ein Portal und sie wurden verschlungen.

Die beiden landeten auf einer freien Fläche, nichts war um sie herum, nur die Dunkelheit, selbst der Boden war schwarz, so als wäre die Erde unter ihnen verbrannt. Und der Gestank, es roch komisch, so als hätte jemand verfaulte Eier und eine Menge Silvesterkracher hier losgehen lassen. Man hörte ein grauenhaftes Knurren und drei pechschwarze, riesige Hunde schritten auf die beiden zu.

Die drei Hunde waren um die fünf Meter groß, ihre Pfoten hatten Klauen, die den Krallen einer Katze glichen und ihre Zähne waren so lang wie das Bein eines großen Kindes.

Die Zähne waren gekrümmt wie bei einem Säbelzahntiger. Verzweifelt schob die Frau ihr Kind hinter sich. Komplette Panik schnürte ihre Kehle zu. »Ich will, dass du rennst, egal was du hörst, dreh dich nicht um, hast du mich verstanden? Du drehst dich nicht um, du rennst einfach weiter.«

Sie versuchte, einen möglichst starken Gesichtsausdruck zu haben und betete, dass ihr Engel nicht die Angst in ihren Augen sah oder das Zittern ihrer Hände bemerkte.

Die Kleine nickte schüchtern und drehte sich um, um loszurennen. Erstaunlicherweise ließen die Hunde die Kleine machen, sie versuchten sie nicht aufzuhalten oder ihr gar hinterher zu rennen.

Doch sie stürzten sich keine fünf Sekunden später auf die Frau.

Die Kleine eilte bis zu einem Felsbrocken, hinter den sie sich hockte und alldem mit Tränen in den Augen zuguckte. Sie konnte den Blick nicht von ihrer Mutter abwenden, die von den drei Tieren auf brutalste Art und Weise angegriffen und getötet wurde. Nein, sie wollte all das nicht sehen, sie wollte weggucken und die Augen schließen, doch sie konnte nicht. Die blauen, mit Tränen gefüllten Kinderaugen verfolgten das Spektakel geschockt.

Die Hunde drehten sich, nachdem sie mit ihrer Mutter fertig waren, in ihre Richtung und streckten die Nase schnüffelnd in die Luft.

Das Mädchen zitterte panisch, ihr Herz schlug so laut, dass die Kleine sich wunderte, weshalb die Hunde sie nicht hörten.

Sie hörte das Grollen der riesigen Tiere, als diese immer näher auf ihr Versteck zukamen. Doch ein Heulen rief die drei zurück, sie drehten sich weg und rannten davon.

Die Kleine lugte vorsichtig hinter dem Felsen hervor, hinter dem sie sich nun doch verkrochen hatte, ihre Augen starrten auf den Körper ihrer Mutter, den toten Körper ihrer Mutter. Vorsichtig, aus Angst, dass die Monster wiederkommen würden, schlich sie auf ihre Mutter zu, weinend schmiss die Kleine sich gegen ihre Mutter und verbarg ihr Gesicht in der Schulter der Frau.

Die Kleine konnte es nicht glauben, ihre Mum war tot ... TOT ... T…O…T! Als sie auf einmal eine Hand auf ihrem Kopf spürte, sie schaute zu ihrer Mum. »Mummy, alles wird wieder gut.«, flüsterte die Kleine mit tränenverschleierter Stimme. Sie wusste nicht, ob sie sich selbst nur versuchte, Mut zuzureden, oder ob sie wirklich daran glaubte, doch ihre Mutter legte nur eine Hand an die Wange ihres kleinen Kindes. Zitternd sprach die Frau,

»Du musst stark bleiben, Lucy, hast du mich gehört? Du bist so ein tapferes Mädchen. Du bist mein Engel, Lucy Fairchild, hast du mich gehört, Lucy? Du darfst nie so werden wie dein Vater, denn du bist gut, ein unglaublich guter Mensch!«

Dann fiel der Kopf der Frau zurück. Ihre Haare sahen auf dem Boden aus wie gefallener Schnee. Wunderschön und unberührt. Margret Fairchild sah unglaublich schön aus, selbst im Tod sah sie aus wie ein gefallener Engel. Für einen Moment schien die Zeit stillzustehen, zumindest für Lucy, die Kleine wusste nur, dass ihre Mutter weg war und das für immer.

Sie war jetzt alleine.

Lucy hörte etwas und schaute dorthin. Tap, tap, tap, doch die Kleine sah nichts. Angst durchfuhr sie, Angst, dass die Monster wieder da waren, um sie zu fressen.

»Wer auch immer hier ist, geh weg.«, schrie die Kleine panisch in der Hoffnung, dass die Monster verschwinden würden. Sie hörte ein Lachen und wich zurück, naja, sie versuchte zurückzuweichen, doch sie konnte ihre Mutter hier nicht allein zurücklassen.

Ein Mann trat aus den Schatten und ging auf sie zu. »Shh, meine Kleine, alles ist gut, du brauchst keine Angst zu haben. Jetzt bist du sicher, niemand kann dir hier unten etwas antun.«, lächelte Lucifer und zog seine kleine Tochter hoch in seine Arme.

Sie traute dem fremden Mann nicht, er war bestimmt auch ein Monster, ein Monster, das einfach nur menschlich aussah. Er trug die Kleine weg, diese schrie nach ihrer Mutter und versuchte, sich gegen den fremden Mann zu wehren. Sie schlug und biss nach ihm, während sie versuchte, sich aus seinen Armen zu winden. Sie konnte ihre Mutter doch nicht allein lassen. Was war, wenn sie aufwachte? Und Lucy wäre nicht da, sie hätte bestimmt schreckliche Angst. Doch der Mann trug sie immer weiter fort von ihrer Mutter.

KAPITEL 1
Von Jägern und Toten

Die Blätter raschelten, als ich immer schneller über den unebenen Waldboden rannte. Ich hörte meine Verfolger, sie atmeten schwer, fast so schwer wie ich selbst, und das ein oder andere Mal hatte ich das Gefühl, dass sie mir viel zu nahe kamen.

Meine Füße verloren den Halt auf den nassen Blättern und ich fiel einen Abhang hinunter. Ich landete auf dem nassen Boden und die wenige Luft, die ich noch in den Lungen hatte, wurde mir aus meiner Brust gepresst.

Ich spürte Schmerzen in meinem Rücken und meine Hände und Knie bluteten. Ich musste aufstehen, ich sollte hier weg und das ganz schnell. Sie waren mir sowieso schon viel zu nahe. Ich quälte mich auf meine Knie und wimmerte auf, als sich Dreck in meine Wunde drückte. Ich war doch sonst nicht so schwach, aber jetzt gerade fühlte ich mich grauenhaft schwach und alleingelassen. Ich stand auf und taumelte einige Schritte. Meine Finger streiften einen Baum und sofort hielt ich mich an diesem fest in der Hoffnung, meinen Gleichgewichtssinn wiederherzustellen. Als ich sie hörte, sie schlitterten den Abhang hinunter, sie lachten, als sie mich sahen. Sie hatten ja schließlich keine Angst vor mir, in ihren Augen war ich nur ein kleines, unbedeutendes Mädchen. Und wie sah ich denn schon aus, meine Haare warn voller Dreck und ich hatte sie schon einige Tage nicht mehr gebürstet. Zudem waren meine Anziehsachen dreckig und nass. Ich sah also alles in allem echt unmöglich aus.

»Ich hatte von der Tochter des Teufels mehr erwartet.«, grinste einer, als sie auf mich zukamen, bereit, mich zu töten.

Es waren insgesamt fünf Jäger, die um mich herumstanden. Alle in schwarz gekleidet, alle mit unglaublich grausamen Augen. Augen von Mördern, sie machten mir Angst. Meine Finger krallten sich in die dicke Baumrinde hinter mir. Ich spuckte vor dem Sprecher auf den Boden. »Fick dich!«

»Hey, Jam, sie ist echt heiß für einen Dämon.«, grinste einer der anderen dümmlich. Sie waren allesamt noch lange nicht auf dem Level eines professionellen Jägers angekommen.

Was ihr ihre Angst nahm. Das hier vor ihr waren Hobbyjäger. Und der nächste Satz von einem der Volltrottel bestätigte ihre Vermutung noch.

»Kannst sie ja ficken.«, grunzte einer.

Ich drückte mich noch weiter gegen den Baum und versuchte, mich vor diesen Männern zu verstecken. Denn ich hatte echt keinen Bock auf eine Vergewaltigung, danke, aber ich verzichte! Dieser Jäger, der meinte, dass ich heiß war, Jam oder so, kam auf mich zu und strich mir eine meiner goldenen Haarsträhnen hinter mein Ohr.

Ich trat nach ihm und er wurde nach hinten geschleudert, leider nicht so weit, wie ich es gerne gewollt hätte. Aber der Kerl war auch größer und schwerer als ich. Ich war nicht klein, aber der Typ war zumindest in der Breite das Doppelte von mir. Doch mein Rücken schmerzte unglaublich, als ich diesen gegen die raue Baumrinde gepresst hatte, durch mein dünnes weißes Sommer-T-Shirt spürte ich die raue Rinde noch einmal besonders intensiv, als ich mit dem Bein ausgeholt hatte, ich schrie vor Schmerz auf und ich hasste mich dafür. Dafür, dass mich diese Männer schreien hörten.

Sie lachten. »Ich hatte wirklich mehr von dir erwartet, Püppchen!«, grinste dieser Jam. Er war hoch gewachsen, seine braunen Haare hatten so einen grauenhaften Haarschnitt, die Seiten kurz und oben etwas länger, den man gefühlt an jedem zweiten Typen sah. Ich schaute diese geschockt an. Einer zog ein Messer und ging auf mich zu, er zitterte leicht. Tränen brannten in meinen Augen, nicht aus Angst, sondern wegen des Schmerzes, ich glaube, ich habe mir etwas gebrochen. »Bitte, bitte, nicht. Ich bin doch auch ein Mensch!«, flehte ich mit der besten Klein-Mädchen-Stimme, die ich hinbekam. Dieser stoppte und schaute mich an, er schien ein neuer, noch unerfahrener Jäger zu sein, wahrscheinlich war er noch nicht ganz ausgebildet, falls er denn überhaupt je eine Ausbildung gemacht hatte.

Ich grinste, er würde diese Ausbildung nie beenden. Denn ich packte seine Hand, drehte sie und rammte ihm sein Messer mit seiner eigenen Hand in die Brust. Er starrt mich geschockt an, sein Mund zu einem stillen Schrei verzogen. Ich zog ihn zu mir, »Mein Vater hat mich gelehrt, niemals auf das Flehen eines Mädchens zu hören!«, seine Augen weiteten sich, während ich ihn zu Boden fallen ließ, er wird schon bald tot und vergessen sein. Nicht mehr als eine weit entfernte Erinnerung.

Der Älteste der Männer schrie laut, »WILLIAM«, und weinte, dann schaute er mich an und zog ein Gewehr. Na, ganz toll!

Er schoss auf mich, doch ich duckte mich gerade noch rechtzeitig, während ich an dem Baum vorbeihuschte, schon rannte ich los. Meine Füße flogen über den Boden, doch ich schrie auf, als eine Kugel mich am Bein streifte. Ich schaffte es, noch einige Schritte weiter zu stolpern, meine Hand an der Wunde, bevor ich zu Boden fiel, wimmernd zog ich mich weiter zu einem großen Baum, hinter dem ich mich verstecke.

Ich hörte die Jäger lachen, als sie mich erneut fanden.

Bis auf der eine, der immer noch traurig wegen seines Sohns, Bruders, Freundes? war. Genau der kam auf mich zu und packte meine Haare, er riss mich an meinen Haaren auf meine Beine. »Du hast meinen Sohn umgebracht!«, zischte dieser, Bingo, es war der Sohn, ich schaute ihn nur mit einem blutigen Grinsen, das ich mir nicht verkneifen konnte, an.

»Es war Selbstverteidigung. Er wollte mich töten!«, knurrte ich zurück, ich wusste, dass ich Züge meines Vaters hatte, schließlich hatte er mich großgezogen und Dämonen waren nun mal nicht für ihre Barmherzigkeit bekannt. Grausame Züge, die ich nie gewollt hatte, deswegen tat mir der Junge nicht leid, zumindest nicht so doll, wie er mir eigentlich leidtun sollte. Genau deswegen fühlte ich auch keine Reue, dieser Junge bedeutete mir nichts! Es war ein Mittel zum Zweck gewesen.

Genug seiner Männer hatten meine Freunde umgebracht, ich sah es eher als Rache und als Selbstverteidigung, als irgendetwas anderes, es war gerecht gewesen! Der Alte zog ein Messer. Er grinste.

»Ich bin froh, dass du zur Hälfte ein Mensch bist, somit bist du einfacher zu töten als diese Dämonen!« Ich wollte schreien, doch bevor er mich aufspießen konnte, wurde er von mir weggerissen. Ein mir vertrauter Dämon packte den Mann unterm Kinn und riss ihm den Kopf ab, die anderen reagierten erstaunlich schnell, dafür, dass sie keine Profis waren.

Sie zogen ihre Messer, rammten sie in die menschliche Hülle. Okay, vielleicht waren sie doch keine Profis, denn jeder wusste, dass man einen Dämon nicht so töten konnte, er würde einfach zur nächsten Hülle springen. Am besten ging es wirklich immer noch mit einem Exorzismus, damit schadete man in den meisten Fällen nur dem Dämon und nicht der Hülle. Tja, und der Dämon brachte gerade alle nacheinander um. Sie alle waren tot, ich starrte geschockt auf die Gestalt, die in der Mitte dieses Leichen-Kreises stand und mich ansah. Es war ein Dämon, der auf mich zukam, seine eigentliche Hülle lag irgendwo in dem Kreis aus Leichen. »My Lady.«, hauchte er und sah mich geschockt an. Dann sah ich es, fünf Messer steckten in seiner Brust. Er würde davon nicht sterben, aber zurück in die Hölle geschickt werden. Ich keuchte leicht auf und stolperte auf den Dämon zu. So gut es nun einmal mit einer Wunde ging. Doch der Dämon fiel um, kurz bevor ich ihn erreichen konnte. Er wurde zurück in die Hölle geschickt. Wahrscheinlich hatten sie die Messer in irgendetwas gesteckt, Weihwasser oder Salz, also wirklich solche Amateure, aber ich sollte mich nicht beklagen, wären sie echte Jäger gewesen, hätte ich das Ganze wohl nicht überlebt. Also dankte ich dem Dämon, während er im *Sterben* lag. Da er die Hölle erstmal nicht wieder verlassen würde und zudem höchstwahrscheinlich gefoltert werden würde, da, was auch immer er erledigen sollte, nicht erledigt hatte. Ich stolperte über die Leichen und eilte weiter, ich musste aus diesem verfluchten Wald.

Der Schmerz bei jedem meiner Schritte war grauenhaft und ich verlor immer mehr Blut. Ich überlegte tatsächlich, ob ich mich nicht einfach hinlegen sollte und nie wieder aufstehen sollte.

Selbst das schien eine bessere Option, als auch nur noch einen Schritt mehr zu tun. Doch dann sah ich die Straße, taumelnd lief ich mithilfe meiner letzten Kraftreserven auf diese zu. Ich fiel auf die Straße, vor mir hielt mit quietschenden Reifen ein Auto. Eine Frau rannte panisch auf hohen Absatzschuhen auf mich zu. Sie packte mich und riss mich hoch, sie legte einen meiner Arme um sich, sie trug einen dunkelblauen Hosenanzug, zumindest sah er in dem blassen Licht ihrer Autoscheinwerfer dunkelblau aus. Der Stoff unter meinen Fingern ist angenehm warm und weich. Ihren einen Arm legte sie um meinen Rücken, ich schrie auf.

»Tut mir leid. Keine Angst, ich bringe dich ins Krankenhaus, du wirst schon wieder.«, sagte sie, auch wenn sie verzweifelt klang. Sie klang so am Ende, wie ich mich fühle. Es kam mir so vor, als würde sie versuchen, sich selbst Mut zuzureden und nicht mir. Sie setzte mich ins Auto und ich wimmerte leise auf, als das feine Leder meinen Rücken berührte. Dann stieg sie ins Auto, sie atmete mehrfach tief ein und griff Halt suchend nach dem Lenkrad. Ich konnte sehen, wie ihre Fingerknöchel weiß hervorstanden, ihre Hände zitterten trotz des festen Griffes leicht, endlich fuhr sie los. Alles um mich herum wurde langsam schwarz. Ich war in Sicherheit fürs erste.

Ich schaute mich verwirrt um. Ich stand auf dieser Lichtung, ich grinste, während ich in den

Bach sprang, mir war es ehrlich gesagt egal, dass ich noch meine Anziehsachen trug. Die könnten sowieso ein Bad vertragen, außerdem war das Wasser angenehm kühl. Es tat gut, endlich den ganzen Dreck und Schweiß loswerden zu können. Erst da fiel mir auf, dass mein Bein nicht mehr wehtat und als ich runterguckte, um nach der Wunde zu gucken, war sie verschwunden, nur ein kleiner, dunkelroter Blutfleck blieb auf meiner blauen Jeans zurück. Etwas verwirrt rieb ich die Stelle, wo die Kugel mich erwischt hatte. Der dunkelrote Fleck löste sich dank des Wassers auf, doch ich spürte immer noch keinen großen Schmerz, allerhöchstens ein unangenehmes Zwicken. »LUCY.« Ich hob blitzschnell meinen Kopf und schaute auf die Braunhaarige, die dort am Rand des Baches stand in einem weißen Kleid und mich mit überkreuzten Armen wartend anstarrte, so als hätte sie schon des Öfteren nach mir gerufen.

»Oh. Hallo, Alina war es, oder?«, ich wusste, dass es irgendetwas mit A war, aber den genauen Namen wusste ich auch nicht mehr.

»Aylin.«, verbesserte sie mich. »Oh, sorry, ich bin nicht gut darin, mir Namen zu merken, nicht nur deinen, sondern generell Namen. Ich hatte Glück, dass ich Tamis Namen behalten konnte!«, plapperte ich, während ich mich aus dem Wasser zog, auch wenn ich gar nicht das angenehm kühle und vor allem saubere Wasser verlassen wollte.

Aylin lief schon voraus, da ich ihr anscheinend zu langsam war. Sie ging auf die Brücke zu und setzte sich, ihr Kleid spielte ihr dabei leicht um die Knöchel und ließ sie wunderschön aussehen, vor allem als das Sonnenlicht zwischen den Bäumen hindurchfiel und ihr Haar begann, leicht rötlich zu schimmern. Ich ließ mich eindeutig weniger elegant neben sie fallen. »Du hast dich lange nicht blicken lassen, Ayli, Tami und ich haben auf dich gewartet ...«

»Es heißt Aylin und nicht Ayli, außerdem hatte ich etwas zu tun!«, grollte sie sichtlich von meinem Verhalten genervt.

»Wow, Tiger, schon okay!«, murmelte ich und schaute sie grinsend an, ich liebte es einfach, jemandem auf die Nerven zu gehen. Ich ließ mich nach hinten fallen und blinzelte in die Sonne.

»Es tut gut, keine Schmerzen mehr zu spüren ...«

»Du liegst im Koma, diese Frau versucht, dir das Leben zu retten. Du darfst noch nicht sterben, du solltest aufwachen!«, zischte Aylin. Ich schaute sie leicht verwirrt an.

»No shit, Sherlock! Aber eigentlich würde ich

gerne hierbleiben, hier habe ich, bis auf dich, niemanden, der mich nervt ... Ich glaube, ich bleibe ganz einfach hier!«

»Nein, Lucy, du musst aufwachen! JETZT!«, knurrte Aylin mich mit Nachdruck an. Alles um mich herum verschwand und langsam öffnete ich meine Augen. Sofort durchzuckte mich ein heiß brennender Schmerz.

Es dauerte einige Wochen, bis ich wieder auf den Beinen war. Wortwörtlich gemeint. Eins hatte ich aber im Krankenhaus gelernt, ich hasste Krücken.

Mit dem Geruch von Tod und Krankheit kam ich klar, aber absolut nicht mit kranken Menschen! Doch die Ruhe tat mir gut, es beruhigte mich und ich konnte überlegen, ob ich in New Orleans bleiben wollte. Die Antwort war Nein. Die Menschen und Feste waren bunt, schön und laut, was im Endeffekt der Grund war, warum ich überhaupt nach New Orleans gekommen war. Aber dort tummelten sich die übernatürlichen Wesen nur so. Und wo es Übernatürliche gab, gab es auch Jäger.

Ich strich über die weiße, steife und eigentlich ungemütliche Decke, währenddessen schaute ich mir die verstaubte, von Spinnweben überzogene Lampe, deren weißes Licht kaum merklich flackerte, an der Decke an.

»Miss Stark, Sie werden noch ein paar Probleme mit dem Laufen haben wegen des Streifschusses, aber ansonsten ist alles in Ordnung. Die Polizisten haben die Leichen gefunden.« Ich hatte der Polizei alles erklärt, also nicht wer ich bin oder was ich getan hatte, sondern was sie mir antun wollten. Weshalb der Jüngste von ihnen einige Meter weiter tot da lag als die anderen. Ich sollte eigentlich auch noch zur Polizei, damit alles über mich auch überprüft werden konnte. Ich würde ganz bestimmt nicht gehen, da könnte ich genauso gut in einem kunterbunten Outfit und einem Megafon durch die Straßen rennen und brüllen: »**Ich habe die Leute umgebracht und gelogen, hier, verhaftet mich doch bitte und wenn ihr schon dabei seid, bringt mich doch gleich um.**«

Aber solange sie das nicht wussten, galt ich als kleines, unschuldiges Opfer! Ich versuchte mich an einem schwachen Lächeln, während ich dem Arzt in die eisblauen Augen guckte, wobei ich hochgucken musste, da er ja über mir stand.

Allerdings war der Arzt noch sehr jung und zumindest schien ich ihn nervös zu machen. Was mich beruhigte, »Danke. Mr. Jones ...«, murmelte ich, als ich mich wieder an seinen Namen erinnerte. Nach einer weiteren Woche wurde ich entlassen. Eigentlich warteten die Polizisten auf mich vor dem alten Krankenhaus, zumindest sah ich den Streifenwagen mit angestellter Sirene, als ich aus dem Fenster des dritten Stockes schaute. Ich nahm den anderen Ausgang und schaute kein einziges Mal zurück. Nur meinen gelben Regenmantel nahm ich mit. Zum Glück kam die hiesige Polizei nicht darauf, auch den Flughafen zu checken. Ich hatte mir einfach ein Flugticket mit einer gestohlenen Visa-Karte von einer gewissen Frau Rosewelt besorgt.

Der armen alten Dame war das Portmonee heruntergefallen, was ich ihr aufgehoben hatte.

Während sie sich tausend Mal bedankt hatte und mir sogar 10€ geschenkt hatte, hatte ich ihr die Karte gestohlen, ohne dass sie es bemerkt hatte. Die Visa-Karte hatte ich danach bei dem Info-Schalter abgegeben und gesagt, dass ich sie gefunden hatte. Ich war ja nicht total böse und verdorben!

KAPITEL 2

Von einer Bewerbung und einem Mädchen

Ich hatte ein halbes Jahr gebraucht, um die abtrünnigen Dämonen, die mich jagten, abzuschütteln und/oder zu töten, auch wenn ich die meisten einfach zurück in die Hölle schickte, um dann Reißaus zu nehmen. Nun hatte ich mich vor drei Monaten in Chicago niedergelassen. Die kleine, heruntergekommene Ein-Zimmer-Wohnung hatte eine nicht funktionierende Fußbodenheizung und war auch sonst mit den kahlen, weiß-gelben Wänden nicht grade der Hingucker.

Allerdings waren die Möbel vom Vorbesitzer noch dringeblieben, was ein Pluspunkt war. Somit hatte ich ein noch schönes und funktionierendes Bett, das ein Regal mit angebaut hatte, in das ich über den Tag mein graues Bettzeug stopfen konnte. Auf der Fensterbank, die direkt neben dem Bett war, hatte ich meine neu gekauften Minikakteen gestellt. Die babyblauen Vorhänge ließ ich eigentlich immer offen an beiden Seiten des Fensters hinunterhängen, auch wenn die Aussicht aus dem Fenster auch nicht toll war, die graue Fassade einer Firma.

Was ich aber auch noch mochte, war die Topfpflanze, die von der metallenen und alt wirkenden Gardinenstange hinunterhing. Der dunkelblaue Topf mit dem Giftefeu verlieh dem Fenster einfach etwas Schönes. Der Röhrenfernseher stand auf dem kleinen weißen Regal, das mein Schlaf- von meinem Wohnzimmer trennte.

Das gelbe Ledersofa mit den grauen Kissen war nicht meine erste Wahl gewesen, aber ich musste mir kein neues kaufen, also war das schon einmal ein Pluspunkt! Zudem hatte das kleine Bad eine Dusche und keine Badewanne so wie meine letzte Unterkunft, im Gegensatz dazu lebte ich jetzt richtig gut. Ich eilte über den grauen Asphalt, der eindeutig schon bessere Tage gesehen hatte. Der Asphalt war von Rissen und Löchern geziert. Meine Absätze hinterließen ein lautes Geräusch auf der menschenleeren Straße. Bis es begann zu gewittern.

»Himmel noch eins!«, murmelte ich wütend vor mich hin. Seit drei Monaten lebte ich nun schon in Chicago, hatte es mir etwas außer Armut gebracht? Naja, ich war dem Tod oder Vergewaltigungen durch Abtrünnige entkommen, aber dafür zu verhungern war auch nicht gerade das Beste. Wer wollte denn schon eine 18-Jährige einstellen, die nichts aufzuweisen hatte, außer dass ich die Prinzessin der Hölle war, niemand, und genau das war mein Problem. Ich wünschte mir langsam, aber sicher, dass ich den Bus genommen hätte, zumindest zurück, doch nicht einmal die 3,30$ hatte ich aufbringen können.

Und ich wurde genau deswegen vollgeregnet, meine Jacke hielt nichts mehr ab und auch meine Schuhe waren nicht mehr wasserdicht. Mal ganz von meiner hautfarbenen Strumpfhose abgesehen, die nun dank des Regens noch mehr an meiner Haut klebte.

Miserabel gelaunt betrat ich also den Laden, *Brunos* stand in fetten roten Buchstaben auf dem Dach des roten Backsteinhauses, es war klein und war zwischen zwei grauen, leblosen Hochhäusern eingequetscht. Mein Make Up war verwischt von dem Regen und das einzige, was mein schwarzes, schlichtes Kleid, das mir bis zu den Knien ging, vor dem Tod bewahrt hatte, war die lange gelbe Regenjacke, die meiner Mutter gehört hatte und vom Alter gezeichnet war, dementsprechend war sie an einigen Stellen schon gar nicht mehr so sonniggelb, sondern eher schmutziges gelb. Sie hatte keine Kapuze mehr, da die Kapuze vor einigen Jahren abgerissen war.

Die Kapuze war dann bei dem Umzug von Illeno nach New Orleans dann verloren gegangen, da ich sie nie wieder an die Jacke genäht hatte.

Ich schaute mich in dem kleinen Café um. Die Tische waren in verschiedenen Abständen zueinander aufgebaut, sie boten meistens Platz für drei oder vier Personen.

An den großen Fenstern gab es Sitzbänke, die mit blauem oder rotem Stoff überzogen waren. Der Tresen war nichts Besonderes, er bestand aus dunklem Holz, auf der rechten Seite standen einige Barhocker, auf die man sich setzen konnte, wenn man wollte. Auf der linken Seite stand die Kasse, daneben standen einige Tabletts, auf denen Kuchen und Kekse standen.

In einer Ecke saß ein alter Mann mit seinem Enkel, ansonsten war nichts los. Eine füllige Frau mit schmutzigen blonden Haaren stand hinter der Theke, sie war gerade dabei, sich eine Zigarette anzuzünden. Sie trug eine weiße Bluse, die anscheinend schon mal bessere Tage gesehen hatte.

Sie trug dazu eine rote Schürze, die Kaffeeflecken aufwies, zögerlich trat ich auf die Frau zu und räusperte mich. Die Frau schaute von ihren

Fingernägeln auf, die das einzige Gepflegte zu sein schien, sie hatte die Zigarette schnell zurück hinter ihr Ohr geklemmt, als sie die Ladentür gehört hatte, wie sie hinter mir ins Schloss fiel. Sie grunzte, »Was willste?«

»Lucy Fairchild, sehr erfreut, ich habe mich bei Ihnen beworben!«

»MARVIN!«, brüllte sie wütend, zumindest klang es für mich wütend, sollte sie gar nicht wütend sein, wollte ich nicht wissen, wie sie klang, wenn sie wirklich sauer war, durch den ganzen Laden.

Marvin tauchte keine drei Sekunden später hinter einer Tür im hinteren Bereich des Ladens auf. Er war füllig und erinnerte mich an ein Schwein, mit seinen dunklen Knopfaugen und seiner doch sehr rundlichen Form, die er in ein hellblaues Hemd gezwängt hatte, das doch etwas zu stramm saß, der dunkelblaue Pullover, der über dem Hemd saß, machte es nicht besser, denn man konnte die Knöpfe des Hemdes durch den blauen Stoff sehen.

Das einzige, was normal saß, war die weite, ausgewachsene hellblaue Jeans. Er watschelte auf mich zu in seinem blauen Aufzug und begann schon nach drei Schritten zu keuchen, so als wäre er einen Marathon gerannt. Ich zögerte, doch streckte ihm dann die Hand hin, die er ergriff. »Lucy Fairchild, ich habe mich bei Ihnen beworben.« Er nickte und schien etwas zerstreut, doch mich störte das Ganze herzlich wenig, ich brauchte einen Job, auch wenn es bei dem Typen sein würde. Marvin keuchte immer noch, als er grinsend meine Hand, die er immer noch geschüttelt hatte, losließ.

»Ah, sehr erfreut, ich bin Mr. Brunos.«, er schaute die Frau, dessen Namen sie immer noch nicht kannte, vorwurfsvoll an. *Also mochte er es nicht, wenn man ihn Marvin nannte. Gut zu wissen!*

»Miss Fairchild, würden Sie mir bitte folgen.« Marvin watschelte wieder zurück zu der Tür, aus der er gerade eben erst gekommen war. Hinter der Tür befand sich ein kleines, unordentliches Büro, die Wände waren in einem Blaugrau gestrichen, es stand ein Tisch kurz vor der Wand.

Zwischen dem Tisch, auf dem ein wirklich alter Computer stand, und der Wand war ein metallener Aktenschrank gequetscht worden, von dem die weiße Farbe schon abblätterte. Was mir sofort auffiel, war das kleine Fenster, das auf Kippe stand, wahrscheinlich damit wenigstens etwas frische Luft in das Zimmer kam. Ich schaute mich weiter um, eine Glühbirne baumelte von der Decke.

Sie war noch nicht an, da noch genug Licht vom Fenster in den Raum fiel. Ein Schreibtisch stand in der Mitte des Raums. Er war noch am aufgeräumtesten von allen Gegenständen in dem Büro, da aus dem Aktenschrank Papiere hervorquollen und sich auf dem Computer und daneben Bücher stapelten. Auf dem Schreibtisch lagen nur einige bunte Mappen auf der linken Seite und ein Kaffeebecher, der Marvin gehören musste.

Sonst war das dunkle Holz sogar frei von jedem Staub. Ich setzte mich, als mir ein Stuhl angeboten wurde. Er war klein und grau und sah so aus, als würde er gleich zusammenklappen, sollte ich mich draufsetzen.

»Nun, Miss Fairchild, alles scheint perfekt, Ihre Bewerbung ist gut und sie haben gute Schulkenntnisse, wie ich gesehen habe, und ich möchte nicht lügen, wir sind momentan unterbesetzt, eine Frau habe ich schon angenommen und Sie nun auch.

Hier ist Ihr Vertrag, lesen Sie ihn sich gut durch.« Er klang sehr monoton und steif, so wie er die Worte sagte, allerdings störte mich das herzlich wenig, wir mussten ja keine Freunde werden. Ich lächelte und nahm den Vertrag, mein Zeugnis und mein Lebenslauf waren gefälscht, so wie auch meine Schullaufbahn, laut meinem Lebenslauf war ich 23 Jahre alt. Ich nickte Marvin leicht zu und schüttelte ihm erneut die Hand.

»Nun, willkommen im Team, kann ich dann nur sagen.«, grinste Marvin so breit wie ein Honigkuchenpferd, als ich ihm den Vertrag zwei Stunden später wiedergebracht hatte. Inzwischen kannte ich auch den Namen meiner Kollegin am Tresen, ihr Name war Anna Kiksten. Sie war 40 Jahre alt und arbeitete schon seit eigentlich immer in dem kleinen Café, sie gehörte schon zum Inventar. Als sie das kleine Backsteingebäude verließ, regnete es immer noch. Kurz vor meinem Zuhause wurde mir schwarz vor Augen, das letzte, was sie hörte, war ein Donnerschlag, dann war alles still und schwarz.

Ich fand mich an einem Bach wieder, der Ort kam mir bekannt vor, natürlich aus meinem Traum vor ungefähr sieben Monaten mit Aylin, als ich auf dem Weg zum Krankenhaus war. Als mich diese Vollidioten gejagt hatten. Ich strich lächelnd durchs hohe Gras, es war schön, hier es regnete nicht und als ich meine Schuhe und Socken auszog und in den Bach sprang, war das Wasser angenehm warm. Was mich verwunderte, denn als ich damals da war, hätte ich schwören können, dass das Wasser kühl gewesen war. Ich schaute verwirrt in den Himmel, die Sonne stand immer noch genau an derselben Stelle wie damals. Komisch! »Hallo Lucy, ich habe mich schon gefragt, wann einer von euch hier auftaucht!«, ich fuhr erschrocken herum, dort saß ein Mädchen an der Brücke und ließ ihre Beine ins Wasser baumeln. Ihre Haare ähnelten einem Fuchsfell und ihre braunen Augen blitzten mich glücklich an.

Ich würde das Fuchs-Mädchen bestimmt um einige Köpfe überragen, generell wusste ich, dass mein Anblick auf der Erde als sehr schön eingestuft wurde, doch etwas an diesem Fuchs-Mädchen ließ mich stocken, sie war auf ihre eigene Art wunderschön, sei es nun die dunkle Brille, die etwas schief auf ihrer Nase saß, oder die leichten, kaum erkennbaren Sommersprossen auf ihren Wangen.

Etwas an ihr war unbeschreiblich schön, auf ihre eigene menschliche Art und Weise! »Wie lange bist du denn schon hier?«, fragte ich sie immer noch etwas geschockt, während ich auf das Mädchen zuwatete. »Etwa zwei Tage, in einer Gefängniszelle hat man nicht viel Gesellschaft.«, grummelte Tami, mir war ihr Name wieder eingefallen.

»WARUM SITZT DU IN EINER ZELLE?«, schrie ich geschockt. Was um Himmels Willen machte sie in einem Gefängnis?! Doch bevor Tami antworten konnte, verschwamm alles, ich schrie panisch Tamis Namen, doch es war, als würde alles vor meinen Augen verschwimmen, egal wie sehr ich auch versuchte, mich festzuhalten, alles verschwand. So als würde jemand ganz viele bunte Farben im Abfluss herunterspülen.

Ich konnte nicht wieder zurück.

Als ich wieder zu mir kam, war die Nacht über Chicago hereingebrochen und es regnete immer noch. Wie lange ich wohl weg gewesen war? Anscheinend hatten die vorbeigehenden Passanten, die vielleicht unterwegs gewesen waren, mich einfach liegen gelassen!

Manchmal konnte ich meinen Vater mit dem Hass, den er auf die Menschen pflegte, verstehen. Wütend knurrte ich auf, während ich mich vom Boden aufrappelte. Ich lief zu meiner Wohnung, langsam schloss ich die Tür zum Treppenhaus auf, der Flur war wohl mal weiß gestrichen gewesen, bis ein paar Jugendliche beschlossen hatten, den Flur mit Graffiti zu besprühen, danach war er in einem dunklen Grau überstreichen worden.

Ich trat in den nach Kotze und Pisse stinkenden Flur, sofort bildete sich auf meinem Körper eine Gänsehaut, während ich zögernd die Treppenstufen hinaufstieg, im vierten Stock blieb ich stehen, um Luft zu holen, doch dieses Treppenhaus stank einfach so abscheulich, dass ich mir wünschte, nicht stehen geblieben zu sein.

Langsam machte ich mich wieder an den Anstieg der grauen Treppe. Acht Stockwerke lagen noch vor mir und jedes einzelne roch echt widerlich.

Der Besitzer hatte einen Fahrstuhl eingebaut, aber vor drei Jahren war dieser zerstört worden, als ein paar besoffene Teenager auf die gute Idee gekommen waren, dort alle möglichen Feuerwerkskörper reinzulegen, sie anzuzünden, den Fahrstuhl bis in den zwölften Stock hochzuschicken, der Fahrstuhl war explodiert und wieder runtergefallen bis ganz nach unten, aber zum Glück war sonst niemandem etwas passiert. Mit hoher Wahrscheinlichkeit waren es dieselben Idioten, die auch schon die Wände mit Graffiti besprüht hatten. Leider hatte der Besitzer des Hauses es nicht für nötig gehalten, den Fahrstuhl zu reparieren. Zumindest hatte mir das William erzählt. William war ein totaler Dämonenhasser, schon lustig, denn nun war er mit der Prinzessin der Hölle befreundet. Nicht dass er etwas davon wusste.

Ich hatte es geschafft, mich bis ganz nach oben zu quälen, meine Beine taten weh und ich keuchte, schnell schloss ich die Tür auf. Ich zog meine

Schuhe aus und öffnete die Tür zum Bad, wo ich auch gleich meine gelbe Regenjacke in die Badewanne schmiss. Ich eilte in die Küche und machte mir eine heiße Tasse Früchtetee, Kirsche mit Erdbeere und Banane, mein Lieblingstee, die ich mit meinen bebenden Fingern umfasste. Danach setzte ich mich auf das Sofa und ließ den Tag ausklingen. Als auf einmal alles dunkel wurde, na toll, der Strom war ausgefallen, schon wieder. Schöner Mist. Fluchend eilte ich zurück in die Küche, um Kerzen zu holen, die ich für solche Notfälle immer vom Vormieter in die Hand gedrückt bekommen hatte.

Als ich eine Stimme hinter mir hörte, die etwas flüsterte, »**Die Furchtlose, die keinen Dämonen fürchtet, geboren in der Menschenwelt. Die Tapfere, die Tochter Lucifers selbst und die Gütige, ein Engel, wenn sich die Drei begegnen, werden die Geknechteten der Hölle endlich entkommen und Chaos wird regieren. Die Drei werden uns freilassen und die Drei werden uns auch als einzige verbannen können.**« Als ich mich umdrehte, war die Stimme verschwunden und das Licht ging wieder an.

KAPITEL 3
Von Arbeit und gruseligen Männern

Ich starrte gelangweilt auf meine schwarzlackierten Fingernägel, eine Geste, die ich mir von Anna abgeguckt hatte, immer wenn mir langweilig war, schaute ich auf diese. Maggie wischte unterdessen zum zehnten Mal heute die Tische.

»Du weißt schon, dass wenn du das noch einmal machst, ich durchdrehe?«, fragte ich sie und musterte die Brünette mit leicht entnervtem Gesicht. »Komm schon, Maggie, du kannst dich in den Tischen schon spiegeln. Heute kommt einfach kein Kunde mehr.«, versuchte ich es erneut. Mit einem Seufzen stellte sie den Eimer ab, das Wasser schwappte bei der schwungvollen Bewegung gefährlich hin und her. Sie wandte sich dann mir zu.

»Ich weiß, Lucy, aber ich möchte mir hier auch nicht die Beine bis 19:00 Uhr in den Bauch stehen!«, grummelte meine Kollegin vor sich hin, während sie den Eimer erneut hochnahm und ihn im Spülbecken auskippte. Wenn man mich gefragt hätte, hätte ich sowieso die Öffnungszeiten bis 16:00 Uhr verschoben, danach kam kaum noch jemand in den Laden. »Na komm, Maggie, mach eine Pause, ich schaffe es auch, den Laden für einen Stunde allein zu schmeißen.«, grinste ich das Mädchen vor mir an, doch diese schüttelte nur den Kopf.

»Du weißt, dass Marvin es nicht mag!«, grummelte sie vor sich hin. Natürlich mochte Marvin das nicht, wenn nur eine Person im Laden war, aber damals als Anna allein war, hatte es doch auch funktioniert. Ich verdrehte genervt meine Augen. »Steht der Spieleabend mit Julia heute eigentlich noch?«, fragte ich interessiert. Während ich also verzweifelt versuchte, das Thema zu wechseln, schaute Maggie mich wieder einmal so komisch durchdringend an, während sie sich eine ihrer braunen Haarsträhnen aus dem Gesicht strich und zog die Schultern hoch.

»Keine Ahnung, sie hat sich nicht mehr gemeldet seit der Sache mit Roan.«, murmelte Maggie. Roan, der Ex Freund von Julia, hatte den Vogel mit seiner Aktion echt abgeschossen. Julia war am Boden zerstört, nach dem er mit ihr Schluss gemacht hatte. Was ich persönlich nicht verstand, wäre ich sie gewesen, hätte ich ihn schon längst aus meinem Leben geworfen. Aber als er sich dann einen Tag später wieder gemeldet hatte und ihr *gesagt* hatte, dass sie sich doch einfach umbringen sollte, weil sie so eine unglaublich schlechte Freundin war, hatte Julia es wirklich in Betracht gezogen, sich umzubringen.

Was für ein Arschloch, der hatte sich seinen Platz in der Hölle echt sowas von verdient. Danach hatten ihre Eltern sie in eine Irrenanstalt gesperrt. Was ich auch nicht verstand, hätte der Selbstmord funktioniert, wäre sie im Himmel gelandet und nicht in der Hölle, also war doch alles gut.

Aber das musste ich nun echt nicht verstehen. Nachdem sie wieder draußen war, hatte Roan sie gestalkt, bis er von der Polizei gestellt wurde. Julia hatte nun eine Verfügung gegen Roan. Ich wusste zwar nicht, wie ein Blattpapier Roan daran hindern sollte, sich ihr zu nähern, aber gut, solange sie sich damit sicher fühlte, bitte. Ich hatte ihr auch angeboten, den Kerl umzubringen, aber daraufhin hatte sie nur mit Tränen in den Augen gelacht. Ich verdrehte bloß die Augen. »Sie sollte darüber hinwegkommen!«

»Mensch, Lucy, manchmal hast du so gar kein Taktgefühl!«, fauchte Maggie mich wütend an.

»Mensch, Meg, okay, ich weiß, dass so etwas schlimm ist, aber mein Vater hat mich nicht gelehrt, Gefühle zu zeigen, Gefühle machen dich schwach …«, murmelte ich vor mich hin. Wie ein uraltes Mantra. Maggie schaute mich traurig an, ich tat so, als würde ich ihre Blicke nicht sehen. Das tat ich immer, wenn sie mich auf diese bestimmte Weise anguckte.

Ich verstand nicht so recht, warum sie mich so ansah, so als würde sie mich bemitleiden oder so. Die Brünette kam auf einmal auf mich zu und packte meine beiden Hände. »Du tust mir so leid, Lucy, was auch immer dein Vater dir angetan hat, er hat dich falsch erzogen …«, sie stoppte und schaute mich an, sie hatte Tränen in den Augen.

»Es ist in Ordnung, deine Gefühle zu zeigen, Lucy …«, sagte Maggie mit Nachdruck und drückte meine Hand noch einmal fest zusammen. Ich schaute auf die Uhr am Laptop, an dem wir uns immer an- und auschecken mussten. Ich grinste los. »Maggie, noch zehn Minuten!«, grinste ich und entzog ihr meine Hände. Ich unterdrückte den Drang, mit den Augen zu rollen, als Maggie mir noch einen ihrer mitleidigen Blicke zuwarf.

Ich war die verfluchte Prinzessin der Hölle, Gefühle gehörten nun einmal nicht in meinen Alltag, vor allem nicht Liebe. Mein Vater hatte mich ja schließlich auch nicht geliebt und trotzdem war aus mir etwas geworden! Ich wollte nicht über meinen Vater reden, außerdem hätte meine Geschichte Maggie ohnehin verstört. Sie war so unschuldig.

Die zehn Minuten vergingen sehr schnell und ich schloss den Laden ab, während Maggie sich um die Kasse kümmerte Als wir den Laden durch den Hinterausgang verließen, drückte Maggie mich noch ein letztes Mal an sich, bevor sie davonging, ihre flachen Schuhe hinterließen kaum ein Geräusch in der menschenleeren Gasse.

Ich wiederum ging in die andere Richtung davon. Schnell schritt ich durch die dunkle Gasse, wie immer war ich mir bewusst, dass dies eine gefährliche Gegend war, zumindest für normale Menschen, jedoch nicht für mich, ich meine, ich kenne eindeutig Schlimmeres, von Dämonen bis hin zu echten Jägern war alles dabei gewesen.

Als es begann zu regnen, war ich ungefähr bei der Hälfte meines Weges und ich begann loszurennen, um nicht komplett zu durchnässen. Meine Füße schlugen immer schneller auf dem Boden auf in der Hoffnung, noch halbwegs trocken zu Hause anzukommen.

Doch ich kam gefühlt keine drei Schritte weit, als ich gegen eine Wand gestoßen wurde, ein Mann drückte mich gegen die Wand und grinste mich an, er musste um die 20 Jahre sein und strich über meine Wange. Seine schwarzen Haare hingen ihm nass ins Gesicht. »Na, Schönheit …«, grinste er mich breit an. Sein Atem stank nach Alkohol.

Doch er war nur ein Mensch. Er war aber kein Jäger, da war ich mir sicher, die hatten immer so eine gruselige Ausstrahlung. Allein schon die Art, wie sie sich bewegten. Sie bewegten sich anders als normale Menschen, im Vergleich zu Normalos waren Jäger geschmeidiger in ihrem Gang. Ich erkannte einen Jäger, wenn ich ihn sah, dieser Junge vor mir war keiner, nur ein betrunkener Idiot. Ich lächelte ihn süß an. »Ich bin nicht interessiert und jetzt verpiss dich!«, fauchte ich und wollte ihn von mir stoßen.

Doch dieser lachte bloß lallend und griff eine meiner blonden Strähnen. »So schön, ich mag blonde Haare!«, murmelte er mehr zu sich selbst als zu mir. »Du hast die Lady gehört, Patrick, lass sie los!« sagte auf einmal eine Stimme hinter ihm. Dieser verdrehte die Augen, so als würde die Person, die gerade eben gesprochen hatte, ihn ungemein nerven.

Er schaute mich noch einmal an, grinste dann und drehte sich um. »Was willst du, Thomas!«, brummte dieser Patrick. »Ich will, dass du aus meinem Gebiet verschwindest und dass du das

Mädchen in Ruhe lässt!«, ich grinste, als Patrick sich zu diesem Thomas drehte. Ich wusste zwar nicht so wirklich, wo ich da hineingeraten war, aber anscheinend mochten die beiden sich nicht sonderlich. Ich nutzte den Moment von Patricks Abgelenktheit und stieß den betrunkenen Mann einfach nach vorne und rannte dummerweise genau in die Arme dieses Thomas. Heute war anscheinend einfach nicht mein Tag! Der sofort seine Arme um mich schlang und mich festhielt.

»Shh, alles ist okay, ich werde dir nicht weh tun.«, lächelte der Thomas-Typ, okay, meinetwegen, das hieß aber noch lange nicht, dass ich mit ihm kuscheln wollte! Er war größer als ich, seine braunen Augen blitzen mich an, so als würde er gleich einen Streich an jemandem spielen.

Er hatte blonde, verwuschelte Haare und trug eine braune Lederjacke, die offen war und mir einen Blick auf sein graues, enganliegendes T-Shirt gab. Dennoch fiel mein Blick auf etwas anderes als sein T-Shirt, unter dem man leicht die Bauchmuskeln erahnen konnte. Es war eine Kette, die um seinen Hals hing, sie sah aus wie ein Drache. Ich fühlte mich wie gefangen in seinem Blick und konnte meine Augen nicht von ihm abwenden. Alles in mir schrie danach, für immer stehen zu bleiben und ihn anzusehen.

Als dieser mit rauer Stimme zu diesem Patrick sprach. »Verpiss dich aus meinem Gebiet, Patrick, zum letzten Mal.« Dieser Patrick lachte doch nur. Was sollte das überhaupt mit dem Gerede über Gebiete? Waren die beiden in einer Gang oder so? »Nicht ohne das Mädchen!«, zischte Patrick. Seine dunklen Augen musterten sie, während er ihr ein Grinsen zuwarf, das wohl reihenweise Mädchen dazu brachte, sich ihm um den Hals zu werfen. Zu seinem Bedauern gehörte ich nicht zu solchen Mädchen!

»Vergiss es, Patrick.«, sagte Thomas und zog mich noch etwas näher an sich. Ich schob mich wieder etwas von ihm weg. Für unser erstes Treffen war mir das wirklich genug Körperkontakt. Patrick lachte. »Es wird Maximilian bestimmt interessieren, dass ich deine kleine Schwachstelle gefunden habe.«, sprach Patrick seinen Gedanken aus und drehte sich lachend um und verschwand in der Dunkelheit.

Ich drückte Thomas mit aller Kraft von mir weg, doch das realisierte er gar nicht, da er mit fluchen beschäftigt war. Aber hallo, der Junge kannte ein paar gute Schimpfwörter. »Entschuldige mal bitte.«, unterbrach ich ihn in seinem Gefluche, »Was fällt dir eigentlich ein? Jetzt denkt der Idiot, wir wären zusammen oder so was. Und jetzt lass mich sofort los!«, sprach ich wütend. Dann riss ich Thomas' Arm von mir, der immer noch um mich lag und schob mich an ihm vorbei. Der Regen hatte aufgehört und der Vollmond spiegelte sich in einer Pfütze wider.

Doch Thomas schien mich nicht gehen lassen zu wollen, er schaute mich an mit seinen wunderschönen Augen und griff nach meinem Handgelenk und hielt mich so zurück. Ich stolperte verwirrt einige Schritte zurück, als er mich ohne Vorwarnung am Handgelenk festhielt.

»Es tut mir leid, aber ich kann dich nicht gehen lassen, du weißt zu viel. Die Snakes werden dich tot sehen wollen.«, sagte er, während er mit tief in die Augen schaute. Okay, der Typ war echt komisch, warum mussten die Gutaussehenden auch immer vergeben oder verrückt sein?! Ich meine, komm schon, wer auch immer diese Snakes waren, sie machten mir keine Angst.

»Tut mir ja echt leid für diese Snakes, aber mich tötet man nicht so einfach. Aye?«, ich verstand kein Wort von dem, was er sagte. Außer dass ich ein Problem mehr hatte, das ich auf meine Liste der beschissenen Sachen schreiben konnte. Und was sollte der Scheiß, dass er mich nicht gehen lassen wollte, weil ich zu viel wusste. Ja du! Natürlich wusste ich viel. Ich wusste zwar nicht, was das jetzt damit zu tun hatte, aber bitte. Doch er schaute mich nur an, ich versuchte wieder ein Stück von ihm zurückzuweichen, ich hatte das Gefühl, er könnte in meine Seele sehen.

Ich mochte das Gefühl nicht.

Das Gefühl bescherte mir eine Gänsehaut, leicht fröstelnd, da mir plötzlich kalt wurde, schlang ich die Arme um mich selbst. Ich war klitschnass. Seine Hand legte sich an meine Wange. »Du bist so wunderschön.«, hauchte er und grinste mich an. »Und du bist komisch!«, ich zog meinen Kopf zur Seite. Doch er vergrub seine Finger einfach an meinem Nacken und hinderte mich somit, seiner Berührung zu entkommen. Seine Finger brannten auf meiner Haut, so als hätten sich tausende Glühwürmchen genau dort niedergelassen.

Ein wohliger Schauer jagte mir über den Rücken. Thomas grinste, während sich seine schokoladenfarbigen Augen in meine bohrten, ich wunderte mich, wie sie wohl im Sonnenlicht aussehen würden. Ich stieß ihn von mir, diesmal mit Erfolg. Ich rannte los, meine Füße verfielen sofort in einen etwas zu schnellen Rhythmus, ich wusste, dass ich für das menschliche Auge etwas zu schnell wirken musste. So als hätte jemand einen Film leicht schneller gemacht. Als ich zu Hause ankam, schloss ich die Tür ab und ging erst einmal duschen, das heiße Wasser würde mich beruhigen und vor einer Erkältung bewahren, zumindest hoffte ich das. Menschlich zu sein war ja schön und gut, aber seitdem ich auf der Erde war, hatte ich schon fünf Erkältungen gehabt. Darauf hätte ich echt verzichten können. Als ich aus der Dusche kam, schmiss ich mich nur auf mein Bett. Ich wollte nicht über den Abend nachdenken, ich wollte nicht darüber nachdenken, wer Thomas war oder in was er mich da mit reinzog. Eigentlich hoffte ich nur darauf, dass er mich in Ruhe ließ, denn ich brauchte jetzt keinen Typen, der mir hinterherrannte wie ein Welpe.

Das brauchte und wollte ich auch nicht! Trotz meiner Gedanken schlief ich schnell ein. Der Wecker riss mich am nächsten Morgen aus dem Schlaf, als ich aus dem Bett stieg, stolperte ich zu allem Unglück über einen meiner Wäscheberge.

Ich schleppte mich also in meine Dusche und war in Sekundenschnelle wach. Kreischend sprang ich aus der Dusche, da mein Wasser eiskalt war und ich zu meinem Unglück noch meinen Pyjama trug. Na, ganz toll! Als ich bibbernd in meiner Küche stand, die mit an das Wohnzimmer angeschlossen war, da ich noch nicht die Tür aus dem Keller heraufgeholt hatte, stellte ich fest, dass ich nichts mehr Essbares im Kühlschrank hatte.

Also würde ich mir wohl etwas unterwegs holen müssen. Also, der Tag war für mich sowas von gelaufen! Wütend stapfte ich also etwas früher als sonst aus meiner Wohnung, der Tag lief echt beschissen! Als ich dann endlich mit einer Brötchentüte und einem Kaffee to go an der Arbeit ankam, hetzte ich die Stufen zu unserem Aufenthaltsraum hoch, nur um keine Minute später wieder herunter zu hetzen und unterdessen meine nicht gekämmten Haare in einen Zopf zu fassen.

Anna begrüßte mich mit einem gegrunzten, »Hi.«, nur um sich dann wieder ihren neonpink lackierten Fingernägeln zuzuwenden.

Ich grüßte zurück und versuchte, mir ein Lächeln abzuringen, doch ich war mir nie sicher, ob diese Frau mich nun mochte oder nicht. Teilweise dachte ich, dass ich das Eis zwischen uns gebrochen hatte, doch da kam sie direkt wieder an mit irgendeiner Aktion und ich dachte, sie konnte mich wieder nicht leiden. Ich wusste ja noch nicht einmal, warum mich das stören sollte, ich brauchte diese Frau ja nicht als Freundin, aber dennoch störte es mich.

Die Arbeit war heute besser, es kamen viele Kunden, bis eine Gruppe in schwarzen Lederjacken hineinkam, alles schien ruhig zu werden, einige verließen fluchtartig das Café. Anna war gerade in der Mittagspause und so war ich allein. Die Gruppe kam direkt zum Tresen und sie alle grinsten mich freundlich an, bis mir einer ins Auge stach. »Was willst du denn hier?«

Dort stand Thomas und grinste mich an. »Hallo Prinzessin.«

»Was willst du?«, wiederholte ich nur wütend meine Frage und schaute den Mann vor mir an.

Ich konnte und wollte nichts von ihm. Und erst recht wollte ich keine Beziehung mit ihm.

Drei gute Gründe warum nicht: Erstens, ich bin die Tochter des Teufels. Zweitens, ich bin ein Einzelgänger, meine besten Freunde in der Hölle waren Dämonen, die keine so gute Gesellschaft für ein kleines Kind sind. Drittens, hatte ich schon erwähnt, dass Lucifer mein Vater ist? Also musterte ich ihn nur kalt, sollte er doch von mir denken, was er wollte! Dann wandte ich mich an die anderen aus der Gruppe. »Wollt ihr etwas trinken?«, fragte ich mit einem zuckersüßen Lächeln.

KAPITEL 4
Von Dates und
Leeren Kühlschränken

Ich starrte gelangweilt vor mich auf einen Fleck. *Wie lange sie wohl noch braucht?* Anna zählte, während meines langweiligen Vor-mich-Hingestarres das Geld. Ich wischte mit dem Lappen, den ich noch vom Saubermachen in der Hosentasche stecken hatte, über den Fleck.

Er ging nach einigen festen Schrubbern weg und damit war alles sauber. Alles glänzte und ich schnaubte wütend. Noch eine halbe Stunde bis ich gehen konnte, eine halbe Stunde, in der ich nichts tun konnte. Wenigstens hatte ich Morgen frei. *Freiheit, ich komme!*

Der kleine Lichtblick, wenn man so wollte. Ich könnte einkaufen gehen und vielleicht noch einige andere Dinge erledigen. Als hätte ich irgend-ein Leben. Endlich grinsend schloss ich die Tür ab und machte das Licht aus. Anna trug die Kasse in Marvins Büro und schloss sie ein. »Na los, lass uns gehen!«, grinste ich sie an. Wir beide waren oben in unserem Pausenraum und ich holte noch schnell meine Tasche und lächelte Anna noch einmal an. »Sehen wir uns Mittwoch?«

»Nein, Mittwoch habe ich frei.«

»Okay, dann Donnerstag!«, lächelte ich sie noch einmal an. In der Vermutung, dass unser Gespräch nun beendet war, drehte ich mich weg. Doch Anna schien das nicht ganz so zu sehen, denn sie redete weiter. »Dieser Junge, der heute in den Laden kam, er und seine Freunde, du solltest dich von ihnen fernhalten. Marvin hätte sie rausgeschmissen, wäre er heute hier gewesen.« Ich blieb etwas verwirrt stehen.

»Warum, weißt du etwas, was ich nicht weiß?«, fragte ich sie, nachdem ich mich wieder zu ihr gedreht hatte. »Nein!«, sagte Anna etwas zu schnell. Etwas zu hart klingend, ich wusste, dass sie nicht die Wahrheit sagte. »Ich wünsch dir einen schönen Abend und einen schönen freien Tag morgen.«, rief Anna und schob sich schnell an mir vorbei. »Anna, warte ...«, doch Anna war schon weg, so schnell als wären ihr Flügel gewachsen und sie wäre weggeflogen.

Komische Frau, ich eilte die Treppen hinunter und eilte aus der Hintertür, dort schob ich zwei Riegel vor und schloss die Tür ab. Jede Kollegin hatte einen Schlüssel für diese Tür. Damit kam man hoch in die Privaträume, solange man das Passwort für die Privaträume kannte.

Die Tür zum Laden wurde so abgeschlossen. Der Schlüssel für die Tür zum Laden wurde dann nach oben in die Privaträume gelegt. Ich drehte mich um und schob mich zwischen den Häusern auf die Hauptstraße. Als ich an dem grauen Haus, das ich mein Zuhause nannte, ankam, lehnte eine Person neben der Haustür. »Nicht du schon wieder! Kannst du mich nicht in Ruhe lassen?«

»Nop«, er stieß sich von der Wand ab. »Was willst du?«, fragte ich ihn, während ich in meiner Tasche nach meinem Schlüssel suchte.

Sein Körper war im Dunkeln, ich konnte nicht einmal sein Gesicht sehen und dennoch war ich mir sicher, dass er es war. Ich musste noch nicht einmal ordentlich hinsehen, um zu wissen, dass er es war, ich wusste es einfach.

»Ein Date!« Ich stockte, schaute zu ihm auf und lachte laut los. Ich schüttelte lachend den Kopf.

»Hey, es ist spät, haltet da unten die Klappe!« Es war meine Nachbarin aus dem ersten Stock, Miss Flanagin, Eine alte Frau, die nicht wirklich mehr herauskam und jeden ihrer Nachbarn mit ihren Problemen nervte.

»Es ist gerade mal 18 Uhr, Miss Flan…«

»Das ist mir egal, Lucy!«

»Bescheuerte alte Schachtel!«

»Das habe ich gehört!«

Thomas grinste vor sich hin.

»Was?«, fauchte ich ihn wütend an.

»Ach komm schon, Lucy, nur ein Date, wenn du es bereust, lasse ich dich auch in Ruhe.«

Nun mischte sich auch mein Nachbar und guter Freund William ein, der gerade mit zwei großen Einkaufstüten um die Ecke kam, und sich anscheinend unbedingt einmischen musste.

»Na los, Lucy, nun sei nicht so und sag Ja!« Dann sah er Miss Flanagin, die sich gefährlich weit aus dem Fenster lehnte. Also wenn sie jetzt fallen würde, wäre das ein einfacher Unfall.

»Oh, hallo Miss Flanagin.« Will winkte ihr und schenkte ihr ein Herzensbrecher-Grinsen, das selbst die alte Schachtel zum Lächeln brachte.

Dann schaute er zu mir. »Na los, Lucy, das wird dir guttun.«

Ich brummte wütend vor mich hin. »Na gut. Morgen habe ich meinen freien Tag. Du kannst mich um 16:00 Uhr abholen, du weißt ja, wo ich wohne!«

Er grinste triumphierend und seine braunen Augen funkelten. »Bis morgen, Prinzessin.« Er grinste, drehte sich um und ging, nein, stolzierte bestimmt mit einem überheblichen Grinsen davon.

Ich schüttelte meinen Kopf und schloss die Tür auf. »Kommst du, Will?«

Will lief grinsend an mir vorbei. »Lucy hat ein Date, Lucy hat ein Date.«, summte er vor sich hin, in einer unglaublich hohen Mädchenstimme.

»Halt die Klappe, Will.«, sagte ich leicht außer Atem.

Er lachte bloß. »Oh, ich habe eine neue DVD gekauft, willst du reinkommen und den Film mit mir gucken?«, fragte er mich. »Klar, lass mich mich bloß schnell umziehen, dann komme ich rüber.«, grinste ich ihn an, solange er mich nicht weiter mit meinem Date nervte, ich schloss meine Tür auf. Und ließ mich auf mein Bett fallen.

Am liebsten wäre ich liegengeblieben, doch ich wusste, dass Will dann mit seinen Chipsvorräten einfach rübergekommen wäre und sich über meinen kleinen Röhrenfernseh ausgelassen hätte. Wahrscheinlich hätte er dann noch meinen leeren Kühlschrank gesehen, das wäre es dann mit dem Fernsehabend gewesen, denn er würde mich einfach zum Einkaufen schleifen.

Also schmiss ich meine Anziehsachen auf den schon existierenden Wäscheberg, der kunterbunt war und inzwischen sogar eine beträchtliche

Höhe hatte. Ich kramte eine schwarze Jogging-hose und ein schlichtes graues T-Shirt heraus und steckte meine Schlüssel in meine dunkelblaue Sweatshirt-Jacke, die ich mir übergeworfen hatte.

Danach schmiss ich meine Tür ins Schloss und eilte zu Will, dort klopfte ich gegen seine Tür. Ich schaute auf meine schwarzen Boots, nur um dann auf seine dunkelblaue Hausmatte zu gucken, auf der in cremefarbenen Schnörkelbuchstaben stand: **Komm rein, kannst du rausgucken.**

Sofort zog er mich in seine Wohnung, nach-dem er an der Tür angekommen war. So als hät-ten wir ein kleines, schmutziges Geheimnis. Bei dem Gedanken musste ich schmunzeln. Seine Wohnung war, im Gegensatz zu meiner, schön eingerichtet. Die Wände waren in einem Schwarz gestrichen, dadurch zogen sich allerdings kleine weiße Linien, die, wenn man genau hinsah, einen großen Baum ergaben, was echt cool aussah. Ein weiterer Pluspunkt war der große Flachbild-Fern-seher, der die halbe Wand einnahm. Die dunklen Regale, die aus demselben Holz wie der Boden waren, aus Kirschholz, gaben dem Raum dann noch eine ganz besondere Ausstrahlung. »Weißt du was?«, fragte er mich.

»Was?«, fragte ich ihn. »Ich habe heute einen Vampir getroffen, naja, er wurde von einem echten Jäger umgebracht, bevor ich überhaupt Hallo sagen konnte. Nicht dass ich das wollte, aber so einem Jäger zuzusehen, ist schon echt unglaublich.«, er freute sich wie ein kleines Kind. »Der Jäger hat mir sogar seine Nummer gegeben … Falls ich mal Hilfe brauchen sollte.«

Er grinste mich an. »Oh, wie toll …«

»JA, nicht wahr? Ich meine, vielleicht kann er mir ja beibringen, ein **echter** Jäger zu sein.« Ich nickte bloß stumm, meine Freude hält sich offensichtlich in Grenzen. Will legte seine Beine auf den kleinen schwarz lackierten Holztisch und drückte auf Play. Der Film war irgendein Actionstreifen.

Wir aßen Tiefkühlpizza, die Will sich vor einigen Tagen gekauft hatte. Zwei einfache Salami-Pizzen. Für mich das erste Essen, was ich seit heute Mittag hatte. Dementsprechend schlang ich die Pizza auch mehr herunter, als dass ich sie gemütlich aß. Als ich um Mitternacht nach Hause kam, fiel ich nur noch auf mein Bett. Und driftete in einen unruhigen Schlaf. Ich wurde um 6:00 Uhr von meiner Wohnungsklingel geweckt. Ich fiel vor Schreck aus dem Bett auf den kalten, harten Boden.

»Verfluchter Mist!« Es klingelte erneut. »Ja doch, ich komme.« Erst nachdem ich in die Richtung der Tür gebrüllt hatte, fiel mir auf, dass die

Person, die gerade zum dritten Mal klingelte, sehr wahrscheinlich unten vor der Eingangstür stand. Also drückte ich als erstes den Knopf, um die Tür unten zu öffnen. »Na los, Prinzessin, mach die Tür auf.« War das jetzt sein scheiß Ernst? Vor der Tür stand niemand anderes als Thomas. Ich öffnete die Tür. Er stand mir gegenüber und seine braunen Augen musterten mich. Ein Grinsen breitete sich auf seinem Gesicht aus und bevor ich ihm die Tür vor der Nase zuschlagen konnte, um mich wieder ins Bett zu verziehen, hielt er eine Brötchentüte hoch.

»Ich habe 16:00 Uhr gesagt und nicht 6:00 Uhr.«, sagte ich, während ich ihn wiederwillig hineinließ.

»Oh, ich bin mir sicher, du hast 6:00 Uhr gesagt!«, grinste er mich breit an.

Ich lächelte leicht, denn irgendwie fand ich ihn ja schon niedlich und lief in die Küche, erst da fiel mir auf, dass mein Kühlschrank ja leer war. Verdammt! »Ich ziehe mich eben an, du kannst dich gerne ins Wohnzimmer setzen!«

Er nickte und setzte sich auf mein gelbes Sofa, das Sofa war nicht gerade klein, dennoch nahm Thomas viel Platz darauf weg. Er schaute sich mit einem neugierigen Glitzern in den schokoladenbraunen Augen um.

Als ich mir sicher war, dass er sitzen bleiben würde, eilte ich um das Regal herum in mein Schlafzimmer und zog mich schnell an. Eine einfache Jeans und ein schwarzes T-Shirt.

Erst da fiel mir auf, dass er sehr wie ein Jäger gekleidet war. In meinem Magen zog es sich unangenehm zusammen, ein Jäger und dann auch noch in meiner Wohnung, auf meinem Sofa …

Nein, daran wollte ich gar nicht denken, zudem hätte ein Jäger schon beim ersten Aufeinandertreffen mit mir gewusst, dass etwas nicht stimmte.

Als ich ihn auf einmal rufen hörte. »Du hast ja gar nichts im Kühlschrank.«

Verdammt! Ich warf schnell meine blaue Tagesdecke über den Wäscheberg. Er musste nun wirklich nicht mein Chaos sehen und durch die Decke gaukelte ich mir wenigstens vor, dass man nicht erraten konnte, was sich darunter befand. »Ähm, ich bin noch nicht dazu gekommen, einkaufen zu gehen, und außerdem habe ich nicht erwartet, dass du hier um 6:00 Uhr früh stehst …« Ich lief ins Wohnzimmer und setzte mich aufs Sofa.

Thomas hatte mir seinen Rücken zugewandt, während er vor dem Kühlschrank stand.

»Bist du eigentlich ein Jäger?« *Ja, super, Lucy, das machst du richtig klasse!*

»Warum, bist du etwa ein Dämon?«, fragte er mich lachend.

Ich lachte leicht, wenn er nur wüsste. »Nein! Aber du hast meine Frage nicht beantwortet … Also, bist du nun ein Jäger?«, ich wollte es wirklich wissen. Nur um sicher zu gehen, dass ich ihn nicht, wenn es hart auf hart kam, umbringen müsste. Ich war vielleicht zur Hälfte ein Dämon, das hieß aber noch lange nicht, dass ich keine Seele hatte. Ich wollte ihn nicht vielleicht bald töten müssen! Er war auch nur ein Unschuldiger in diesem Spiel, das mein Vater spielte.

»Ich habe die Grundkenntnisse in der Schule gelernt so wie jeder andere. Ich war sogar gut genug, um es wirklich erlernen zu können. Aber es war nichts für mich und nachdem mein Bruder sein R…«, er stoppte mitten im Satz.

»Also kein Jäger?«, fragte ich ihn grinsend, über seine eigene Unterbrechung wunderte ich mich nicht sonderlich. Er und ich waren Fremde, seine Vergangenheit ging mich nichts an.

Er setzte sich neben mich. »Kein Jäger!«, bestätigte er mir grinsend, ich lächelte zurück. Dann stand er auf und zog mich mit sich hoch. »Wir gehen einkaufen. Du brauchst was im Kühlschrank.«

Mein Magen knurrte wie zur Bestätigung einmal laut.

Thomas lachte, »Und was im Magen!«

Er zog mich also aus meiner Wohnung und wir wollten, naja, er wollte, ich wurde nur mitgeschliffen, einkaufen gehen. Naja, Betonung lag auf wollten. Irgendwie gingen wir einfach spazieren und er begann mich, Dinge zu fragen. Was ich mochte, was ich nicht mochte. Mein Lieblingsessen, mein Lieblingsfilm, er fragte mich sogar nach meiner Lieblingsfarbe. Ich fragte ihn dieselben Dinge, weil ich etwas über ihn wissen wollte.

Was sein Lieblingshobby war und ob er Geschwister hatte. Er interessierte mich, was komisch war, bis jetzt hatte ich noch nie das Verlangen gehabt, jemanden auszufragen über sein Leben. Ich meine, als ich noch sehr klein war, hatte ich davon geträumt, dass mich jemand aus der Hölle rettet, doch das hatte nie jemand getan.

Und er, er hatte einen Traum gehabt, aber wegen irgendetwas in seiner Vergangenheit, was mit seinem Bruder zu tun hatte, hatte er diesen Traum schnell aufgegeben. Ich wollte unbedingt wissen, was es mit Thomas auf sich hatte. Er war anders als alle Menschen, die ich bis jetzt getroffen hatte.

KAPITEL 5

Ihr Name ist Tamara

- 1 Jahr später -

Tamara Reynolds schaute aus dem Fenster. »Tami, ist alles okay?« Die Blonde lächelte und schaute zu Lucy.

»Lucy … Haben du und Nine etwas herausgefunden?«

Lucy seufzte und schüttelte den Kopf. »Nein, Tami, es tut mir leid, da war einfach nichts.«

Tami seufzte. »Jon und Nine machen sich morgen auf den Weg zurück nach Dallas …«

Lucy lächelte sie an. Es war ein gequältes Lächeln. »Ich habe gehört, dass es in New Orleans eine Hexe gibt, die angeblich mit Engeln sprechen kann, vielleicht könnten wir durch sie … Aylin erreichen.«

»Vielleicht.« Tamara war alles recht, solange sie nur aus Chicago rauskommen würde. Sie hatte lange genug hier festgesessen! Lucy schaute sie noch einmal an. »Ich muss noch einige Sachen fertig packen …« Tamara nickte bloß und schaute weiter aus dem Fenster. Auch wenn sie draußen nichts als ein Parkhaus sah. Klobig und grau stand es da unerschüttert. Fast schon episch wirkend, wenn man davon ausging, dass vor einigen Monaten genau auf den Straßen ein Krieg zwischen Dämonen und Menschen getobt hatte.

Es kam ihr so vor, als wäre sie in ihrem Kopf gefangen. Sie konnte und wollte nichts machen, sie konnte einfach nur aus dem Fenster gucken. Sie hatte alles verloren. Sie hatte ihren Mann verloren, ihre Tochter und irgendwie auch ihre Brüder. Sie dachte an Shayne, wie seine grünen Augen aufgeleuchtet hatten, als der Arzt ihnen sagte, dass sie ein Kind erwarteten.

Sie wusste nicht, wann sie sich in ihn verliebt hatte, sie wusste, dass er gut ausgesehen hatte, auch als sie ihn zum ersten Mal gesehen hatte, wusste sie, dass sie ihn nicht von der Bettkante gestoßen hätte. Doch Tamara konnte nicht sagen, wann genau sie sich in ihn verliebt hatte.

Doch dann war er so ein Arschloch gewesen, so wie gefühlt jeder Mann in ihrem Leben. Und dann war er auf einmal ihr Mann und sie, sie wusste immer noch nicht, was sie fühlen sollte. Sie wusste, dass sie Shayne liebte, aber gleichzeitig wollte sie ihn so gerne hassen, weil es jetzt einfacher wäre, wenn sie ihn hassen würde. Sie würde ihn jetzt nicht vermissen, wenn sie ihn hassen würde. Es tat weh, es schmerzte sie. Tamara wollte ihn nicht vermissen. Sie wollte auch nicht darüber nachdenken, was ihm jetzt in der Hölle angetan wurde. Ja, Hass wäre so viel einfacher. Aber sie konnte sich ihre Gefühle nicht einfach aussuchen. Dennoch dachte sie darüber nach. Sie dachte an Lucifer und sie dachte an Lucy, die so eine schlechte Beziehung zu ihrem Vater hatte.

Ein rotes Auto fuhr vom Dach des Parkhauses. Es wand sich über die Abfahrt immer tiefer zurück auf den Boden, fast schon so als würde es vom Himmel auf die Erde fahren. Sie dachte an Shayne und wie er sie angesehen hatte, als er gefallen war. Und dann dachte sie an Lucifer, wie er ihr von einem Jungen erzählte, als sie noch klein war. Er erzählte ihr von dem Jungen, der sich verliebte in einen Gastaltenwandler und dieser Wandler lockte den Jungen in einen Hinterhalt.

Was würde Lucifer wohl mit Shayne machen … Der Junge wurde von dem Geliebten der Gestaltwandlerin umgebracht. Würde Lucifer Shayne jetzt auch umbringen? Der Junge starb und das nur, weil er der falschen Person verfallen war. So wie sie auch. Würde Shayne jetzt sterben? Tränen begannen ihr stumm die roten Wangen hinunterzulaufen. Tamara horchte verwirrt auf, ihr Telefon klingelte.

Sie schaute aufs Display, eine fremde Nummer stand auf dem Display. Tamara nahm ab. »Reynolds …«

»Ich wurde von Nine beauftragt, dich anzurufen. Man sagte mir, dass ihr den Teufel töten wollt …«, die Stimme am anderen Ende war die einer älteren Frau.

Tamara wollte gerade dazu ansetzen, der Frau zu antworten. Ihr zu sagen, dass die Informationen falsch waren, die sie erhalten hatte.

Doch da sprach die Frau schon weiter. »Ich möchte euch helfen, ihn zu töten. Ich habe noch eine Rechnung mit ihm offen.« Tamara war verwirrt, als die Frau ohne etwas Weiteres zu sagen, einfach auflegte.

Tamara stand auf und zog sich mit aller Mühe ein ihr viel zu großes T-Shirt und eine schwarze Hose an. Es war anscheinend Zeit, sich auf den Weg zu machen. Die blondhaarige Frau begann, ihre Sachen zu packen, und stellte den Rucksack auf dem frisch gemachten Bett ab.

Lucy kam einige Minuten später durch die Tür. »Wir können los.«, war das einzige, was Tamara zu ihr sagte. Lucy nickte leicht und machte Tamara den Weg aus der Zimmertür frei.

Tamara eilte nach draußen aus dem Gebäude. Doch erst als sie mit Lucy aus Chicago herausfuhr, fühlte sie sich nach langer Zeit wieder frei. Das Atmen fiel ihr nicht mehr so schwer. Es war, als hätte sie die ganze Trauer hinter sich gelassen, als sie Chicago verließ. Sie wusste, dass Dove in guten Händen war. Ihr kleines Mädchen war sicher und schon bald würde sie sie wiedersehen.

KAPITEL 6
Von Dates und Entführungen

- Wieder in der Gegenwart -

Thomas und ich betraten denn Einkaufsladen. Einige Leute traten bei Thomas' Anblick zurück.

»Warum schauen dich alle so an?«, fragte ich etwas verwirrt.

»Keine Ahnung …«, meinte er, während er den Einkaufswagen an den Süßwaren vorbeimanövrierte.

»Halt, warte …«, ich streckte mich und holte zwei Tüten Chips vom Regal. Ich schmiss noch zwei Tafeln Schokolade in den schon recht vollen Einkaufswagen.

Thomas lachte und schob den Einkaufswagen weiter. »Na los, komm weiter, bevor du noch das ganze Regal mitnimmst!«, grinste er und schlang einen Arm um meine Schultern. Ich stoppte verwirrt. Langsam drehte ich mich um und dort stand ein Mann, der Athelstan ähnlichsah. »Athelstan, bist du das?«, fragte ich etwas verwirrt.

Der alte Herr drehte sich ganz zu mir. Da ich ihn nur zur Hälfte gesehen hatte, als Thomas und ich an ihm vorbeigegangen waren. Er stand vor einem Regal Gewürze. »Nein, tut mir leid, Kleine, ich glaube, ich bin nicht dieser Athelstan …«

»Entschuldigung. Mr. …«, schnell drehte ich mich um und eilte Thomas hinterher. Das war wirklich nicht Athelstan gewesen, auch wenn er meinem liebsten Dämon erstaunlich ähnlich gesehen hatte.

Fast schon erschreckend ähnlich, sogar die Stimme klang ähnlich. Thomas packte derweil gerade eine Packung Fleisch in den Einkaufswagen. »Lecker Hühnchen …« Thomas lachte, als er meinen Kommentar hörte. Auch wenn mir das Athelstan-Doubel nicht aus dem Kopf ging, versuchte ich es erstmal zu ignorieren.

Ich konnte ja sowieso nichts machen. Schlussendlich standen wir an der Kasse und ich wollte bezahlen, doch Thomas zog mir mein Portmonee aus der Hand.

»Ich zahle …«

»Ich kann auch alleine für mein Essen bezahlen.«, sagte ich, während ich versuchte, meinen Geldbeutel von ihm zurückzuergattern. Er grinste bloß. Bescheuerter, viel zu großer Idiot.

»Das macht dann 50,00$.« Thomas grinste und zog einige Scheine aus seiner Jackentasche. Dann drückte er mir meinen Geldbeutel wieder in die Hand.

Wir redeten noch viel, aber das Thema kam nie auf seine Familie oder meine zu sprechen. Wofür ich dankbar war, ich wollte ihn nicht anlügen müssen. Auch wenn es dieselbe Lüge sein würde wie immer, wenn mich jemand auf meine Familie ansprach. Die Mutter tot, war bei einem Autounfall gestorben, als sie noch sehr jung gewesen war. Den Vater hatte sie nie gekannt. Sie war bei ihrer Tante aufgewachsen, bis sie 15 Jahre alt war. Danach hatte ihre Tante sie rausgeschmissen. Sie hatte ihr gesagt, dass sie nie wieder etwas von ihr hören wollte.

Ich schaute zu Thomas, der sich gerade einen Löffel Tomatensuppe in den Mund schob. Er grinste mich an, sein Löffel hing ihm schief aus dem Mund.

Es war eine Woche nach unserem ersten Date und wir hatten unser zweites offizielles Date, da er mich irgendwie begann zu begeistern und ich mochte ihn. Er war so anders als die anderen Menschen, die ich bis jetzt kennengelernt hatte.

Ich mochte seine Gesellschaft. Ich konnte mich entspannen, auch wenn er da war.

»Thomas, wir müssen reden …«

»Oh, das ist nicht gut. Ich meine, Frauen sagen das nur, wenn es um etwas geht …«

»Ach, halt die Klappe! Ich möchte nur endlich wissen, weshalb alle Leute dich anschauen, als wärst du der Teufel.«, fragte ich ihn leicht lächelnd. Ich und lehnte mich etwas vor und schaute ihm in seine braunen Augen.

Ich wollte es wissen, weshalb jeder ihn so anschaute.

»Vielleicht wenn wir uns etwas besser kennen …« Ich nickte verstehend. Natürlich war ich etwas traurig, allerdings ging es mich eigentlich nichts an. Außerdem erzählte ich ihm ja auch nicht alles.

»Okay.«

Nachdem ich meine Pommes aufgegessen hatte, gingen wir spazieren. Bis Thomas einen Anruf erhielt. Das Gespräch bestand nur aus kurzen abgehackten Wörtern wie Ja und Nein und ab und an mal ein heftiges Kopfnicken. Thomas beendete das Gespräch mit, »Ich bin auf dem Weg.«

»Du musst los?«, es klang zwar wie eine Frage, doch es war mehr eine Feststellung meinerseits, als er aufgelegt hatte. Er nickte und drehte sich zu mir, bevor ich überhaupt reagieren konnte, waren seine Lippen ganz leicht auf meinen.

Seine Lippen waren weich und er schmeckte nach Minze. Schmetterlinge tanzten in meinem Bauch. Meine Haare standen gefühlt zu Berge, da eine angenehme Gänsehaut meinen Körper überzog.

Doch das alles passierte in dem Bruchteil einer Sekunde. Bevor ich nach ihm greifen konnte, war er schon verschwunden. Ich schaute ihm nach, als er um die nächste Ecke verschwand.

»Okay, das war komisch.«, sagte ich zu mir selbst, eine Hand an meinen Lippen, die immer noch kribbelten.

Danach drehte ich mich um und machte mich auf den Weg nach Hause. Allerdings wollte ich auch noch nicht so wirklich nach Hause, also beschloss ich, den langen Weg zu nehmen, der an einem kleinen Springbrunnen vorbeiführte.

Also lief ich los in Richtung des Springbrunnens, in meinem Kopf zog ich mir schon die Schuhe aus und hielt meine Füße in das kühle, angenehme Wasser. Ich achtete nicht wirklich auf den Weg vor mir oder auf die Leute, die um mich herumgingen. Bis mir auf einmal schwindelig wurde, ich fühlte mich nicht mehr wohl und mir kam die Luft auf einmal viel zu warm vor.

Alles begann, sich immer schneller zu drehen. Schnell schob ich mich in eine Seitengasse und schloss die Augen. Einfach atmen, Lucy. Es half etwas, ich hatte das Gefühl, wieder Luft zu bekommen.

Doch dann hörte ich eine Stimme: »Wen haben wir denn da?!« Ich erkannte die Stimme, es war der Typ von damals, der betrunkene Patrick. »Und dann auch noch auf unserem Gebiet. Hallo Engel.« Ich hatte das Gefühl, dass er eher zu sich selbst, als zu mir sprach.

Doch über sein »Hallo Engel« konnte ich nur lachen, es war etwas zittrig, da ich mich immer noch sehr unwohl in meiner Haut fühlte und in der Luft vor mir immer noch schwarze Punkte flimmerten.

Er kam näher und drückte mich gegen die Wand. Mich nervte das Ganze langsam, aber sicher. Ich wollte ihn gerade von mir wegstoßen, als eine Stimme gebieterisch rief, »Patrick!«

Patrick drehte sich zu der Stimme um. Dort stand ein Mann, seine Haare waren honigblond und seine Augen so braun wie die von Thomas. Er sah aus wie eine ältere Version von Thomas, zumindest auf den ersten Blick. Er war etwas breiter als Thomas. Doch selbst vom Kleidungsstil könnten sie sich ähnlich sein. So wie Thomas trug der Fremde einen schwarzen Kapuzenpullover und eine einfache Jeans.

»Maximilian, das ist das Mädchen, von dem ich dir erzählt hatte.«

Ich schaute ihn, Maximilian, an und als seine Augen meine trafen, sah ich es. Ich sah, was er war.

»Werwolf!«, entkam es mir nur leise gehaucht, doch anscheinend nicht leise genug.

Ich wollte zurückweichen. Doch Patrick hielt mich immer noch fest.

»Bring sie zum Geheimversteck.«, knurrte Maximilian.

Ich starte ihn verwirrt an. »Tschuldige bitte mal …« Doch auf einmal war er mir viel zu nah. Seine Augen gold und seine Zähne zeigte er mir. Richtig reizender Typ. Maximilian strich mir eine Strähne meines Haares aus dem Gesicht.

Ich hätte nur allzu gerne mal nach seiner Hand geschnappt, so wie ich es früher als kleines Kind gemacht hatte, wenn mich jemand berührt hatte, den ich nicht mochte. Doch ich entschied mich für die friedliche und weitaus ruhigere Variante: Reden!

»Könntest du bitte aufhören, mich anzufassen!«, murrte ich und starrte den Wolf vor mir an.

Dann drehte ich mich um und ging einfach weg oder versuchte es, da Patrick mich einfach packte und mich über seine Schulter warf.

»Ist das euer Ernst?«, fauchte ich wütend. Ich war nicht machtlos, aber mir war gerade sowieso langweilig, also konnte ich mich auch einfach entführen lassen. Zudem interessierte mich die Verbindung zu Thomas, die Patrick und der Werwolf anscheinend zu ihm hatten.

Sollten die beiden mir blöd kommen, könnte ich sie in nur ein paar Sekunden töten. Ich lief ja nicht gerade unüberlegt in die Sache hinein.

Ich ließ mich also einfach hängen, wortwörtlich. Patrick setzte mich in einen Lieferwagen und mir wurden die Augen verbunden. Komische Menschen gibt's. Meine Hände wurden mir auf dem Rücken zusammengebunden.

Was, wenn ich ehrlich war, verdammt lächerlich war. Mein Rücken lehnte an der einen Wand des Lieferwagens. Ich hatte einige Kisten gesehen, bevor Patrick mir mit einem schwarzen Lappen die Augen verbunden hatte.

Der Wagen legte auf einmal eine Vollbremsung hin. »Aua, verfluchter Mist!«, fluchte ich. Als ich gegen die Wand aus Kartons geschleudert wurde, ich hörte neben mir ein Glas zerbrechen. Nach dem kurzen, unangenehmen Stopp ging es weiter. Wenn ich ehrlich war, wusste ich nicht, wie lange wir gefahren waren. Ich wusste nur, dass wir mehrmals erneut anhielten, allerdings bremsten wir langsamer und nicht so ruckartig wie beim ersten Mal.

Wofür ich ihnen echt dankbar war. Der Wagen begann nach einer Weile zu ruckeln. Wir fuhren anscheinend über ein noch altes Kopfsteinpflaster, was es nicht sehr häufig gab, zumindest nicht soweit ich wusste. Allerdings war ich auch nie viel weiter als bis zu Brunos gekommen. Nach einer relativ ruckelnden und auch schmerzhaften Fahrt wurde die Straße wieder glatt. Nur um kurz darauf leicht abzufallen, bis der Wagen mal wieder zu einem unangenehmen Stehen kam. Ich hörte, wie ein Tor geöffnet wurde, bevor wir auf einen Sandweg fuhren, der wieder etwas bergabwärts führte. Der Wagen kam zum Stehen, bevor jemand dann anscheinend begann, den Wagen rückwärts einzuparken. Die zwei großen Türen wurden geöffnet, ich hörte sie leicht irgendwo gegenschlagen, bevor ich an den Fußgelenken zum Ausstieg gezogen wurde.

Danach wurde ich hochgehoben und irgendwo hingetragen. Mir wurde mit einer schnellen Bewegung die Augenbinde abgenommen, leider riss mir die Person dabei auch einen großen Büschel Haare aus, zumindest fühlte es sich so an. Für einige Sekunden konnte ich nichts als schwarze Flecken vor meinen Augen tanzen sehen. Ich war in einem Pferdestall, in einem verfickten Pferdestall. Ich musste mir ein Auflachen verkneifen. Damit hatte ich nun so gar nicht gerechnet. Ah, wie süße Pferde!«, war also das erste, was mir entkam, als ich einige Pferde in ihren Boxen sah. »Hey, Fokus hierhin, Blondie!«, knurrte mich der Werwolf an, der anscheinend nicht so begeistert von den großen Tieren war wie ich.

Ich schaute ihn also an. »Was?!«

»Wir müssen mal über meinen Bruder reden …« Ich versuchte mich derweil aus den Fesseln zu befreien. Ein Seil war nun wirklich keine Herausforderung. Hätte er es wenigstens mit Ketten versucht, aber ein Seil, das war nun wirklich nicht schwer. Zumindest seitdem Klausius mich für fünf Tage ohne Essen und Trinken an einen Stuhl gefesselt hatte. Ich war fünf und meine Beine hatten nicht einmal den Boden berührt, doch der Folterknecht hatte nicht auf mein Flehen gehört und nur zu mir gemeint, dass ich das schaffen müsste.

ALLEINE! Am Ende hatte ich es geschafft, mein rechter Arm war bei den Versuchen davor fast gebrochen. Zudem waren meine Handgelenke steif und blau, fast schwarz von dem Seil gewesen. Aber seitdem konnte ich mich aus jedem noch so guten Knoten befreien.

»Schön für dich, aber ich kenne deinen Bruder nicht, Hündchen!«, fauchte ich. »Oh doch, ich glaube schon …«, er strich mir übers Haar. Was hatte der Typ nur mit meinen Haaren, mal ehrlich. Er lehnte sich zu mir und flüsterte mir zu, »Thomas.« Ich knurrte auf und ohne wirklich darüber nachzudenken, drückte ich den Wolf mit einer schnellen Bewegung zu Boden. Ich wusste, dass meine Pupillen schwarz geworden waren.

»Was?«, der Wolf klang panisch, ja schon fast ängstlich.

Ein Lächeln schlich sich auf mein Gesicht. »Hat es dir die Sprache verschlagen?« Ich packte den Wolf und setzte ihn auf den Stuhl, auf dem ich noch vor ein paar Minuten gesessen hatte.

Er zappelte, griff sogar nach mir, um von mir loszukommen, doch ich hielt ihn einfach an Ort und Stelle fest. »Du wirst mir jetzt ein paar Fragen beantworten.«, ich drückte mit meiner Hand auf seine Brust, um ihn am Aufstehen zu hindern.

»Was bist du?!«, fragte er mich panisch winselnd.

»Ich bin dein schlimmster Albtraum …«

Ich schaute zu dem Wolf. »Wie war dein Name nochmal?«

»Maximilian.«

»Kann ich auch Max sagen?«

»Nein.«

»Okay, Max, also warum sieht jeder Thomas

so an, als wäre er der Teufel?«, fragte ich ihn grinsend.

»Er hat es dir echt nicht erzählt?«, fragte Max lachend, ich hätte am liebsten mürrisch die Arme verschränkt, aber ich war damit beschäftigt, den lachenden Werwolf an seinem Platz zu halten.

»Süße, du weißt nicht, worauf du dich eingelassen hast.«, grinste dieser mich an, seine blonden Haare fielen ihm ins Gesicht. Seine Augen waren immer noch gold, ich wusste also, dass sein Wolf unter der Oberfläche darauf wartete, dass ich einen Fehler machte.

Ich löste mich von ihm. Ich wusste nicht genau warum, aber ich hatte genug, ich wollte nicht mehr erfahren, ich wollte es wenn dann von Thomas hören, aber nicht von ihm!

Er stand auf und schaute verwirrt zu mir hinunter. »Ich habe keine Lust mehr, du bist echt langweilig.« Ich drehte mich mit den Worten um und verließ den Stall.

Patrick stand auf dem Hof an ein Auto gelehnt und schaute auf sein Handy. Ich lächelte leicht und eilte einfach an ihm vorbei.

»Hey! Patrick, halt sie auf!«, brüllte Max, der gerade aus dem Stall hinter mir hergehetzt kam. Patrick wollte mich packen, doch ich griff schnell nach einem Besen, der einfach auf dem Boden lag.

Ich drehte ihn so, dass der Stil in Patricks Richtung gerichtet war.

Schnell stieß ich zu und Patrick ging schreiend und sich den Bauch haltend zu Boden. Der Wolf schien nun komplett auszurasten, denn er verwandelte sich. Das Tier so schwarz wie die Nacht, seine Zähne waren gebleckt, mit aufgestelltem Nackenfell sprang er nun auch auf mich zu. Patrick ignorierte er gekonnt, als er über den immer noch zusammengerollten Jungen sprang. Ohne wirklich darüber nachzudenken, hole ich erneut mit dem Besenstiel aus und schlug damit nach dem Tier, das jaulend einige Meter weiter gegen einen Zaun krachte und dort erstmal liegenblieb.

Der Wolf winselte, doch blieb liegen, wofür ich dankbar war, denn genau jetzt rappelte Patrick sich wieder vom Boden auf. Sein Gesicht war noch leicht schmerzverzerrt, seine braunen Augen blitzten mich eiskalt und wütend zugleich an.

Zum ersten Mal habe ich das Gefühl, ihn zu sehen, wirklich zu sehen. Denn auch in seiner Haut schlummerte ein Wolf. Er schien sich trotz seiner Verrücktheit, die sich in seinen Augen widerspiegelte, besser unter Kontrolle zu haben als Max, der, wie mir ein schneller Blick bewies, immer noch auf dem staubigen Boden lag. Dennoch war Patrick deswegen nicht weniger gefährlich. Wenn überhaupt war er noch gefährlicher.

Genau das bewies Patrick mir auch, indem er eine Waffe zog und sie auf mich richtete. Seine Finger zitterten noch nicht einmal, als er wütend fauchte: »Bleib stehen, du Schlampe, und lass den Besen fallen!«

KAPITEL 7

Von einem Wolf und
einer komischen Begegnung

Wie festgefroren stand ich einfach nur da, meine Finger krallten sich förmlich um den Besenstiel. Ich konnte ihn einfach nicht loslassen.

Zum ersten Mal verstand ich, wie sich ein Reh im Scheinwerferlicht eines herannahenden Autos fühlen musste. Nur dass es in meinem Fall ein Junge mit einer Waffe und kein Auto war.

»Na los oder ich werde schießen!« So als hätte mich seine Stimme aus dem Bann befreit, ließ ich den Besen los. Er landete innerhalb von einer Millisekunde, doch mir kam es so vor, als wären Minuten vergangen, bis ich das Holz auf den Boden aufschlagen hörte. Selbst da fühlte ich mich noch, als wäre ich eingefroren.

Langsam hob ich die Hände, nur um zu signalisieren, dass ich keine Gefahr darstellte. Ich hatte das mal in einer Polizei-Show gesehen, die Will so gerne jeden Donnerstag guckte.

»Was zur Hölle bist du?«, Max hatte sich wieder zurückverwandelt und kam nun auf mich zugestampft. Er sah verdammt wütend aus, okay, ich wäre auch ziemlich wütend, wenn ein kleines Mädchen mich mit einem Besen besiegt und dann auch noch ausgeknockt hätte.

Ich wich einige zögerliche Schritte zurück. Auf dem Sandboden klang das ganze viel zu laut.

»Ich habe gesagt, dass du stehen bleiben sollst!« Patrick schien nun doch durchzudrehen und die Kontrolle zu verlieren.

Ich schluckte den unangenehmen Kloß in meinem Hals hinunter.

Max packte mich im Nacken und schüttelte mich. »Antworte mir!«, brüllte er viel zu dicht an meinem Ohr.

Ich will zurückweichen, weg von ihm! Auf einmal sah ich nicht mehr Maximilian vor mir, auf einmal war ich wieder 10 Jahre alt und mein Vater hatte mich genau so im Nacken gepackt.

Ich wimmerte auf, doch genau wie damals sagte ich nichts. Kein einziges Wort verlässt meine blutige Lippe, die aufgeplatzt war, weil mein Vater mich für meinen Fluchtversuch bestraft hatte. Für das und für meine Sturheit. Ich sollte seine Marionette werden, doch ich war zu stur dafür, er konnte und würde mich nicht brechen. Und als mein Vater mich wieder schüttelte, wurde er wieder zu Max, ich blieb also leise, ich brauchte ihm nichts zu sagen. Er würde die Wahrheit sowieso nicht verkraften.

»Nimm deine dreckigen Pfoten von mir!«, fauchte ich also daher lieber.

Er grinste nur und verstärkte seinen Griff in meinem Nacken nur. Ein unangenehmes Gefühl, aber es war nichts Schlimmes. Nichts, was ich nicht aushalten könnte. Er atmete ein. »Du riechst nicht menschlich, also was bist du?!«, fragte er, während er mich erneut leicht schüttelte so wie einen ungezogenen Hund. Ich wusste nicht einmal, dass ich so viel anders als ein Mensch roch.

»Ich wiederhole mich erneut, lass mich los.«, keuchte ich und starrte wütend zu ihm auf, doch diesmal grinste ich leicht. Patrick hatte seine Waffe hinuntergenommen. Er wirkte nun entspannt, da Max mich festhielt, tja, nur nicht mehr für lange. Das war also meine Chance, ich packte Max' Handgelenke und drehte das Fleisch zwischen meinen Fingern. Er schrie erschrocken auf, da er nicht damit gerechnet hatte, dass ich ihn tatsächlich kneifen würde. Sein Griff um meinen Nacken lockerte sich daher und ich machte einfach einen Schritt zurück aus seinem Griff hinaus. Patrick hob seine Waffe und schoss. Ich duckte mich und rannte so schnell ich konnte in den Wald, den ich hinter dem Stall erahnen konnte. Ich war nicht so schnell wie ein Werwolf und von einem Höllenhund ganz zu schweigen. Aber ich war schneller als Patricks Waffe.

Ich wusste, dass Max mich jagte und Patrick mir auch höchstwahrscheinlich schon dicht auf den Fersen war. Ich rannte so schnell ich konnte, doch ich wusste, dass der Wolf mir viel zu dicht auf den Fersen war. Ich keuchte, als mich der Wolf ansprang, seine Pfoten drückten sich in meinen Rücken und seine Zähne waren leicht um meinen Nacken gelegt mit der deutlichen Warnung, mich zu töten, wenn ich auch nur eine falsche Bewegung machte.

»Lass sie los!«, die Stimme war mehr ein Knurren als gesprochene Worte. Doch ich hatte ihn trotzdem erkannt, es war Thomas, da war ich mir sicher. Ich versuchte, meinen Kopf zu heben, doch die Zähne des Wolfs gruben sich dadurch noch ein bisschen mehr in meinen Nacken. Das Gefühl war gemein, doch zu meinem Erstaunen biss der Wolf nicht zu. Er grollte nur leicht. Das Geräusch ließ meine Nackenhaare zu Berge stehen.

Doch es begann sich auch langsam, alles zu drehen. Der Waldboden wurde unscharf und begann sich zu drehen. Zuerst fühlte es sich nur so an, als würde der Wolf von mir hinuntergerissen werden, doch dann fiel ich immer weiter ins dunkle Nichts. »Fuck!«, keuchte ich, als ich aus dem Wasser auftauchte. Ich spuckte etwas Wasser, das echt eklig schmeckte, lautstark hustend aus meinem Mund, leider hatte ich sehr viel davon verschluckt und watete zu der Brücke. Ich zog mich an ihr hoch aus dem Wasser und legte mich keuchend auf das warme Holz. Ich zog die Luft ein und schaute in den blauen Himmel über mir. »Hallo Lucy Fairchild, es ist mir eine Ehre, dich endlich persönlich kennenzulernen.« Erschrocken setzte ich mich auf.

Doch dort stand niemand, verwirrt drehte ich mich um, doch auch dort stand niemand. »Hä?«, kam es sehr intelligent aus meinem Mund. »Du kannst mich nicht sehen …«

Oh toll, ein Unsichtbarer.

»Zeig dich oder ich schwöre dir, ich …«

»Du bist komisch!« Ich schaute zu der Person, die mit einem leisen, kaum hörbaren Rascheln von Federn aufgetaucht ist. Aylin lehnte gegen eine große dicke Eiche, ihr Blick war fragend und durchdringend zur selben Zeit.

Wenn ich ehrlich war, machte mir der Blick Angst. »Bist du real?«, fragte ich sie nach einer langen Pause. Auf mich wirkte sie real, aber gleichzeitig auch nicht. Doch ihre Augen waren, soweit ich wusste, auch nicht komisch, sie wirkten so tot. Als würde niemand hindurchsehen.

»So real wie dieser Ort.«, sie legte den Kopf schief, bevor sie weitersprach, zögernd, so als suchte sie die richtigen Worte, ohne beleidigend zu wirken. »Wieso redest du mit dir selbst?«

»Ich rede nicht mit mir selbst, da war diese Stimme …« Aylin lachte, ihre braunen Locken fielen über ihre Schulter, in dem Sonnenlicht wirkten sie schon eher rötlich. Sie war sehr schön, doch selbst jetzt, als ich mit ihr redete, hatte ich das Gefühl, nur eine leere Hülle vor mir zu haben. »Oh toll, du bist also genauso verrückt wie dein Vater.« Ich knurrte sie warnend an, zeigte ihr den Dämon in mir und dass sie mich nicht beleidigen sollte.

»Rede nicht so über ihn!«

»Ich rede aber so über ihn! Er hat grauenvolle Dinge getan, unaussprechliche Dinge. Er hat dir Dinge angetan, die niemand mit gesundem Verstand einem Kind antun würde.«

»Er hat es getan, um mich zu beschützen. Er hat mich trainiert!«, ich ging auf sie zu. Zerrissen zwischen dem Hass auf meinen Vater und dem dringenden Bedürfnis, ihn vor der Anschuldigung zu verteidigen. Ich blieb einige Schritte von Aylin entfernt wieder stehen.

»Du warst fünf Jahre alt, als du das erste Mal ein Messer in die Hand gedrückt bekommen hast.« Ich stürzte mich wütend auf sie und holte aus, um sie zu schlagen.

Meine Hände ballten sich zu Fäusten, ich spürte meine Fingernägel, wie sie sich in meine Haut bohrten. Der leichte Schmerz ließ mich stoppen. Doch Aylin sagte nüchtern, schon fast roboterhaft, »Siehst du, dein Vater kontrolliert dich!« Sie klang triumphierend, doch in ihren dunklen Augen fand ich kein erfreutes Glitzern, nur Nüchternheit, so als wäre das hier gerade langweilig.

»Das ist sein Werk, er hat dich zu seinem Ebenbild erzogen. Ein eiskaltes Monster, unfähig irgendetwas zu fühlen. Na los, mach deinen Daddy stolz und schlage den Engel!« Wütend schlug ich sie, doch kurz bevor meine Faust ihr Gesicht treffen konnte, wurde meine Hand gepackt.

»Wirklich, ihr zwei. Ihr benehmt euch wie zwei kleine Kinder.« Tamara starrte wütend auf uns beide hinab. Ihre braunen Augen starrten die beiden enttäuscht, wütend oder was wusste ich schon an. »Was stimmt mit dir nicht?«, fragte Aylin geschockt und schob mich ohne große Mühe von sich. Nur um in Sekundenschnelle beide Hände gegen Tamaras Wangen zu legen.

»Was zum Himmel?«, murmelte ich verwirrt.

»Hey!«, fauchte Aylin mich wütend an, aber der Hauptteil ihrer Aufmerksamkeit, so wie auch ihre Augen, lagen auf Tamara. »Mit mir ist alles in Ordnung! Gott, verdammt.«, fauchte die Blonde und schob Aylin von sich. Doch der Engel musterte den kleinen Kampfzwerg vor sich. Ich musste schon sagen, Tami sah im Vergleich zu Aylin echt niedlich aus.

Ihre Brille saß ihr schief auf der Nase, ihre Haare hingen ihr leicht unordentlich über ihre Schultern. Zudem waren ihre Hände in ihre Seiten gestemmt. Jetzt fehlte nur noch der Rauch, der aus ihren Ohren kam, um das Bild perfekt zu machen.

Alles um mich herum begann zu verschwimmen. *Verdammt!*

Ich schaute auf. Ich war zwei Meter von dem Wolf wieder zurück in die Welt der Lebenden gekommen. Schnell richtete ich mich auf, Thomas stand vor dem Wolf, an seiner Seite standen eine Frau und ein Mann, beide in schwarz gekleidet. Thomas' Augen, sie waren golden und ein Knurren kam aus seinem Mund, der Wolf knurrte wütend und sprang in Thomas' Richtung, seine Lefzen waren hochgezogen und Geifer tropfte von seinen Zähnen.

Ich stoppte mitten in der Bewegung, als sich beide goldenen Augenpaare sich mir zuwandten. Sowohl Thomas als auch Max fixierten sich auf mich. Ich schluckte schwer, als ich mich langsam vom Waldboden aufrappelte. Ich wagte es nicht, meinen Blick von den beiden zu nehmen, als ich den Mund aufmachte, um zu sprechen.

»Hey?«, sobald die Worte meinen Mund verließen, sprang ich gleichzeitig komplett auf, um in die nächstbeste Richtung zu türmen. In meinem Kopf hatte ich mir schon eine Stadt ausgesucht, wo ich als nächstes hinwollte.

Doch beide, sowohl Thomas als auch der Wolf, machten einen Schritt nach vorne und knurrten mich warnend an. Ich hatte noch nie so ein Geräusch von Thomas gehört, es durchlief mich zu meinem eigenen Erstaunen wohlig.

Ich wich zurück, bis ich gegen einen Baum stieß.

Thomas kam mit großen Schritten auf mich zu. Dann berührte er mein Gesicht, seine Finger waren sanft und vorsichtig auf meinem Gesicht. Seine Fingerkuppen fuhren so vorsichtig über meine Haut, als hätte er Angst, ich könnte zerbrechen.   »Was bist du?« Seine Stimme war eiskalt, ich hatte das Gefühl, dass sich ein Messer in meinen Eingeweiden umdrehte. Seine Augen waren wieder schokoladenbraun und bohrten sich wie zwei Eissplitter in meine. Ich konnte und wollte nicht antworten. Nicht wenn er mich so kalt ansah. Er zog seine warmen, sanften Finger von meinem Gesicht, auf einmal war mir eiskalt und ich fröstelte.

Ich musste gegen das Verlangen ankämpfen, meine Arme um mich selbst zu schlingen. Ich …«, ich senkte den Blick und schaute auf meine Füße. Ich stocherte nervös mit meiner Schuhspitze im Dreck herum, die weiße Spitze war inzwischen braun. Ich starrte auf die Farbe, warum konnte ich meinen Blick nicht einfach von meinem Schuh lösen und Thomas zur Hölle schicken und meine Sachen packen und verschwinden? So wie die letzten Male davor auch?! Warum konnte ich ihn nicht einfach von mir stoßen und rennen? Ich wollte es schlicht und einfach nicht, ich wollte Thomas nicht loslassen. Ich wollte ihn behalten. In seiner Gegenwart fühlte ich mich so unglaublich lebendig. Dann schaute ich wieder zu ihm auf. Meine Hand wanderte zu seiner Wange. Ich schüttelte leicht den Kopf.

»WAS BIST DU?« Max' Stimme war nicht mehr als ein Knurren. »Wer bist du?«, setzte er nun etwas ruhiger und eher brummig klingend hinterher.

»Ich bin …«, doch bevor ich die Frage beantworten konnte, stieß ich Thomas von mir, er flog in Max hinein und die beiden landeten auf dem Boden. Ich wusste nicht, was momentan bei mir falsch lief, doch ich wusste, dass ich hier wegmusste, jetzt! Ich musste Thomas und alles andere hinter mir lassen. Die Frau und der Mann richteten ihre Waffen auf mich. Ich drehte mich um und rannte weg von den vieren, immer tiefer in den Wald hinein. Ich spürte, wie Tränen meine Wangen hinunterliefen. Ich sackte an einem Baum zusammen und ließ mich daran hinunter. Ich versuchte, meinen Atem zu kontrollieren. »Warum?«, fragte ich niemanden Bestimmten. Während ich nur noch weinte. Ich wusste nicht genau warum, ich wusste nur, dass es in dem Moment guttat. Ich hatte seit dem Tod meiner Mutter nicht mehr geweint. Mein Vater hatte es nie gemocht, wenn ich weinte. Er hatte es mir verboten, gemeint, es würde mich schwach und verletzlich machen.

Nur Menschen weinen! **Du bist kein Mensch!** Ich spürte, wie mein Körper sich langsam entspannte, und ich begann mich der Dunkelheit zu ergeben, die förmlich nach mir rief. Ich sollte mich fallen lassen. Ich war so müde, ich wollte einfach nur die Augen schließen und die Dunkelheit willkommen heißen. Doch anstelle der Dunkelheit kam etwas Schlimmeres. Meine Träume rissen mich mit in die Finsternis. Tiefer und tiefer und tiefer.

- Vor einigen Jahren -

Meine Augen öffneten sich und vorsichtig setzte ich mich auf. Ganz langsam schaute ich mich in dem Raum um. Er war groß größer als die Wohnung, in der meine Mutter und ich gelebt hatten.

Die Wände waren schwarz, es gab keine Fenster in dem großen Raum und ich saß in einem riesigen Bett. Vorsichtig schlug ich meine Bettdecke zurück. Die rote Decke glitt schwer durch meine Finger und ich schlug sie gerade so weit zurück, dass ich mich darunter hervorziehen konnte.

Vorsichtig berührte ich mit meinen Füßen die schwarzen Fliesen. Sie waren warm und sie fühlten sich auch nicht an wie die Fliesen, die ich aus den Absteigen, in denen Mum und ich untergekommen waren, kannte. Nein, sie fühlten sie weich an, fast so wie ein Teppichboden, aber dennoch anders.

Im Vergleich zu dem Teppichboden in dem kleinen Wohnzimmer, in dem ich mit meiner Mutter gelebt hatte, waren die Fliesen glatt und weich. Dennoch versanken meine Füße nicht in dem Boden, so wie sie es bei dem alten blauen Teppich mit Blumenmuster immer getan hatten.

Es war ein komisches Gefühl. Langsam, um auch gar kein Geräusch zu machen, schlich ich durch den Raum. Ich versuchte, nach der Türklinke zu greifen. Ich streckte mich, doch nur meine Fingerspitzen berührten die Türklinke. Ich schreckte erschrocken zurück, als die Tür sich öffnete. Dort stand der Mann, der mich von meiner Mutter weggebracht hatte. »Hast du gut geschlafen?«, seine Stimme war süß und klebrig so wie Honig und ich traute ihr kein Stück. Ich wusste, dass Mum weggerannt war vor meinem Vater. Und wenn ich recht hatte, war genau dieser Mann mein Vater. »D...Danke, ich will jetzt aber wieder nach Hause.«

»Erst einmal heißt es, ich möchte, nicht ich will, und zweitens, ist das dein Zuhause. Du gehörst hierher, Lucy.« Ich stockte bei seinen Worten. Sie klangen hart, so als wäre es ihm egal, was ich wollte. »Oh, ich hätte es ja beinahe vergessen.«, er rief nach jemandem. Eine junge Frau kam um die Ecke. Sie trug etwas auf ihrem Arm.

»Lucy, darf ich dir Lilith vorstellen. Meine treueste Untergebene.«, er klang stolz, als er über diese fremde Frau sprach. »Sie hat etwas für dich. Happy Birthday, Prinzessin.«, grinste er, während mir die Frau den Korb, den sie hielt, übergab. Ich öffnete ihn und wich erschrocken zurück. Es sah aus wie eine kleine Version der Monster, die meine Mutter zerrissen hatten. Ich hatte Tränen in den Augen, als ich zurückstolperte. »Oh, sieh nur, wie sie sich freut.«, lächelte mein Vater, dann drehte er sich um und verließ mit der Frau das Zimmer. Er schloss die Tür hinter sich. Ich wollte hinter ihnen her, ich wollte nicht mit diesem Ding allein bleiben.

Doch das Mini-Monster stellte sich mir in den Weg. Es zeigte seine noch kleinen, aber schon spitzen Zähne und starrte mich aus seinen roten Augen an. Dann begann es zu knurren, es stellte sein dunkles Nackenfell auf.

Bevor ich wusste, was ich tat, schrie ich es an. »Halt deine Klappe!«

Ich öffnete verwirrt die Augen. »Lilly?«, die Frage war aus meinem Mund, bevor ich mich stoppen konnte. Die alte Frau drehte sich um und es war ganz bestimmt nicht Lilly, die sich, als ich klein war, um mich gekümmert hatte, die mir wenigstens noch etwas Liebe gegeben hatte. Die alte

Frau lächelte mich mütterlich an. »Mein Name ist Anne, Thomas hat dich hergebracht.« Ich setzte mich verwirrt auf. »Wo bin ich?«

»Im Hauptquartier …«

»Hauptquartier, bitte WAS?«

»Tante Anne, ist sie schon …«, Thomas trat durch die Tür und schaute auf uns hinab, da er einige Stufen über uns stand. Schnell eilte er die Treppe, die aus drei Stufen bestand, hinunter.

Dann kam er direkt auf mich zu. »Du bist wach …«, stellte er fest. »Das bin ich wohl.«, er verschränkte seine Arme. »Wirst du mir jetzt sagen, was du bist?«, seine Stimme klang kalt. Ich zitterte, in seinen braunen Augen tobte ein Sturm, der seine Augen schon beinahe schwarz wirken ließ. Ich zuckte erschrocken zurück. Normalerweise erinnerten mich seine Augen eher an Schokolade. Seine Augen, die mich immer warm anblitzten.

»Nur wenn du mir sagst, was es mit Max auf sich hat und mit diesem Ort hier …« Er knirschte mit den Zähnen und fuhr sich mit der Hand durch sein sowieso schon unordentliches Haar. »Tante Anne, geh … Bitte.« Ich stockte, seine Stimme klang so grauenhaft kalt, so hatte ich ihn wirklich nie erlebt. Eine kleine Stimme in meinem

Kopf schien zu flüstern: *Du kennst ihn aber auch gar nicht. Du wirst ihn nie kennen.* Tante Anne, so wie Thomas sie genannt hatte, eilte hinaus. Thomas seufzte, während er sich zu mir auf das Bett setzte.

»Du zuerst!«, sagte ich schnell, während ich ihm Platz machte und ihn anlächelte in der Hoffnung, irgendeine Reaktion aus ihm zu bekommen, die nicht so kalt war. Doch Thomas setzte sich nur stumm auf die Kante des Bettes. Möglichst weit weg von mir. Damit er jetzt gleich aufspringen konnte, um aus dem Raum zu stürmen. »Maximilian ist mein Bruder. Unser Vater war ein Werwolf. Ein Alpha. Er hat meine Mutter geliebt. Sie war seine Seelenverwandte.«

»Seine Mate?«, unterbrach ich ihn, erst da fiel mir der Fehler auf, den ich begangen hatte. »Woher kennst du diesen Begriff?«

»Erzähl lieber weiter, du wirst es noch früh genug erfahren …«, versuchte ich ihn zu beschwichtigen.

Er nickte stumm und erzählte weiter. »Meine Mutter, sie liebte ihn, doch er starb bei einem Angriff auf ein fremdes Rudel. Maximilian wurde danach mit meiner Mutter und mir weggeschickt von dem Beta des Rudels, da er, bis mein Bruder alt genug wäre, das Rudel führen sollte. Doch er hatte andere Pläne, er wollte das Rudel für immer behalten.

Er drohte uns und wir verließen Großbritannien, als ich fünf war, rannten einfach so weg. Maximilian war der geborene Anführer. Er traf sich mit Rudeln hier in Amerika, sobald er 18 Jahre alt war.

Und dann, dann hat er sein Rudel bekommen. Jungwölfe, die einen Alpha suchten, eine ungehobelte Bande aus Streunern, wenn du mich fragst. Ich war gerade 16 geworden, als er begann, mit seinem Rudel Chicago unsicher zu machen. Er hat begonnen, die anderen Rudel in Chicago zu vertreiben. In einem Wutanfall griff er unsere Mutter an. Du musst wissen, er hatte niemanden, der ihm beibrachte, das Biest in ihm zu kontrollieren, wenn es raus wollte. Durch den Verlust meiner Mutter erwachte der Wolf auch in mir. An sich gibt es bei Wölfen, wenn der Vater ein Alpha ist, immer nur einen Alpha-Wolf in der Blutlinie. In dem Fall meistens das ältere Kind.«

Ich unterbrach ihn, nicht fähig, meine Klappe zu halten. »Aber du bist nicht ganz ein Wolf, bei deinem Bruder habe ich es sofort gemerkt!« *Lucy, bist du dumm oder so?* Verfluchter Mist, das habe ich gerade nicht wirklich gesagt, oder? Schnell wandte ich mich von Thomas ab, um ihm nicht in die Augen sehen zu müssen Er stockte, räusperte sich und erzählte weiter. »Wie gesagt wurde mein Wolf geweckt, allerdings kann ich mich nicht verwandeln.

Dennoch habe ich die Eigenschaften geerbt wie eine gute Nase, gutes Gehör und ich habe eine Mate, wie ich vor kurzem feststellen musste. Ich bin so wie mein Bruder ein Alpha, dennoch habe ich nicht die Gabe, mich zu wandeln. Ich habe ein Rudel so wie er, ausgestoßene Werwölfe und auch einige, die nicht länger in Max' Rudel leben wollten. Wir kämpfen um die Vorherrschaft in Chicago. Doch seit ich meine Mate gefunden habe, steht alles auf dem Kopf, vor allem weil sie mir nicht verraten will, was sie ist … Ach, und im Übrigen sagen nur Vampire Mate. Werwölfe nehmen lieber den Begriff seelenverwandt oder mit Souletwin.«

KAPITEL 8
Ihr Name ist Aylin

- 1 Jahr später -

Aylin war am Straßenrand aufgewacht, ohne eine Ahnung zu haben, wo sie war oder wie sie hierhergekommen war. Also hatte Gott seine Drohung wahr gemacht. Er hatte sie aus dem Himmel verjagt, verstoßen wie einen räudigen Straßenhund. Sie hatte sich vom Grasstreifen, auf dem sie gelegen hatte, hoch gequält. Schon nach einigen Schritten hatten ihre Füße unter ihr nachgegeben. Und nun lag sie hier am Straßenrand, Gott weiß wo.

Ihr war kalt. Ihre Gnade war fort, genauso wie ihre Flügel. Gott hatte sie einfach aus dem Himmel geschmissen. Wollte er wirklich, dass die Prophezeiung wahr wurde? Oder hatte der Allmächtige einfach nur ein beschissenes Timing?

Aylin wusste nicht, woran sie glauben sollte, jetzt nachdem Gott und die anderen Engel so mit ihr umgesprungen waren. Ihre ganze Welt war erschüttert, zersprungen, sie wusste nicht, was sie jetzt tun sollte. Sie wusste nicht mehr, an was oder wen sie glauben sollte. Sie quälte sich wieder auf die Füße und lief weiter oder sie versuchte es zumindest. Die Grashalme und Steine, die am Straßenrand lagen, stachen ihr unangenehm in ihre nackten Füße. Ohne es wirklich zu bemerken, lief sie auf die Straße, doch auch der heiße Asphalt brannte unter ihren Füßen.

Ein alter Bus bretterte an Aylin vorbei und kam keine zwei Meter weiter zum Stehen.

»Ey, was suchst du auf der Straße, du Irre!«, brüllte eine Männerstimme aus dem Wageninneren.

»Wohin fährst du?«, fragte Aylin, nicht auf die Gemeinheiten des Mannes achtend.

»Denver!«, rief eine Frauenstimme. »Willst du mitfahren?«

»Luna, nicht.«

»Gerne!«, konnte Aylin nur sagen.

Und tat so, als hätte sie nicht gehört, was die anderen redeten. Soweit Aylin einschätzen konnte, waren noch mehr Leute in dem orangefarbenen Auto. Nicht nur der Mann, der sie angemacht hatte, und die Frau, die sie gefragt hatte, ob sie mitfahren wollte.

Aylin schaute aus dem Fenster des Autos.

Die Musik war viel zu laut und das Schlimmste daran war nicht mal die Musik, es waren die Teenager, die laut dazu mitgrölten und sich gegenseitig auf den Rücken oder in die Seite schlugen. Sie waren so betrunken, dass sie nicht mal mehr ihre eigenen Namen wussten.

Bis auf Luna, die hübsche Brünette, die vorne neben dem Fahrer Tyr saß.

Luna erzählte ihr, dass sie von der Abschlussparty kamen. »Und du, Kleine? Bist du nicht etwas jung, um hier alleine nachts herumzuirren? Oder bist du etwa aus einer Irrenanstalt ausgebrochen?«

»Tyr, sowas fragt man doch niemanden!«, entrüstete sich Luna.

»Was denn, Luna?! Hast du nicht gesehen, dass sie keine Schuhe trägt? Außerdem, vielleicht ist sie ja eine Massenmörderin oder sowas!«

»Du hast zu viele Horrorfilme geguckt!«

»Ich bin nicht klein und mein Vater hat mich hierhergebracht, es war seine Anordnung und ich muss seinen Befehlen folgen. Also, nein, ich bin weder verrückt noch eine Mörderin!«

Die beiden schauten sie komisch an. Während die anderen drei im Wagen munter weitergrölten.

Aylin musste sich festhalten, als der Bus in einer scharfen Kurve fast kippte.

»Verdammt, Tyr, wie viel hast du wirklich getrunken?«, fragte Luna wütend und schlug den Schwarzhaarigen in der Bomberjacke auf den Hinterkopf. Dieser brummte nur etwas und fuhr weiter, sein Tempo drosselte er nicht. Aylin war sich spätestens jetzt sicher, dass das keine gute Idee gewesen war, als einer der Jungs ihr beinahe auf den Schoß kotzte.

Angewidert schob Aylin sich noch ein Stück weiter von dem Typen weg, der sich gerade mit dem Handrücken über den Mund wischte. Sie hatte es gerade noch geschafft, ihre Füße auf den Sitz zu ziehen, bevor ein Schwall von Kotze ihre Füße erwischt hätte. Sie schaute auf die alten grünen Gummistiefel, die Luna ihr gegeben hatte, als sie gesehen hatte, dass Aylin keine Schuhe an den Füßen hatte. »Alles okay da hinten?«, fragte Tyr mehr besorgt um das Auto als um den Jungen, der sich gefühlt die Seele aus dem Leib kotzte.

»Jaja, alles okay!«, grinste der Kotz-Typ, der wohl Ben hieß, soweit Aylin das mitbekommen hatte, während er sich erneut über den Mund wischte und dann begann, weiter mit den anderen vor sich hin zu grölen. »Macht mal irgendwer ein Fenster auf! Es stinkt.«, rief Luna, während sie begann, ihr Fenster herunterzukurbeln. »Ben Russell Smith, das machst du aber wieder sauber, sobald du nüchtern bist!«, rief Luna über den Lärm hinweg. Ben murrte nur etwas, das wie, »Nerv nicht, Sis.«, klang, bevor er wieder ins Gejohle einstieg.

Aylin war echt dankbar für das offene Fenster. Irgendwann beschloss sie einfach mitzusingen. Also grölte sie schon bald mit den drei anderen mit, obwohl sie den Liedtext nicht kannte. Dabei klang es so, als würden alle drei unterschiedliche Lieder singen. Als der Bus nach Denver hineinfuhr, spürte Aylin es und ein Lächeln schlich sich auf ihre Lippen, sie hatte die richtige Entscheidung getroffen, nach Denver zu kommen.

Als sie ausstieg, lehnte er an einer Hauswand, er wusste also, dass sie hier war. »Danke.«, lächelte sie Luna an, als sie ihr die Gummistiefel zurückgeben wollte, doch das Mädchen nur den Kopf geschüttelt hatte. Millie, das einzige Mädchen bis auf Luna, beugte sich zu ihr und umarmte sie mit einem erstaunlich festen Griff für ihren Zustand. Millies lila Locken kitzelten Aylin leicht im Gesicht. »Du musst unbedingt mal wieder mitkommen, Lala.«

»Sie heißt Aylin, Millie!«, rief Luna. Millie lächelte breit und schaute zu Luna.

»Das weiß ich doch … Tschüss, Lala.«, rief sie, als der Bus weiterfuhr.

»Lala, ein interessanter Spitzname …« Sie drehte sich lächelnd zu ihm um. Ohne wirklich darüber nachzudenken, schmiss sich Aylin in die Arme ihres Blutsbruders. »Nate …« Nate lachte und wirbelte sie herum, er wirkte wenigstens halbwegs gesund im Kopf, zumindest gerade. »Ich dachte nicht, dass du es schaffst, Denver immer noch gegen die Jäger zu halten …«

»Du hast es mitbekommen?«

»Ich habe dich immer beobachtet von da oben …«, Aylin deutete nach oben und grinste zu ihrem Blutsbruder. »Als ich gespürt habe, dass du wiederkommst, dachte ich, jemand würde mir einen Streich spielen irgendwie.«, er lachte und strich ihr über ihre Wange.

»Es tut mir leid …« Aylin schüttelte nur den Kopf. »Lass uns nicht darüber reden …«

»Doch! Ich, ich hätte dich verwandeln sollen, als ich es noch konnte …«

»Es ist okay, Nate. Wir sind jetzt ja wieder zusammen …«, sie lachte, während sie sich gegen ihn stieß und ihn mit sich in irgendeine Richtung zog.

»Ich möchte, dass du mir deine Stadt zeigst!«

KAPITEL 9

Von Waffen und Drohungen

Ich starrte ihn an, mein Mund hing offen, ich konnte meinen Blick einfach nicht von ihm nehmen, während ich ganz langsam meinen Mund wieder schloss, nur um das Ganze einige Sekunden später wieder zu wiederholen.

Ich sah bestimmt so aus wie ein Fisch auf dem Trockenen. »Ab…Aber ich, ich kann, ich ahhh!«, wütend fuhr ich mir durch die Haare, die inzwischen sowieso schon extrem unordentlich geworden waren. Ich schloss die Augen, kniff mich in den Arm, langsam öffnete ich meine Augen wieder. »Okay, das kam unerwartet …«, war das einzige, was aus meinem Mund kam. *Sehr intelligent!*

»Das ist alles, was du dazu sagen kannst?«, knurrte er und stand von dem Bett auf. »JA, das ist alles, was ich dazu sagen kann. Es tut mir leid, Thomas, aber ich hatte nie vor, dass aus uns etwas Festes wird, zumindest nicht so fest!«, ich gestikulierte zwischen uns hin und her. »Du kannst mich nicht lieben, ich, nicht so.« »Du kannst das aber nicht entscheiden!«, sagte er. Er schien runter gekommen zu sein und hatte sogar die Frechheit, mir sein süßes Lächeln zu zeigen. »Doch, das kann ich sehr wohl entscheiden! Verflucht, du wirst mit mir nie eine Zukunft haben!«, schrie ich und stand nun ebenfalls auf, ich war einfach nur so wütend, weil er mich nicht verstand! »Ach ja? Lucy, wir können aber eine Zukunft haben!«

»Nein, mein Vater, er …« Er unterbrach mich mitten im Satz. »Dein Vater kann mir mal den Buckel runterrutschen! Er hat kein Recht, dich in deinem Liebesleben zu kontrollieren. Außerdem, was sollte er mir schon antun können?« Nun war es mein Part, ihm ins Wort zu fallen und ohne darüber nachzudenken, schrie ich, »Mein Vater ist Lucifer!«

Da war nichts mehr, nur noch Stille, ich schlug mir die Hände über meinen Mund. Nun war es endgültig. Ich hatte es laut gesagt und damit jeden Traum von einem **uns** zerstört, den es hätte geben können. Ich konnte es in seinen Augen sehen, es hatte so einen Traum gegeben und ich hatte ihn zerschlagen. »Was?«, es kam aus Thomas' Mund, so leise und geschockt. »Thomas …«, ich ging auf ihn zu, meine rechte Hand hatte ich nach ihm ausgestreckt.

Er wich zurück, es fühlte sich an, als hätte jemand mir einen scharfkantigen Eissplitter in mein Herz gerammt, und schüttelte seinen Kopf fassungslos. Es fühlte sich so an, als würde jemand den Eissplitter packen und festdrehen. Ich hätte nie gedacht, dass mir jemand so weh tun konnte. »Ich...Ich bin die Tochter des Teufels …«, ich hatte es sagen müssen, ich wusste nicht warum, aber ich hatte es sagen müssen. Er atmete ein und starrte mich wütend, ja, schon zornig und auch verletzt an.

»Geh!« Das Wort hallte in dem stillen Raum laut wider. Er hatte es zwar nur geflüstert, aber dennoch schien es lauter als alles andere, was ich je gehört hatte. »Thomas …«

»Ich sagte, geh! Los, verpiss dich! Raus mit dir! Scher dich zum Teufel!« Ich stand dort einfach sprachlos und ohne es zu wollen, liefen mir Tränen über die Wangen.

»ICH SAGTE, DU SOLLST GEHEN!«, nun brüllte er mich an, auch ihm liefen Tränen über sein Gesicht. Ich konnte so schnell gar nicht reagieren, da hatte er eine Waffe gezogen und zielte auf mich. Ich ging langsam an ihm vorbei auf die Tür zu.

»Thomas, ich wollte dich nie verletzen. Meine Gefühle für dich sind …«

»Ich will nichts mehr hören, Lucy, und jetzt geh, bevor ich es mir anders überlege und der Welt einen Gefallen tue, indem ich dich töte!« Ich ging.

Die schwere Metallgür schlug hinter mir zu und ich schaute mich um. Am liebsten hätte ich mich einfach zusammengerollt. Doch ich wusste, dass jetzt weder die Zeit noch der Ort dafür geeignet waren.

Der lange Gang erstreckte sich in zwei Richtungen. Ich hatte keinen Plan, in welche Richtung ich gehen sollte, also drehte ich mich langsam nach rechts und lief den aus grauem Steinboden bestehenden Flur entlang. Die Wände waren ebenfalls grau, bis auf den ein oder anderen Feuerlöscher hing nichts an den Wänden. Den Ausgang fand ich zum Glück schnell, er bestand aus einer dunkelgrünen Eisentür, die sich erstaunlich leicht öffnen ließ.

Zwei Wachen, zumindest ging ich davon aus, dass es Wachen waren, standen vor der Tür. Beide groß und breit gebaut, bei dem einen sah ich schon wie bei Maximilian den Wolf. Es sah eigentlich aus wie eine weiß-leuchtende Aura in der Form eines Wolfes, die ihn umgab. Der andere jedoch schien auf den kurzen Blick, den ich ihm zuwarf, menschlich.

Bevor ich über die alte Straße in die Richtung rannte, von der ich ausging, dass sie in die Innenstadt führte, aber sicher war ich mir dennoch nicht. Die Tränen stoppten einfach nicht, meine Wangen hinunterzulaufen, egal wie sehr ich es auch stoppen wollte.

Die ersten paar Meter war ich schier blind und taub für alles und jeden einfach nur immer weiter geradeaus gerannt. Keiner war mir gefolgt, auch wenn ich irgendwo in meinem Hinterkopf immer noch die Hoffnung hatte, dass Thomas mir gefolgt war. Nein, niemand war mir gefolgt. Ich wischte mir die Tränen aus dem Gesicht. Langsam setzte ich mich an den verlassenen Straßenrand.

Ich verbarg meinen Kopf in den Händen und ließ zum ersten Mal seit Langem den Tränen freien Lauf. Ich hatte doch eigentlich gewollt, dass es zwischen uns nicht ernster wurde. Vor allem nicht so ernst! Doch genau jetzt wollte ich, dass er nie die Wahrheit erfahren hätte. Doch das hatte er und er war wütend. So unglaublich wütend.

Langsam stand ich wieder auf. Niemand würde für mich eine wertlose Dämonin kommen. Ich eilte weiter über die Straße, die ich nicht kannte. Bis ein Auto mir entgegenkam. Ich hob den Arm und begann wie wild zu winken. Vielleicht würden sie ja anhalten und mir wenigstens sagen, in welche Richtung es zur Stadt ging.

Sie bremsten scharf ab, das dunkelblaue Auto, das leicht im dunklen Licht der Straßenlaternen glänzte, kam einige Meter hinter ihr zum Stehen.

»Hallo Süße, was suchst du denn hier …«, er stoppte mitten im Satz, als er das Seitenfenster herunterließ.

Ich erstarrte, bevor ich ihn breit und möglichst verrückt angrinste. »Oh. Hey, wie geht es deinem Sohn? William, richtig?!« Williams Vater sprang so schnell aus dem Wagen, dass er mir die Autotür volle Kanne gegen den Bauch rammte.

Ich stolperte einige Schritte zurück, doch schon einige Schritte später hatte der Möchtegernjäger mich schon gepackt. Ich holte aus mit meiner Faust, doch bevor ich ihn erwischte, schubste er mich zu Boden. Ich rappelte mich auf und tat das einzige, woran ich denken konnte, ich rannte. Ich hörte auf einmal Schüsse hinter mir und dann ein wildes Knurren. Ich blieb stehen, es war so ruhig, so als würde niemand mir folgen.

»LUCY?!«, das war Thomas. Ich bewegte mich weiter weg von ihm und biss mir auf die Faust, ich war in Glasscherben getreten. Ich musste weiterrennen. Bleib nicht stehen! **DU SOLLST GEHEN! GEH! GEH! GEH!** Ich blieb stehen. **VERSCHWINDE!** Alles um mich herum drehte sich. Ich wollte mich verkriechen, nur noch weg von diesem Ort. Ich wollte mich in Williams Wohnung retten und gemeinsam mit ihm Pizza essen und einen Horrorfilm gucken.

Ich spürte, wie Arme sich um meine Mitte schlangen und mich leicht an eine Brust zogen. Ich schrie auf, als sich mein Gewicht verlagerte und somit ein Splitter immer tiefer in meine Fußsohle gestoßen wurde. »Shh …« Thomas sprach so leise zu mir, er murmelte irgendetwas in mein Ohr.

Dann hob er mich hoch und trug mich weg, weg von Williams Vater, der höchstwahrscheinlich tot war. Ich schaute in seine Augen. »Es tut mir leid!«, flüsterte er und schaute mich an. »Mir tut es auch leid …«, hauchte ich zurück. Er blieb stehen, einfach so blieb er stehen.   »Sag sowas nicht!«

»Warum?«, jetzt war ich verwirrt. »Entschuldige dich niemals für das! Es ist nicht deine Schuld, du konntest dir nicht aussuchen, wer deine Eltern sind, als du geboren wurdest …«, sagte er und schaute mir dabei in meine Augen, ich hatte das Gefühl, seine Augen würde mich verschlingen.

Als würde ich immer tiefer hineingezogen, bis ich seine Seele sehen konnte. »Warum bist du dann vorhin so ausgerastet?«, fragte ich ihn verwirrt.

»Ich brauchte einen Moment, um das alles zu verarbeiten, um ehrlich zu sein, habe ich das immer noch nicht ganz verarbeitet!«, er lachte leicht und ging dann weiter. Irgendwann kamen wir an einer Lagerhalle an. Er ging um die Halle herum und trug mich hinten zu einem Notausgang.

Ich zitterte leicht, als die Tür von zwei Wachen geöffnet wurde. »Warte, euer Geheimversteck ist unterirdisch?«, fragte ich verwirrt und starrte ihn aus großen Augen an.

»Ja …« Ich schaute mich nun mehr um und realisierte, dass nichts hier wirklich vor Dämonen sicher war. Doch ich biss mir nur auf die Unterlippe und sagte lieber nichts. Einige Männer und Frauen kamen uns entgegen. Sie neigten jedes Mal leicht den Kopf oder zeigten ihre Kehlen. »Warum neigen einige den Kopf und einige zeigen dir die Kehle?«, fragte ich etwas verwirrt. »Sie tun es aus Respekt. Die, die Kehle zeigen, sind Werwölfe.

Der Rest sind Menschen … oder Vampire …«

»Was?« Ich schrie auf, als Anne mir die Splitter aus meinen Füßen zog. Thomas tigerte hin und her und musterte Anne immer und immer wieder.

»Hör auf, mir über die Schulter zu gucken, ich weiß schon, was ich tue!«, zischte Anne genervt, nachdem Thomas ihr zum hundertsten Mal über die Schulter guckte. »Ja, aber …« »Nichts aber!«, fauchte Anne, während sie Thomas aus dem Krankenzimmer schmiss. »Er wird jetzt vor der Tür hin- und hertigern, oder?«

»Sehr wahrscheinlich!«, lachte Anne.

Sie packte die Pinzette und zog den letzten Splitter aus meinem rechten Fuß. Ich schrie laut auf und starrte den riesigen Splitter an. »Das Teil steckte in meinem Fuß?«

»Ja.« Anne kippte mir Desinfektionsmittel über die vielen kleinen Schnitte, es brannte höllisch. »So, jetzt noch der andere!« Anne wickelte meine Füße in Verbände.

»Wie lange wird es dauern, bis sie heilen?«

»Bei normalen Menschen zwei bis drei Wochen, allerdings weiß ich nicht, wie dein Heilungsprozess aussieht. Ich hatte noch nie das Vergnügen, einen Dämon zu verarzten!«

Ich starrte sie an. Innerhalb von zwei Sekunden hatte ich sie am Hals gepackt. Ich starrte sie an, ich spürte, wie meine Kraft um mich herum pulsierte.

Anne keuchte und griff verzweifelt nach meinem Arm in der Hoffnung, meine Hand von ihrem Hals wegzubekommen.

»Bitte.«, keuchte sie.

Doch mein Griff verstärkte sich nur. »Du wirst niemandem davon erzählen, hast du mich verstanden? Niemand darf erfahren, dass ich hier bin!« Mein Griff um ihren Hals verstärkte sich. Sie deutete ein Nicken an und ich löste meine Hand um ihren Hals.

Anne wich keuchend von mir zurück.

»Es tut mir leid …«, murmelte ich, als ich sah, wie verängstigt die kleine alte Frau vor mir war.

Ich sah, wie sich ein Handabdruck um ihren Hals bildete. Schnell griff ich nach ihr. Doch sie sprang wie ein verängstigtes Tier zur Seite und starrte mich aus großen Augen an.

»Ich will dir nichts Böses, ich möchte deinen Hals nur heilen.«

Sie nickte kurz und kam langsam auf mich zu. Ich nahm ein Messer von dem Tisch, der am Fußende des Bettes stand. Langsam und vorsichtig schnitt ich in meine eigene Hand. Schnell schob ich meine Hand in Annes Richtung.

Diese schluckte und nahm vorsichtig meine Hand und nahm einen Schluck.

»Mein Blut wird dich nicht süchtig machen, keine Sorge …«

Sie nickte stumme und ich schaute zu, wie mein Handabdruck von ihrem Hals verschwand.

»Es tut mir leid, Anne. Ich wollte das nicht tun. Ich ähnele nur leider viel zu oft meinem Vater!« Ich wusste, dass das keine Entschuldigung war, nur eine lächerliche Ausrede, damit ich mich besser fühlte. Aber ich hoffte, dass ich sie wenigstens etwas beruhigen konnte.

»Das ist keine Entschuldigung für das, was du getan hast, Lucy!«, die alte Frau starrte mich hasserfüllt aus ihren braunen Augen an.

»Ich weiß …«, ich schaute auf meine Füße. »Ich … es wird nie wieder vorkommen. Ich verspreche es!«, hauchte ich. Anne nickte bloß.

Sie drehte sich um und ging auf die Tür zu.

»Anne, es tut mir leid …«, hauchte ich, mir wurde klar, was ich ihr gerade angetan hatte.

Hass durchbohrte mich wie ein Messer, das mir in die Eingeweide gestoßen wurde.

Ein brennendes Messer.

Ich hasste mich dafür, was ich ihr angetan hatte. Hass auf meinen Vater, der mich dazu erzogen hatte, erst zuzuschlagen, um danach Fragen zu stellen. Hass auf Lilith, die mir zuerst Tonka geschenkt hatte, nur damit mein Vater mich dann zwei Jahre später dazu zwang, sie zu töten, um mir etwas beizubringen. Ich hasste Athelstan dafür, dass er mich das Foltern lehrte, und ich hasste mich dafür, dass ich es gut konnte und es ein kleines bisschen mochte, wenn ich ehrlich war. Ich hasste meine Mutter, die damals meinem Vater verfallen war. Ich hasste die Hexe, die ich nicht einmal kannte, für diese bescheuerte Prophezeiung. Die Prophezeiung, die nun durch meinen Kopf schoss.

Ich wimmerte auf, als sich die Tür öffnete, und auf einmal war es mir egal, die Wut durchzuckte mich und ich schrie. Ich schrie all meinen Zorn hinaus. Ich spürte, wie die Messer in die Luft flogen, genauso wie Schränke, Tische und Betten.

Die Macht, die mich in dem Moment umgab, war berauschend.

KAPITEL 10

Von Lilly und Tonka

Ich keuchte, als alles um mich herum zu Boden fiel. Schränke waren umgekippt, Nadeln, Flüssigkeiten, Gläser und Papiere, die in den Schränken lagen, waren zerbrochen und über den Boden verteilt. Die Betten, bis auf das, auf dem ich gesessen hatte, waren teilweise umgekippt oder standen waagerecht. Ich erstarrte, um mich herum so viel Chaos und das nur wegen meines Wutanfalls. Wäre jemand mit mir in dem Raum gewesen, wäre er jetzt höchstwahrscheinlich tot!

Die Tür flog auf Thomas stand dort und starrte mich geschockt an. »LUCY!«, keuchte er und eilte auf mich zu. Er blieb ein paar Meter vor mir stehen. Ich erhob mich, ohne darüber nachzudenken.

»Lucy …«, diesmal war es ein Flüstern. Mein Körper gab nach. Alles um mich herum wurde schwarz, das letzte, was ich hörte, war Thomas, wie er meinen Namen flüsterte.

Ich starrte auf das kleine Höllenmonster.

Es war leise, sobald ich es angeschrien hatte. Es setzte sich hin und legte den Kopf schief. Die goldenen Augen des Monsters verfolgten mich und wirkten auf eine erschreckende Weise sehr, sehr schlau.

»Ihr Name ist Tonka …«

Ich schaute erschrocken auf.

Vor mir stand eine Frau, sie musste so um die 40 Jahre sein. Ihre braunen Haare berührten gerade so ihre Schultern. »Hab keine Angst … Mein Name ist Lilly und wie heißt du?«, fragte mich die Frau.

»Lucy. Lucy Fairchild!«

Lilly lachte und ihre grünen Augen musterten mich aufmerksam. Etwas trat in Lillys Augen, ich konnte es nicht genau zuordnen. »Sie wird dir nichts tun …«, Lilly deutete mit dem Kopf auf das Monster.

»Wirklich?«, fragte ich sie unsicher und starrte das Monster vor mir an.

»Wirklich und ansonsten bin ich ja hier. Ich beschütze dich.« Das Monster stieß einen jaulenden Ton aus und steuerte auf mich zu. Der Schwanz des Tieres wackelte hin und her, das kleine Wesen konnte sich noch nicht mal ordentlich auf den Beinen halten.

Vorsichtig ging ich auf die Knie und hielt mit geschlossenen Augen dem Monster meine Hand hin, als sie vor mir ankam. Am Anfang spürte ich nichts, bis sich das Ding auf mich stürzte. Ich schrie auf und wollte von dem Monster weg. Doch dann leckte das Monster mein Gesicht, es kitzelte und war leicht nass.

Ich lachte. »Tonka, stopp!«, rief Lilly und Tonka war schneller von mir runter, als dass ich es realisieren konnte. Ich starrte Tonka geschockt an, als das Tier von mir hinuntersprang und sich hinsetzte und ihre intelligenten Augen auf Lilly richtete. »Na, komm hoch!« sagte sie, während sie mich hochzog. »Sie hat mir nichts getan!«, rief ich erfreut und schaute Lilly aufgeregt an. Die Frau lächelte mich an und legte dabei ihren Kopf leicht schief.

In der Sekunde hatte sie erschreckende Ähnlichkeit mit einem dieser Biester. Ich hätte sogar schwören können, dass ihre Augen kurz rot aufglühten. Doch dann schaute sie mich wieder freundlich an und sagte, »Nein, das hat sie nicht.« Glücklich grinste ich. Ich versuchte, mich auf Lillys Drängen daran, der Hündin Kommandos zu geben. Die Hündin reagierte auf alles und ihre Augen verfolgten mich und schienen darauf zu achten, dass mir nichts geschehen würde.

Lilly deckte mich zu und ich lächelte sie an. »Kannst du mir eine Geschichte erzählen?«, fragte ich sie aufgeregt, schließlich hatte Mama mir immer Geschichten erzählt.

»Natürlich.« Sie begann, mir eine Geschichte zu erzählen, die Geschichte über einen Höllenhund und wie sie sich in einen Vampir verliebte. Sie erzählte mir von den Geschwistern des Höllenhundes und sie erzählte mir, wie eine Hexe dieses arme Ding tötete, nur um an eine Prophezeiung zu kommen. Und sie erzählte mir davon, wie die Schwester der Höllenhündin auf Rache wartete, sie würde die Person töten, die ihre Schwester ermordete, das hatte sie die Schwester geschworen.

»Wie lautet die Prophezeiung?«, fragte ich sie etwas verschlafen. Sie antwortete mir nach einer Weile: »Die Furchtlose, die keinen Dämonen fürchtet, geboren in der Welt der Menschen. Die Tapfere, die Tochter Lucifers selbst, die Gütige, und ein Engel: wenn sich die drei begegnen, werden die Geknechteten der Hölle endlich entkommen und Chaos wird regieren. Die drei werden uns freilassen und sie werden uns auch als einzige verbannen können.«

Ich erwachte und schaute mich verwirrt um. Wie war ich nach Hause gekommen?

Mein Wäschekorb stand leer in einer Ecke und der Geruch von Rührei drang an meine Nase. Langsam setzte ich mich auf, ich schob meine Beine aus dem Bett und musterte meine Füße.

Die Verbände waren weg, war das alles nur ein Traum gewesen? Langsam und vorsichtig berührte ich den Boden, wartete auf den Schmerz und stand dann auf. Es schmerzte ein bisschen, aber ansonsten schien alles okay. Also war es doch kein Traum. Ich ging in mein Wohnzimmer und starrte Thomas an, der mit dem Rücken zu mir stand, und Rührei machte.

»Thomas!«, sein Name kam aus meinem Mund, naja, es klang eher wie ein Krächzen als wie ein Wort. Er fuhr herum und lächelte mich an.

»Du bist wach!«, stellte er fest. Ich lächelte leicht, als er wieder herumfuhr, um keine zwei Sekunden später vor mir zu stehen und mir ein Glas Wasser vor die Nase hielt. »Ich habe mir Sorgen um dich gemacht!«, stellte er fest, während er mich auf mein Sofa drückte. »Wie geht es dir?«, ich nahm einen Schluck von dem Wasser und versuchte es dann erneut. »Ganz gut. Wie lange war ich weg?«

»Drei Stunden in etwa. Ich habe beschlossen, dich nach Hause zu bringen. Ich dachte, du würdest dich dann wohler fühlen …«

»Danke.«, sagte ich, während er sich umdrehte, um zwei Teller mit Rührei zu überhäufen. »Wovon hast du geträumt?«, fragte er mich, als er die Teller vor mir abstellte, um sich dann neben mich zu setzen. »Von Zuhause …«, ich drehte die Gabel etwas unschlüssig zwischen meinen Fingern, ich hatte kaum Hunger.

»Wie ist die Hölle so?«, fragte er mich.

»Sie ist nicht schlimm, falls du das wissen willst. Zumindest nicht für mich, sie war mein Zuhause, ich hatte dort gute Lehrer, die mir alles Wichtige beigebracht haben.«

»Aber es ist die Hölle, sollten nicht Seelen gefoltert werden?«, fragte er mich, während er sein Rührei aß. »Mit vollem Mund spricht man nicht! Aber natürlich wurden Menschen gefoltert, doch mit der Zeit gewöhnt man sich daran.«, ich schob mir etwas Ei in den Mund.

»Du hast mir nie gesagt, dass du kochen kannst!«, rief ich empört aus und schlug ihn spielerisch auf die Schulter, das Ei war einfach himmlisch. Er lachte. »Ich hatte ja auch noch keine Gelegenheit, es dir zusagen!«, grinste er.

»Du musst ab jetzt für immer hierbleiben und mich bekochen!«, grinste ich und schaute ihn an. Sein Blick wurde auf einmal ernst. »Lucy, wir müssen reden!«, er schaute mich an, mehr sagte er nicht. Seine Augen hielten mich gefangen und ich hatte das Gefühl, darin zu versinken. »Du hattest recht. Wir können nicht zusammen sein, nicht für immer!«, ich zitterte. Dann nickte ich. »Du hast recht, das können wir nicht! Nicht so, wie wir es sollten.«

»Lucy …«

»Nein, Thomas, mein Vater würde es sowieso nicht gutheißen, es ist besser so. Du findest bestimmt eine wunderschöne Werwölfin, die dir all das geben kann, was du verdienst.« Ich wollte heulen. Mir ging es hundeelend. Das letzte Mal, als ich mich so schlimm gefühlt hatte, war, als ich Tonka töten musste. Ich fühlte mich, als würde mir mein Leben entrissen werden. Ich hatte mich noch nie so verloren gefühlt. Ich fühlte mich, als hätte ich die Kontrolle verloren, und ich hasste dieses Gefühl. Ich brauchte die Kontrolle wieder und das schnell!

»Ich brauche aber nur dich.«

Bevor ich mich anders entscheiden konnte, drückte ich meine Lippen auf seine. Es fühlte sich komisch an. Es war, als würde das Feuer, das in mir brannte, immer heißer werden.

»Ich brauche dich auch!«, flüsterte ich gegen seine Lippen, nachdem wir uns voneinander gelöst hatten.

»Ich glaube, ich lasse dich doch nicht gehen!«, flüsterte er und zog mich näher an sich.

Ich schluckte, denn ich wusste, was ich nun sagen musste, egal wie weh es mir tat. Es war besser so als beide von uns! »Du musst mich aber gehen lassen!«

KAPITEL 11

Von Thomas und Wölfen

Thomas konnte es nicht glauben! Sie hatte ihn vor die Tür gesetzt, seine Seelenverwandte hatte ihn vor die Tür gesetzt.

»Du musst mich aber gehen lassen!«, ihre Stimme hallte in seinem Kopf wider, während er die Stufen hinunterhetzte. Er fühlte sich wie ein geschlagener Hund.

Der Nachbar von Lucy kam ihm entgegen und grüßte ihn sogar, doch Thomas rannte nur weiter. Als er draußen ankam, regnete es und ohne wirklich darüber nachzudenken, eilte er los und ließ seine Instinkte übernehmen.

Sie führten ihn zu der einen Person, die er nicht sehen wollte. Die er seit Jahren mied. Sobald er die Grenze überschritt, fand er sich Wölfen gegenüber, die knurrend begannen, ihn zu umrunden. Einige Jüngere wagten es sogar, vorzuspringen.

»Was willst du hier, Halbling?«, Patricks Stimme war eisig. Er war einer der ersten Wölfe, die sich Maximilian damals angeschlossen hatten.

»Patrick.«, Thomas nickte ihm zu, »Ich möchte mit meinem Bruder sprechen!«

Patrick grinste, während er auf Thomas zuging und die Wölfe einfach beiseiteschob. Zumindest die, die nicht automatisch Platz für ihren Beta machten. »Du hast das Recht verloren, ihn Bruder zu nennen, Thomas, als du gegangen bist, hast du jedes Recht verwirkt!« Patrick packte den jüngeren Wolf im Nacken und zog ihn so zu sich hinunter. »Was glaubst du, gibt dir das Recht, in unser Territorium zu kommen?«

Thomas knurrte und packte den älteren Wolf an der Kehle. Die Wölfe um die beiden herum knurrten. »Ich muss mit meinem Bruder reden, Patrick, und wenn du dich mir in den Weg stellst, wirst du den Preis für deine eigene Dummheit bezahlen.«

Patrick lachte, er war wirklich verrückt, das Leben als einsamer Wolf hatte ihm nicht gutgetan! »Natürlich kommt der Alpha.«, Patricks Stimme enthielt einen sarkastischen Unterton. Thomas knurrte, während Patrick ihn durch das Waldstück zog, die Sonne ging gerade unter und so wurde der Wald in einen schönen Rotton gehüllt, bald würde es Winter werden und alles wäre dann weiß, für einen kurzen Moment stellte er sich Lucy vor, wie Schnee in ihren Haaren hing und sie lächelte.

Er wusste noch nicht einmal, ob sie jemals Schnee gesehen hatte. In Thomas zog sich alles zusammen vor Schmerz. Er wusste, dass Werwölfe sich normalerweise anders benahmen, wenn es um ihren Seelenverwandten ging, doch er konnte in dem Moment nicht anders, sie war das, was er brauchte, und wenn er das hier tun musste, um den beiden ein Happyend schenken zu können, dann würde ihm Gott helfen, denn er würde nicht zusehen, wie Lucy sich immer weiter von ihm entfernte.

Thomas folgte Patrick, die Wölfe flankierten sie. Auf Thomas' rechter Seite eilte eine kleine grauweiße Wölfin, ihre Pfoten machten kaum ein Geräusch, obwohl unglaublich viele Blätter auf dem Boden lagen. Zu seiner Linken lief ein schwarzer Wolf, er wirkte schon beinahe bullig im Vergleich zu der silbernen Wölfin. Nicht nur das, wo die Silberne leise war, schien der schwarze Wolf nur noch mehr Geräusche zu machen. Patrick drehte sich zu Thomas um, als hätte er seine Gedanken gelesen.

»Lena ist unsere beste Jägerin und ihr Bruder Mike ist, naja, sagen wir es so, wenn ich den Befehl geben würde, würde er jetzt an deiner Kehle hängen, du hättest noch nicht einmal Zeit zu rennen und selbst wenn, hätte Lena dich in Sekunden!«, Patrick grinste triumphierend, während er weiter vorausging.

Am liebsten hätte Thomas ihm sein bescheuertes Grinsen aus dem Gesicht geschlagen.

»Wie lange liebst du sie schon?«, fragte Patrick auf einmal. »Wie bitte?«

»Die blonde Schönheit, ich würde echt alles dafür geben, wenn sie dafür mir gehören würde!« Patrick hatte ein Grinsen im Gesicht, Thomas wusste es, ohne ihn zu sehen. Eine Wut ballte sich in ihm zusammen, während er zu Patrick schaute.

»Keine Ahnung.«, seine Stimme war eisig kalt und abweisend in der Hoffnung, dass Patrick das Thema fallen lassen würde. »Dann rede halt nicht mit mir, Halbling.« Ein Knurren entkam Thomas, doch sofort knurrten ihn die zwei Wölfe, die ihn flankierten, an. Die Silberne sprang sogar ein Stück vor und schnappte nach seinem Bein.

Er trat nach ihr, sie wich jaulend zurück. Sofort tat es ihm leid, sowas machte man nicht.

Die Wölfin schnappte erneut nach ihm, diesmal warnend. Thomas erstarrte, als er sah, wo sie waren. »Das ist also euer Geheimversteck?« Wut kochte in ihm hoch. Oh, das hat Max nicht gemacht. Ohne auf die anderen zu achten, stieß er Patrick zur Seite und stürmte auf das Haus zu. »Maximilian, du Arschloch!« Thomas' ganzer Körper zitterte vor Wut. Sein Bruder kam langsam aus dem Haus, seinem Hauptquartier. Es war nicht sein verfluchtes Hauptquartier, es hatte deren Mutter gehört, die es beiden Söhnen vermacht hatte. Ihre Ranch, die sie so geliebt hatte, das einzige, was ihr von Thomas' Vater geblieben war, und Maximilian, dieser verfluchte Hund, hatte die Frechheit, es in sein Rudelhaus zu verwandeln. Er hatte das Erbe von Wanja Hatter befleckt mit seinen nicht ganz so legalen Machenschaften.

Maximilian trat aus dem Haupthaus und lehnte sich gegen die Tür. »Hallo Bruder, was kann ich für dich tun?«

»Du musst mir helfen, den Teufel zu töten!«

KAPITEL 12

Von geplanten Morden
und Versprechen

Ich stockte, als ich die Ladenklingel hörte und schaute von dem Kakao auf, den ich gerade fertig machte. Ein Pärchen kam in den Laden, sie hielten glücklich Händchen und lächelten, als könnte nichts ihre heile Welt zerstören. Naja, zumindest lächelte das Mädchen so. Der Mann war eindeutig ein Jäger, ich schluckte.

»Willkommen, kann ich Ihnen schon mal etwas zu trinken anbieten?«, fragte ich die beiden und versuchte mit aller Kraft, mein Lächeln in meinem Gesicht zu behalten und nicht einfach über die Theke zu greifen und mir den Jäger zu schnappen.

»LUCY!« Marvin stand in der Tür zu seinem Büro. »Komm mal bitte, Anna übernimmt deine Kunden.«

Ich lächelte die beiden entschuldigend an und stellte den Kakao dem 12-jährigen Mädchen vor die Nase, als ich an ihrem Tisch vorbeiging. »Bin schon da, Boss. Was kann ich für Sie tun?«

»Miss Fairchild, ich brauche noch Ihre Krankschreibungen für die eine Woche, die sie letzten Monat gefehlt haben, ohne Entschuldigung wohlgemerkt.«, zischte er und schlug mit der flachen Hand auf den Tisch. »Sorry, ich reiche sie nach …«

»Morgen, Miss Fairchild, ich will die Krankschreibungen morgen früh auf meinem Schreibtisch! Oder Sie können ihre Sachen packen und gehen!« Ich senkte den Blick. »Gehen Sie für heute! Ihre Schicht ist sowieso in einer halben Stunde vorbei.«, sein Ton war kalt. Ich nickte bloß stumm, scheiße.

Ich stürmte aus dem Büro und rannte hoch und zog meine Tasche aus meinem Spind, danach eilte ich nach unten und meldete mich ab.

»Tschau, Anna.« Danach stürmte ich durch die Vordertür nach draußen. Wütend stapfte ich durch den Regen auf dem Weg nach Hause. Ich zog eine Packung Zigaretten aus meiner Jackentasche. Ich zog mir eine Zigarette aus der Schachtel und zündete sie mir an. »Du rauchst?« Ich schaute auf und verdrehte die Augen.

»Was willst du, Thomas?«

»Hör zu, ich habe einen Weg gefunden, wie wir zusa…«

Ich knurrte auf und stieß ihn gegen die Wand. »Was auch immer es ist, NEIN!« Ich stieß mich von der Wand ab und lief weiter.

Der Regen hatte meine Haare inzwischen durchnässt, ich meine, mir war von Anfang an klar gewesen, nicht trocken zu Hause anzukommen. Dennoch wäre es mir lieber gewesen, wenn ich nicht klitschnass daheim ankommen würde!

»Ich werde deinen Vater töten!«

Ich stockte, es war, als wäre ich auf der Stelle festgefroren. Was für ein idiotischer Volltrottel. »Nicht hier!«, ich zog ihn mit mir.

Wir saßen schlussendlich in einer Bar ein paar Straßen weiter, in die ich seit einiger Zeit ging, weil Kev mich nicht nach einem Ausweis fragte.

Einige Alkoholsüchtige waren in dem alten verdreckten Schuppen und der Barkeeper, der uns nur kurz anguckte und dann weiter seinen Tresen schrubbte.

»Du denkst, das wäre ein besserer Ort, um zu reden, als draußen auf der Straße.«

»Ja, Collie da drüben ist hier seit neun Uhr in der Früh und trinkt. Betty und Josh sind hier seit zehn Uhr und Kev hat mit seinen Kids genügend zu tun, die ihm die Nacht oder den Tag um die Ohren schlagen, glaube mir, hier interessiert sich keiner für unser Gespräch.

Thomas nickte kurz und fuhr sich durch die Haare. »Hör zu, Lucy, ich weiß, du liebst deinen

Vater sehr.«

»Nein, das tue ich nicht. Er liebt niemanden. Was glaubst du, wer die Hölle übernimmt, wenn er nicht mehr ist?«

»Keine Ahnung, ein Dämon wahrscheinlich, ich habe nicht darüber nachgedacht.«

»Richtig, du hast nicht gedacht! Ich, ich werde die Hölle übernehmen, da nur ein wahres Kind Lucifers diese Macht halten kann, ohne daran zu vergehen.«

»Aber, aber…«

»Thomas, ich liebe dich wirklich sehr, aber hör bitte auf, uns ein Happy End schreiben zu wollen. Denn für uns gibt es kein Happy EndA, nicht in diesem Leben zumindest.«

Ich schloss die Augen. *Bitte bleib bei mir, lass mich nicht alleine.* Doch mein Mund sprach andere Worte. »Leb wohl, Thomas, und diesmal für immer.«, flüsterte ich.

»Das denke ich nicht, Lucy. Du und ich gehören zusammen.«, flüsterte er, während er nach meiner Hand griff.

»Thomas, bitte, lass mich gehen. Du machst es nur noch schlimmer. Du weißt, dass wir das nicht tun können.«

»Aber du willst es…«

»Das tut nichts zur Sache.«

»Doch, Lucy, du solltest an dich selbst denken in dem Moment und an nichts anderes.« Ich starrte ihn nur an. Ich konnte das doch nicht tun, es wäre ungerecht ihm gegenüber, ich wollte keine Beziehung, hatte ich noch nie gewollt, und er bat mich um etwas, was ich ihm nie geben konnte.

»Bitte.«, es war nur ein Flüstern, bevor er mich losließ und ich aus dem Laden stürmte. Er war einen Monat verschwunden, um dann mein Leben wieder auf den Kopf zu stellen.

Ich trat in den Regen und schaute den Menschen zu, wie sie sich vor dem Regen in Sicherheit brachten. Langsam schlenderte ich nun durch die so gut wie menschenleeren Straßen, als ich auf einmal Schritte hinter mir hörte und mich leicht umdrehte, in der Hoffnung, Thomas dort zu sehen. Doch es war nicht Thomas, nein, es war der Jäger aus dem Café, der mit schnellen Schritten auf mich zueilte. Ohne wirklich darüber nachzudenken, rannte ich los.

Verfluchte Jäger, ich war ihnen fast ein halbes Jahr entkommen. Doch der Mann jagte mir nach, fluchend bog ich in eine Seitenstraße ein. Ich fluchte und drehte mich panisch um, als eine Steinmauer in meinem Weg aufragte.

Ich wich zurück gegen die Wand. Der Jäger kam auf mich zu. Er legte seinen Kopf schief. »Was sucht ein übernatürliches Wesen wie du in so einem Café?« Ich zischte und zeigte meine Zähne, ein Fauchen, das sehr dem einer Katze glich, entkam mir. Ich machte mir nicht die Mühe, ihm zu antworten. Er kam auf mich zu, seine Waffe war gezogen und er zielte auf mich. Er schoss. Den ersten paar Schüssen konnte ich ausweichen, doch es gab in der kleinen Straße keine wirklichen Ausweichmöglichkeiten und an ihm vorbei kam ich auch nicht.

Eine Kugel durchdrang mein Bein und ich ging zu Boden, ein Schrei entkam mir und ich starrte wütend zu dem Jäger auf. »Was bist du?«, fragte er mich, während er mich umrundete, seine Waffe war immer noch auf mich gerichtet. »Ein Wolf, eine Fee, ein Vampir, eine Walküre?«

Ich knurrte warnend, doch er begann, schon weiter zu reden. »Nein, eine Walküre bist du nicht, dafür bist du zu schnell zu Boden gegangen. Weißt du, ich bin vor einigen Tagen einer Walküre begegnet, sie ist jetzt tot, ein taffes Miststück, sie hat sich sehr lange gewehrt und sich sogar in dem Körper eines kleinen Mädchens versteckt.

Ich habe sie am Ende gefunden …«, er richtete seine Waffe wieder auf mich. Ich knurrte, was für ein Arschloch. Er grinste.

»Und für eine Fee bist du zwar hübsch genug,

aber eindeutig bist du keine Fee, ansonsten hättest du mir schon längst einen Deal angeboten.«, er grinste dreckig. Feen waren echt eine Klasse für sich, sie versuchten, sich aus allem raus zu ficken. Ich grinste, als ich an meine erste Feenseele dachte, das kleine Miststück hatte versucht, mir einen Deal für ihre Freiheit anzubieten. Tonka hatte die Seele damals verschlungen.

»Und ein Wolf bist du auch nicht. Also ein Vampir.« Ich lachte und ohne wirklich darüber nachzudenken, stürzte ich mich auf ihn. »Nein, Honey, ich bin auch kein Vampir.« Doch bevor ich etwas tun konnte, wurde ich gepackt und von dem Jäger weggerissen. Es war seine Freundin, die einen erstaunlich festen Griff hatte. »Lass mich los!«

»Ich denke nicht mal dran …« Der Jäger rappelte sich auf und richtete seine Waffe auf mich, in seinen Augen glitzerte die Mordlust. »Dämon!«, zischte er. Ich seufzte auf. »Das tut mir jetzt leid …«

Ich drehte mich schnell in dem Griff des Mädchens und schlug meinen Kopf gegen ihre Nase. Das Mädchen schrie auf. Der Jäger richtete seine Waffe auf mich, doch bevor er abdrücken konnte, hallte ein gefährliches Knurren durch die Gasse.

Ich drehte mich in die Richtung, der Jäger und seine Freundin waren mir in dem Moment total egal. Dort stand Thomas, seine Augen waren golden und er knurrte warnend. »Das hier ist mein Revier, Jäger, und soweit ich weiß, habt ihr kein Recht, hier zu töten, solange kein Mitglied des Rudels aus der Reihe tanzt!«

Bevor irgendjemand etwas tun konnte, zog Thomas eine Waffe und drückte ab, der Jäger ging tot zu Boden. Ich keuchte auf. Die Frau schrie und ließ mich los, nur um keine zwei Meter weiter neben dem Jäger auf die Knie zu gehen und begann um ihn zu weinen. Thomas kam mit großen Schritten auf uns zu. Seine Augen immer noch golden, er sagte nichts, als er mich an sich zog und seine Lippen auf meine drückte. Ich fühlte mich überwältigt von den Gefühlen, die in diesem Kuss steckten. Liebe, Freude, Wut, aber ich spürte auch seine Angst, während er seine Lippen auf meine legte. Als wir uns lösten, legte er seine Stirn gegen meine und knurrte nur ein Wort: »Meins!« Die Frau hatte uns für einige Sekunden angestarrt und war dann losgerannt. Sie hatte sich an uns vorbeigedrängelt und war einfach nur gerannt. »Geht es dir gut?«, fragte Thomas mich besorgt.

»Alles okay.«, hauchte ich und schob ihn von mir, »Mir geht es gut.«, ich zitterte und schlang erneut die Arme um ihn. »Wir müssen sie umbringen.«, flüsterte ich gegen seine Lippen.

In dem Moment setzte mein Überlebensinstinkt ein und das, was mir beigebracht wurde. Du darfst niemals jemanden am Leben lassen. Niemals Zeugen zurücklassen. »Nein, Lucy, es ist alles okay.« »Nein, Thomas. Sie weiß, was ich bin!«

Ich setzte das Messer an der Haut des Mannes an.

»Bitte, Kleine, du musst das nicht tun!«

Ich schloss die Augen und versuchte, mich so weit weg wie irgend möglich zu denken. Ich atmete aus.

Nein. Ich setzte das Messer ab und schaute zu Athelstan.

»Ich möchte das aber nicht tun!« Der Dämon seufzte auf und griff sich mit seinem Daumen und Zeigefinger an die Nasenwurzel. »Kind, wie willst du jemals darin gut werden, Leute zu foltern, wenn du dich jedes verfluchte Mal weigerst, weil sie dir leidtun!«, er erhob sich von seinem Schemel in der Ecke des dunklen Raums. Und kam mit großen Schritten auf mich zu. »Wenn du nicht willst, dann gib das Messer her!«, er nahm mir das Messer ab und schob mich in Richtung des Schemels. »Und jetzt setz dich hin und schau zu!«

Ich setzte mich und starrte auf meine Hände. Ich versuchte, die Schreie auszublenden und das widerliche Geräusch, als die Haut des Mannes auf den Boden klatschte. Ich zitterte und versuchte, wirklich alles auszublenden.

»LUCY!«, die wütende Stimme meines Vaters hallte durch den ganzen Raum, ich zitterte und schaute zu ihm auf.

Die Tränen, die mein Gesicht hinunterliefen, konnte ich nicht verbergen.

Er zog mich hoch und bedeutete mir, ihm zu folgen. Er schaute noch einmal zu Athelstan. »Ich nehme sie mit. Aber das nächste Mal will ich sie dastehen sehen und nicht dich!«

Athelstan nickte bloß. Zuerst sagte er nichts und ich folgte ihm durch die dunklen Gänge. Meine Füße klangen viel zu laut auf dem Boden im Vergleich zu denen meines Vaters, er machte kaum ein Geräusch. Fast so wie ein Geist oder so als würde er schweben.

»Du bist anders als dein Bruder.«

Natürlich bin ich anders als er, Cole war in allem besser und er wollte die Dinge haben, die ihm nie gehörten und er wäre dafür sogar über Leichen gegangen!

»Dein Bruder hatte nie Probleme damit, so etwas Einfaches zu tun, wie jemanden zu foltern!« Ich hasse ihn und ich hasse dich. Er drehte sich zu mir um, so als hätte er meine Gedanken gehört. »Oh meine Süße, du weißt gar nicht, was alles auf dich zukommt.«

Er öffnete die Tür zu meinem Zimmer. Tonka lag auf dem Boden, ihr Kopf war auf ihre Füße gebettet und sie hob nur leicht den Kopf, um zu sehen, wer da kam, doch sobald sie mich sah, sprang sie auf und wedelte erfreut mit ihrem Schwanz.

»Du, meine kleine Prinzessin, wirst mir helfen, die Welt in Brand zu setzen.« Er hielt mir ein Messer hin. »Du hast es nicht bei dem Mann geschafft, aber sie ist nur ein Hund! Ein dummer, unnützer Hund!« Ich starrte erschrocken zu meinem Vater.

»Nein!«, ich schmiss das Messer von mir. Tonka knurrte auf und musterte uns verwirrt.

Mein Vater lächelte. »Mach du es oder ich rufe Klausius.« Ich werde niemanden an Tonka ranlassen, lieber mache ich es selbst, denn ich wusste, dass ich es schnell und möglichst schmerzlos machen würde im Vergleich zu einem von den Folterknechten. Langsam beugte ich mich vor und hob das Messer auf. »Tonka, komm her, na komm, mein Mädchen, komm her.« Tonka kam gutmütig auf mich zu und setzte sich vor mich hin. Tränen rannen meine Wangen hinunter.

Ich kraulte sie hinter den Ohren und schlang meine Arme um sie. Langsam löste ich meine Arme um sie und strich ihr mit meiner rechten Hand durch ihr Fell, mit der linken stach ich ihr mit dem Messer in den Hals.

Sie jaulte laut auf und versuchte, von mir loszukommen. Ich verstärkte meinen Griff auf die Hündin. Ich zog das Messer aus ihrem Hals, ihr Blut ergoss sich auf meinen Körper.

Tonka jaulte auf und kippte zur Seite, ihr großer Körper fiel vor meine kniende Gestalt, sie winselte und schaute zu mir auf. Ich beugte mich zu ihr hinab. Ich wollte nicht, dass mein Vater etwas davon hörte, was ich jetzt sagte. »Ich konnte nicht zulassen, dass jemand anderes dir dein Leben nimmt.
Ich verspreche dir, niemand wird dein Fell hier stehlen. Ich liebe dich, mein gutes Mädchen.«, meine Finger berührten noch einmal ihr samtweiches Fell.

Danach drehte ich mich zu meinem Vater um. Ich schmiss ihm das Messer vor die Füße und stieß ihn aus dem Raum. Danach rollte ich mich auf meinem Bett zusammen und wartete darauf, dass Lilly hierherkommen würde, sodass wir Tonka beerdigen konnten.

Ich seufzte auf und schaute zu Thomas auf. »Na gut, aber sobald hier Jäger auftauchen, bin ich weg. Ich habe keine Lust, tot in irgendeinem Müllcontainer zu enden.« Thomas grinste.

»Deal.«, danach griff er nach meiner Hand und zog mich aus der Gasse, vorher rief er aber noch seinen Beta an, damit er sich um die Leiche kümmern würde. Wir gingen spazieren, es regnete zwar grauenhaft und meine alte Regenjacke machte das zwar langsam nicht mehr mit, doch ich genoss die Zweisamkeit, die wir zu zweit in dem Moment hatten, und zum ersten Mal seit langem fühlte ich mich geborgen und ich begann über alles zu reden.
Über Tami und Aylin, über die Prophezeiung, über meine Flucht vor den Jägern und über die Flucht vor den Dämonen.

Ich erzählte ihm von Tonka, von Lilly und von meinem Vater. Und dann erzählte ich ihm etwas, was ich noch nie jemandem erzählt hatte. Ich hatte die Geschichte nicht oft gehört. In der Hölle war sie ein echtes No Go. Ich erzählte Thomas von Cole.

Ich erzählte ihm, was ich von meinem Bruder wusste. Was nicht sonderlich viel war. Cole hatte die falsche Person ausgewählt und diese Person hatte ihn nicht gewollt. »Er hatte laut meinem Vater schon immer das gewollt, was er nicht haben konnte!«, sagte ich, während ich mit Thomas die Straße hinunterging. Sein blondes Haar hing ihm ins Gesicht. »Was wollte er denn, dass es ihn sein Leben gekostet hat?«, fragte Thomas. »Ein Mädchen.« Ich erinnerte mich an Lillys Worte. »Laut einer guten Freundin war sie die Mate eines Vampirs.«

»Wie war ihr Name?« Ich stoppte und versuchte, mich an ihren Namen zu erinnern.

»Lucy?«, fragte mich Thomas, doch ich konnte nicht antworten, was hatte Lily noch gesagt. Ihr Name, wie war ihr Name?

Ich stoppte und auf einmal fiel mir der Fehler auf, Lillys Nachname ist Snow.

Sie hatte mir von ihren Geschwistern erzählt, von ihrer ältesten Schwester, die alles dafür getan hätte, damit es ihren Geschwistern gut ging.

»Ihr Name ist …« Ich schluckte, denn auf einmal setzte sich ein Puzzle vor meinem inneren Auge zusammen. »Rory, Rory Snow!«

KAPITEL 13

Von einem Biss
und einem Blutbad

Thomas hatte mich dazu überredet, mich mal um mich selbst zu kümmern, um niemand anderen und seit einem Monat lebte ich so gut wie nur noch bei ihm, es war, als hätten wir uns eine kleine, sichere Blase aufgebaut, in der zumindest jetzt alles gut war. Thomas kümmerte sich um sein Rudel und ich ging arbeiten.

Ich verbrachte Zeit mit einigen Frauen aus dem Rudel und redete mit ihnen. Sie kamen zu mir, wenn sie einen Rat brauchten oder einfach zum Reden. Ich mochte sie, aber keine von ihnen konnte ich als Freundin sehen. Sie alle kamen nur zu mir, weil ich ihre Luna war und nichts anderes.

Unser Verhältnis schien in etwa so zu sein wie das zwischen Anna und mir. Wir waren nett zueinander, aber freundschaftlich war es nicht. Es war auf die Art nett, auf die Bekannte nett zueinander waren.

Bis Julia kam.
Sie veränderte alles!

Julia und ihre Familie waren gerade erst nach Chicago gezogen. Sie hatten die Wahl, ob sie sich Thomas' oder Max' Rudel anschlossen.

Die Wahl, pah, als ob. Patrick hatte nur einen Blick auf Julias Schwester Nyla geworfen und schon war es klar gewesen, dass die Familie Blue Max' Rudel angehören würde, schließlich war Nyla Blue die Seelenverwandte von Patrick, dem Beta.

Was für eine große Ehre, hatte Julia ihre Mutter nachgeäfft, als sie mir das erste Mal begegnet war. Es war im Café gewesen und Marvin war gerade aus dem Büro gekommen, um Bescheid zu sagen, dass er bis heute Abend nicht hier sein würde.

Ich hatte Julia trotz allem gehört, da sie direkt vor mir stand. »Willst du jetzt etwas bestellen oder nicht?«, hatte ich sie gefragt und das Mädchen mit den blauen Haaren hatte ihren Kopf hochgerissen und mich aus goldenen Augen, die graue Sprenkel hatten, angestarrt.

Ihr Mund hatte sich zu einem Knurren verzogen und sie war zurückgewichen.

»Chill mal bitte, ich bin kein Wolf und nur zur Info, du befindest dich gerade auf neutralem Gebiet!«, hatte ich gesagt, während ich sie anschaute. Sie lehnte sich zu mir und starrte mich intensiv an, ihre Augen nahmen, nachdem sie an mir gerochen hatte, wieder ihre normale Farbe an.

»Aber du bist kein Mensch, sonst wüsstest du nicht, dass das hier neutrales Gebiet ist!«

Ich grinste und korrigierte sie. »Mein Seelenverwandter Thomas ist ein Werwolf, der Alpha, um genau zu sein.«

Sie wich zurück. Doch bevor sie sich umdrehen und gehen konnte, zog ich sie zu mir und grinste sie an, »Also was möchtest du trinken? Hier müssen wir uns nach keiner Rudelhierarchie richten!«

Sie musterte mich einige Sekunden perplex, bis sie dann einen Tee bestellte und sich in eine Ecke setzte.

Ich brachte ihr ihren Tee.

Als ich Schluss hatte, fing sie mich ab und wir redeten. Wir saßen draußen am Straßenrand und rauchten, naja, ich rauchte und Julia verzog leicht angewidert das Gesicht. Anscheinend mochte kein einziger Werwolf den Geruch von Rauch.

»Wie lange lebst du schon hier, Lucy?«, fragte sie mich, während sie durch ihre blaugefärbten Haare fuhr. Sie war nervös.

»Etwa ein halbes Jahr, vielleicht auch etwas weniger, vielleicht auch etwas mehr, ich weiß es nicht genau!«, antwortete ich ihr.

Julia und ich hatten uns seit dem Abend immer wieder getroffen, sie kam zwei Stunden vor Ladenschluss in den Laden, trank ihren Pfefferminztee und wartete auf mich. Danach saßen wir immer einige Stunden am Straßenrand. Bis zu dem Abend, an dem Patrick uns fand. Er war gerade auf dem Weg, was weiß ich wohin, und Julia und ich waren in unser Gespräch so vertieft, dass wir nicht einmal mitbekommen hatten, dass Patrick auf uns zukam. Er hatte mich an den Haaren gepackt und mich von Julia weggerissen. »Sieh an, sieh an, also das hat unsere Julia also zu verbergen, sie trifft sich mit der Hure des Feindes.« Ich war also nicht der Feind, ich war nur die Hure des Feindes, oh wie toll.

Patrick hatte gelacht und Julia war aufgestanden und hatte versucht, mit ihm zu reden in der Hoffnung, dass es irgendetwas bringen würde. Doch Patrick, so verrückt wie er war, hörte natürlich nicht auf sie. Patrick lachte bloß und zog die Luft ein. Er stockte, ich spürte, wie seine Lippen sich neben meinem Ohr zu einem Grinsen verzogen.

»Na, was haben wir denn da?« Ich war komplett verwirrt. Was meinte er denn jetzt auf einmal. Patricks Grinsen wurde noch breiter, als er mich zu sich umdrehte, Julia schien er komplett vergessen zu haben. »Thomas meinte, du gehörst ihm und dennoch hat er dich noch nicht gewandelt. Kann er das vielleicht nicht, weil er selbst nur ein halber Wolf ist?« Ich spuckte ihm ins Gesicht und versuchte, mich von ihm loszureißen.

Doch es half nichts, Patrick hielt mich fest. TÖTE IHN!, hallte die Stimme meines Vaters durch meinen Kopf. »Ich glaube, ich tue ihm den Gefallen!«, grinste Patrick. Ich begann zu zittern, doch bevor ich etwas tun konnte, biss er mich.

Patrick BISS mich. Ich fiel zu Boden, da er mich losließ und mein Körper begann zu zucken. Es fühlte sich an, als würde mein ganzer Körper in Flammen stehen. Es fühlte sich fast so an wie damals, als Klausius mich gefoltert hatte, als ich damals versucht hatte, zu fliehen. Julia hatte es geschafft, Patrick mit sich von mir wegzuziehen, doch nun lag ich hier alleine vor Marvins Café und hatte das Gefühl zu brennen! Ich öffnete die Augen und gähnte, meine Finger strichen über das Laken neben mir.

Ich erwartete schon beinahe, den Körper neben mir zu spüren so wie die letzten drei Tage, doch heute war Thomas nicht da. Die Seite seines Bettes war leer. Ich seufzte, er hatte mir zwar gesagt, dass er über Nacht nicht nach Hause kommen würde, aber ich konnte ja hoffen. Langsam stand ich auf und ging duschen. Das warme Wasser entspannte mich und half eigentlich gar nicht gegen meine Müdigkeit, sondern bewirkte eher das Gegenteil. Ich stieg aus der Dusche und trocknete mich ab.

Meine Füße gruben sich in den dicken flauschigen Teppich und ich lächelte. Ich summte zu dem Lied, das im Radio lief, während ich mir etwas Müsli in eine Schüssel gab. Langsam ließ ich mich auf das blaue Sofa fallen, das in der Mitte des Wohnzimmers stand. Dann schaltete ich den riesigen Fernseher an und schaute mir irgendetwas an. Ich grinste vor mich hin. Ich wusste, dass ich mich nicht für immer in Thomas' Apartment verstecken konnte, geschweige denn in seinem Bett.

Aber er hatte mich gebeten, einmal an mich zu denken und das hatte ich die gesamte letzte Woche getan. Ich hatte an mich gedacht! Ich hatte viel Zeit mit Thomasverbracht. Doch heute würde der letzte Tag sein, den ich mich verzog und so tat, als wäre ich nicht Lucy, als wäre ich nicht Luzifers Tochter. Ich schloss die Augen und atmete ein. Thomas' Geruch umhüllte mich, er roch nach Schokolade und einem Geruch, den ich nie zuordnen konnte, ich wusste nur, dass ich den Geruch liebte.

Ich schloss die Augen und hörte zu, wie ein Hund mit seinem Besitzer an dem Gebäude entlanglief. Meine Finger strichen gelangweilt über die Fernbedienung und ich überlegte, ob ich umschalten sollte. Was ich dann auch kurz entschlossen tat. Doch ich stoppte geschockt, als ich sah, was ich sah. Es waren die Nachrichten, die ich sah. Ich stockte, eine Frau wurde zerfleischt gefunden, nur einige Blocks von Thomas' Wohnung entfernt. Ich schluckte, bitte lass das nicht wahr sein. Ich keuchte auf und wandte mich unter Schmerzen.

»LUCY!« Die Stimme war laut, viel zu laut in meinen Ohren. »LUCY!« Ich schrie erneut auf und versuchte, die Stimme auszublenden, doch der Schmerz hörte einfach nicht auf.

Ich wimmerte auf und versuchte erneut, so wie Thomas es mir erklärt hatte, mich zu beruhigen. »Du musst ruhig atmen, ein und aus. Es wird deinen Herzschlag beruhigen. Du führst in deinem Innern ab jetzt immer einen Kampf gegen dein tierisches Ich.« »Wird es irgendwann besser werden?«

»Ja, sobald du deinen ersten Menschen umgebracht hast, zumindest ist das so bei den meisten gebissenen Werwölfen. Du bist jedoch eine Ausnahme, deine menschliche Seite wurde nur durch den Wolf abgelöst und ich weiß nicht, wie es mit deiner dämonischen Seite aussieht.« Du fragst dich also, ob ich zum Amokläufer mutiere?, es schoss mir einfach so durch den Kopf. Nein, ganz im Gegenteil, in den letzten Wochen schien nichts Schlimmes passiert zu sein. Und dann waren die Kopfschmerzen zum ersten Mal gekommen. Alles um mich herum war schwarz geworden, da war nur noch die Stimme, die meinen Namen schrie.

Ich war am Morgen in einer Seitengasse aufgewacht. Zerfetzte Körper lagen um mich herum. Ich atmete ein und aus und kam langsam wieder zu mir selbst zurück. Ich lief also wieder die Treppe nach oben zum Dachboden und ging in die hinterste Ecke, dort hockte ich mich hin und kettete meinen Fuß an der Verankerung in der Wand fest.

Ich würde warten! Vielleicht war ich ja doch noch nicht so weit, wieder Lucy Fairchild zu werden. Thomas hatte sich nach zwei Stunden Sorgen gemacht, wo ich geblieben war und hatte das Rudel losgeschickt, um mich zu finden.

Damian hatte mich gefunden. Ich war mitten in meiner Wandlung gewesen und er hatte mich möglichst vorsichtig zu Thomas gebracht. Am Anfang war es schwer gewesen, sich an den Wolf in mir zu gewöhnen. Ich konnte mich nicht wandeln, dennoch konnte ich Menschen anscheinend zerfleischen, sobald ich einen Blackout hatte.

KAPITEL 14
Von Lucy Fairchild und Tamara Reynolds

Meine Finger gruben sich in meine Handfläche. Einatmen, ausatmen. Fünf weitere Menschen waren tot, fünf weitere. Ich schloss die Augen und versuchte mir nicht, ihre Gesichter vorzustellen.

Jäger waren hier viele von ihnen, doch bis jetzt schien nur einer Thomas' Aufmerksamkeit auf sich ziehen zu können, genau dieser Jäger betrat gerade mit einer anderen Person das Café. Er schob die Person vor sich her in eine Ecke. Danach kam er auf die Theke zu. Er fuhr sich durch sein rotes Haar, während Anna ihn offen angaffte. Ich musterte die beiden aus dem Augenwinkel, während ich einen Pfefferminztee für Julia fertigmachte, die sehr wahrscheinlich gleich durch die Tür kommen würde. »Hey Lucy …«

»Was immer es ist, Anna, nein!«

»Och bitte, kannst du den beiden ihren Kaffee und den Kakao rüberbringen? Dann kann ich endlich in den Urlaub und du weißt doch, dass Pablo draußen auf mich wartet …«, sie zog einen Schmollmund und schaute mich hoffnungsvoll an.

»Na gut …« Sie umarmte mich erfreut und drückte mir einen Kuss auf die Wange. »Bye!«, und schon war sie nach hinten gehuscht. »

Ich wünsche dir auch einen schönen Urlaub …«, murmelte ich vor mich hin. Während ich auf die Bestellung des Jägers guckte. Ich grinste gemein in mich hinein, während ich ihm in den Cappuccino spuckte.

Hat er verdient.

Danach machte ich den Kakao fertig und stellte noch ein Stück Schokoladenkuchen auf das Tablett. Ich öffnete meine blonden Haare, sodass sie mir ins Gesicht fielen.

Ich wusste nicht, ob Shayne Reynolds wusste, wie ich aussah, aber ich wollte kein Risiko eingehen, indem ich ihm mein Gesicht zeigte. Genauso gut hätte ich auch mit einem roten Neon-Schild herumlaufen können, das auf mich zeigte und auf dem geschrieben stand: Lucy Fairchild oder die Tochter des Teufels ist hier. Ich lief auf die beiden zu, die Frau hatte blonde Haare, doch ihr Gesicht konnte ich nicht sehen, da ihr ihre Haare ins Gesicht fielen.

»So, dann hier einen Cappuccino und ein Stück Schokoladenkuchen.« Ich stellte beides vor dem Jäger ab und wandte mich dann der Frau zu. Ich wollte etwas sagen. Ich musste etwas sagen, doch für ein paar Sekunden, die mir vorkamen wie eine Ewigkeit, fehlten mir die Worte.

Ich versuchte etwas zu sagen, mich normal zu verhalten, doch nur ein Wort kam aus meinem Mund. »Tami?!«, meine Stimme zitterte und der Kakao war anscheinend auf dem Tablett umgefallen, er rann über den Rand des Tabletts und tropfte auf den Boden. Marvin würde mich sowas von kündigen, spätestens jetzt konnte ich meine Sachen packen, mein Leben war offiziell vorbei!

»Schatz, kennst du sie?«, fragte Shayne und musterte Tami besorgt, die mich immer noch anstarrte, so als wäre ich ein Geist.

Dann schnellte Tami vor und schlang ihre Arme um mich. Ich war verwirrt und umarmte sie ebenfalls. Sie stand hier vor mir als Person. Als wir uns voneinander lösten, starrte Shayne uns misstrauisch an.

Tami begann, vor sich hinzustammeln, »Ah, … Shayne, das ist Lucy Fairchild. Ja, … die Lucy, die du schon seit Monaten jagst. Nein, du darfst sie nicht umbringen, das lasse ich nicht zu!« Ach nein, wie putzig, ich konnte mein Grinsen nicht verbergen, als Tamara mich hinter sich schob. Mal davon abgesehen, dass Tami mir nur bis zur Brust ging, fand ich die Geste niedlich.

Shayne stand vom Tisch auf und hielt plötzlich eine Waffe in der Hand. Wo auch immer er die gerade herhatte. Typisch Jäger, so ein Mistkerl.

»Tamara, geh aus dem Weg.«, zischte er. »Nein! Ich habe es dir gerade erklärt!«, fauchte Tami zurück. *Jay, Familiendrama.*

Ich legte meine Hand auf Tamis Schulter. Ich meine, er konnte auf mich schießen, so viel er wollte, dank Patrick war ich nun alles, aber kein Mensch mehr. Man konnte mich nun nicht mehr so einfach töten. »Lass ihn ruhig auf mich schießen, er kann mich nicht töten.«, grinste ich sie an und schob sie kurz entschlossen zur Seite.

Und Shayne, der schoss, doch bevor mich die Kugel durchbohrte, begann der Boden zu beben, die Leute schrien und rannten los, doch immer mehr Dämonen erschienen, ich erstarrte, als ich Lilith sah, die mich triumphierend angrinste. Ihr Grinsen schien so etwas zu sagen wie »Ich habe es dir ja gesagt.«

Ich packte eine von Shaynes Waffen, die an seinem Gürtel hingen, und zielte auf Lilith. Wir mussten hier raus und zwar schnell.

»Hör zu, Loverboy, wir sind auf einer Seite, wir wollen sie beide beschützen.«, ich zeigte mit meinem Kopf in Tamaras Richtung, meine Augen waren immer noch auf Lilith fixiert, die langsam auf uns zukam. Das Miststück tat das, was sie am besten konnte, sie begann, so wie alle anderen Dämonen, Leute umzubringen, so nebenbei, während sie sich durch die Leute schob, auf unseren Tisch zu, ihre roten Augen waren auf Tami fixiert.

Ich schoss den ersten Dämonen nieder, der uns zu nahekam. Shayne stand irgendwann an meiner Seite und kämpfte mit mir. Irgendwann hatten wir uns bis zur Tür durchgekämpft und Shayne schob Tami durch die Tür, nur um sich dann zu mir umzudrehen und einen Dämon, der gerade auf uns zukam, niederzuschießen. Die Dämonen starben nicht, sie wurden leider nur kurzzeitig von den Schüssen aufgehalten.

»SHAYNE, SHAYNE, HILFE!«, schrie auf einmal Tamis Stimme. Wir beide stürmten aus dem Café, ohne über irgendetwas nachzudenken, rannte ich auf Tami zu, doch Dämonen hatten uns in Sekundenschnelle umzingelt.

Shayne schoss, trat und schmiss sogar mit dem ein oder anderen Messer um sich. Doch ich tat nur eine Sache, ich ließ alles los. Es war, als wäre ein

Schalter umgelegt worden. Das letzte, was ich hörte, bevor mich die Dunkelheit umfing, war der Schrei eines Dämons, als ich mich auf ihn stürzte.

Ich schmeckte noch das Blut und dann war ich weg. Ich war mir verdammt sicher, dass die Dämonen nichts mehr zu lachen hatten.

Ich öffnete meine Augen. Blut klebte an meinem Mund, verwirrt wischte ich es, so gut es ging, mit meiner ohnehin schon roten Schürze ab. Ich lag vor dem Café und der Regen prasselte auf mich herab. Ich stand etwas verwirrt auf und schaute mich um. Aus der Ferne hörte ich das Heulen eines Wolfes. Thomas, es konnte nur einer von Thomas' Wölfen sein.

Doch dann hörte ich einen Schrei, ich konnte nicht ausmachen, was die Person schrie, doch ich wusste, dass es Tami war. Panik durchflutete mich und ich rannte los. »Lasst ihn los! Lasst ihn los! Nein! Hört auf! SHAYNE, SHAYNE!«, schrie Tami, als ich auf die Lichtung kam. Sie wurde von einem Dämon festgehalten, während Lilith auf Shayne einschlug. Ich schloss die Augen und konzentrierte mich. Ich erinnerte mich an Athelstan Worte: »Es ist so, als wolltest du die Erde an einem bestimmten Punkt aufreißen. Du musst dir die Stelle genau vorstellen und dann denk daran, dass du deine Finger in die Erde graben willst und sie dann aufreißt.« Ich richtete meinen Blick auf die Stelle, an der Shayne stand, und dachte daran, wie ich die Erde aufreißen wollte.

Es kribbelte und dann war da ein orange-farbener Ball, der sich von meinen Handflächen löste und zwischen den Dämonen hin- und her-fegte. Dann wurde der Ball immer größer und dann war da nur noch ein helles Licht und eine Druckwelle schleuderte mich nach hinten. Mein Kopf schlug auf dem Boden auf und für einen Moment drehte sich alles um mich herum und ein Piepsen erfüllte meine Ohren. Ich richtete mich auf, das Portal schloss sich gerade und Tamara hockte davor. Nein, verdammter Mist, nein.

Ich hatte die wichtigste Lektion vergessen, die ich selbst erfahren hatte, als meine Mutter und ich vor all den Jahren in die Hölle gefallen waren. Auch Menschen konnten fallen und ich hatte das Portal genau unter Shaynes Füßen geöffnet, weil dort die meisten Dämonen standen, ich war so ein Idiot. »Tamara.«

Sie drehte ihren Kopf und schaute mich an, ihre braunen Augen waren eiskalt.

Ich schluckte, »Hör zu, ich wollte dich nur retten … Ich, ich wollte nicht, dass Shayne etwas passiert, wirklich nicht.«, ich zitterte und Tränen rannen meine Wangen hinunter.

Tami wirkte für einen Moment wie erstarrt und starrte mich etwas befremdlich an, so als fände sie es komisch, dass ich weinte.

Doch dann sagte sie meinen Namen und zog mich in eine Umarmung.

Meine Finger strichen über ihr Haar und ich flüsterte ihr ins Ohr, »Wir werden ihn wieder zurückholen, das verspreche ich dir!« Ich war erstaunt, dass meine Stimme so fest klang, dabei fühlte ich mich verlorener als jemals zuvor in meinem Leben.

Sie strich mein Haar zur Seite und flüsterte mir zu, »Ja. Das werden wir!«

KAPITEL 15
Shayne und ein Wolf

Shayne Reynolds keuchte und packte den ersten Dämonen, der ihm zu nahekam. Wütend rammte er ein in Weihwasser getränktes Messer in seine Brust. Der Dämon schrie auf und fiel zu Boden. Doch ein weiterer hatte sich von hinten an ihn geschlichen und schlang nun seine Arme um ihn. Zwei weitere Dämonen packten seine Arme und ein dritter hielt seine Beine fest. Shayne ging langsam, aber sicher die Luft aus, wütend versuchte er, seine Angreifer abzuschütteln, doch diese krallten sich an ihm fest. Dunkle Punkte tanzten vor seinen Augen, die immer größer wurden und ein drückendes Gefühl breitete sich in ihm aus. Die acht Minuten waren so gut wie um, er musste einen seiner Angreifer von sich losbekommen, am besten den, der ihm die Luft abdrückte. Als auf einmal ein wildes Knurren von irgendwoher zu hören war und Dämonen aufschrien und sich versuchten, in Sicherheit zu bringen.

Bevor irgendeiner der Dämonen, die Shayne festhielten, sich auch nur rühren konnten, wurde der erste von ihm gerissen.

Es war der, der an seinem rechten Arm hing. Als der Dämon von ihm gerissen wurde, spürte Shayne seinen Arm kaum noch, es hätte ihn nicht gewundert, wäre sein Arm nicht mehr an Ort und Stelle, sondern läge ein paar Meter weiter auf dem Boden. Shayne griff mit dem Arm hinter sich und zerrte zu seinem Erstaunen eine relativ kleine Dämonin hinter seinem Rücken hervor, die ihn aus hasserfüllten, schwarzen Augen anstarrte.

Der Dämon an seinem linken Arm schrie auf, als er von ihm weggerissen wurde.

Der Dämon, der seine Beine festgehalten hatte, hatte anscheinend das Weite gesucht.

Und nun sah Shayne auch warum, dort, über dem Dämon, kauerte Lucy, ihr ganzer Körper strahlte etwas aus, das Shayne noch nie gesehen hatte, und wenn er ehrlich war, hatte er Angst

Es schien, als wäre Lucy in Sekundenschnelle zu einem Raubtier mutiert, das nun über ihrem nächsten Opfer hockte.

Die Dämonin packte Shaynes Gesicht und drehte es zu ihr. »Lass mich gehen und ich helfe dir gegen dieses Ding!« Shayne grinste. »Ich denke nicht!« Er stach mit dem Messer zu, die Dämonin schrie auf. Es erregte Lucys Aufmerksamkeit und das Ding, was auch immer es war, denn es war ganz sicher nicht mehr Lucy, kam langsam in gebückter Haltung auf Shayne zu.

Ihm war bewusst, dass es besser war, nicht vor dem, was auch immer Lucy war, wegzulaufen.

Selbst mit ganz viel Glück wäre er nicht weit gekommen. Ohnehin schien das Ding fürs Jagen ausgelegt zu sein und desto länger er Lucy musterte, erinnerte sie ihn an einen Hund, der ungeduldig auf ein Leckerli hoffte. Bis diese schlussendlich genug hatte und knurrte. »Lucy!«, die Dämonin riss sich das Messer aus der Brust und stach blindlings in Shaynes Richtung. Dieser konnte sie einfach ein Stück weiter weghalten und sie kam nicht mehr an ihn heran. Lucy schien das als Erlaubnis zu sehen und riss an der Dämonin. Diese schrie, als sie Shaynes Griff entwunden wurde. Die Dämonin schaffte es, sich vom Boden aufzurappeln und ein paar Schritte weit zu kommen, bevor Lucy sich die Dämonin schnappte und sie in die Kehle biss. Dunkles, fast schwarzes, Blut sprudelte aus der Bisswunde.

Shayne konnte dabei nicht zusehen, er drehte sich weg, was sich als ein großer Fehler herausstellte, denn kurz nachdem die Schreie der Dämonin verstummt waren, hörte er ein Knurren hinter sich. »Lucy!«, wiederholte er ihren Namen, doch Lucy legte ihren Kopf einfach nur schief und kam einen Schritt auf ihn zu. »Lucy! Nein!«, doch die Dämonin knurrte nur und stürzte sich auf ihn, zumindest versuchte sie das. Shayne wich der Dämonin geschickt aus und schaffte es, nach einem Mülleimerdeckel zu greifen, um diesen als Schild zu benutzen.

Das, was auch immer Lucy war, fletschte die Zähne, die alles, aber nicht mehr menschlich waren, sie sahen eher aus wie das Gebiss eines Wolfes.

Die Wölfin kam ihm immer näher und sprang ihn an. Shayne schaffte es, sie abzuwehren, doch sie entriss ihm das Schild. Shayne starrte Lucy an und Lucy starrte Shayne an, dann riss sie ihren Kopf nach oben und ein Heulen hallte durch die Straße. Ein Heulen, das beantwortet wurde.

Scheiße!

KAPITEL 16

Von Büchern und einem eifersüchtigen Wolf

Ich stoppte und schmiss das Buch wütend auf den Tisch vor mir.

Die Bibliothekarin starrte mich wütend an. Ich streckte ihr die Zunge heraus.

Nine stöhnte auf und musterte mich wütend.

»Was?«, zischte ich zurück. »Da steht nun mal nichts Sinnvolles drin!«

»Was hast du erwartet, dass wir die Antwort im erstbesten Buch finden, das wir aufschlagen?«, fragte er mich wütend, auch er war nicht sonderlich begeistert davon, in einer Bibliothek Bücher zu wälzen.

»Das wäre doch schon mal etwas …«, fauchte ich zurück.

Nine schüttelte bloß den Kopf und vertiefte sich wieder in das dicke Zauberbuch, das ihm die Bibliothekarin gegeben hatte.

Sie hatte zu viel Angst vor Nine, sie wusste, was er war, schließlich war sie eine Hexe, sie war durch einen Deal an Nine gebunden. Seine persönliche Hexe, wenn man so wollte.

Ich erinnerte mich noch genau an den Tag, an dem ich auf Nine getroffen war. Er hatte sich in mein Gedächtnis eingebrannt. Es waren drei oder vier Tage vergangen, seitdem Tami irgendwie in meine Wohnung gezogen war. Sie hatte die Tage fast nur in Trauer verbracht. Sie redete so gut wie mit niemandem. Egal ob es Dean war, der mir immer wieder mörderische Blicke zuwarf oder ob es Will war, der einfach so ab und an vorbeischaute.

Ich ging ziemlich verkatert an die Tür, da Dean und ich getrunken hatten. Tami hatte uns kopfschüttelnd für verrückt erklärt. Dean lag auf dem Boden vor dem Sofa, er schnarchte ganz schön laut und Tami lag neben ihm auf dem Sofa.

Ich erwartete niemanden, zumindest nicht so weit ich wusste. Man wusste ja nie, wann Thomas beschloss, mich auf ein Date zu entführen, was Will immer noch zuckersüß fand. Er wusste noch immer nicht, was ich bin oder was Thomas ist, besser für ihn, der ganze Mist, der momentan in der übernatürlichen Welt abging, war einfach nur zum Kotzen.

Ich öffnete die Tür, dort stand, naja, ein Schrank in einem blauen Oberteil wäre passend gewesen. »Sind Tamara und Dean hier?«, fragte mich der Schrank. Ich nickte bloß stumm und trat zur Seite.

Hinter dem Schrank kam eine Person zum Vorschein, eine Person, die ich kannte. Ich knurrte und stand direkt im Eingang und versperrte ihm somit den Weg ins Innere.

»Du …«, knurrte ich und hätte mich am liebsten auf ihn gestürzt. »Hallo Lucy, es ist schön, dich wiederzusehen!«, grinste Nine und ich stürzte mich auf ihn. Komplett leise stieß ich gegen ihn und drückte ihn gegen die Wand. Er schien für einen kurzen Moment überrascht. Natürlich war er das, das letzte Mal, als er mich gesehen hatte, war ich um die zehn Jahre alt gewesen. Ich knurrte, meine Hand war um seine Kehle geschlungen. Doch er drehte uns um, seine Hand um meine Kehle. »Ruhig, Dolly.«

Ich stockte, *wie hatte er mich gerade genannt?* »Fick dich!«

Er lachte und schlug mir auf den Hinterkopf.

Ich konnte ein Grinsen nicht unterdrücken und schlang die Arme um Nine. Er war, abgesehen von Lilly, der einzige in der Hölle, der mich wie ein Kind behandelte und nicht wie eine Maschine, extra zum Foltern gedacht. »Es tut gut, dich wiederzusehen, Dolly …«

»Ich dich auch, du alter Sack …«, ich grinste ihn an.

Dann zog mich Nine in meine Wohnung. Tami und Dean waren wach und saßen mit dem Schrank am Küchentisch. »Also, das ist sie?«, fragte der Schrank. »Ich hatte sie mir anders vorgestellt …«

Ich zog nur fragend eine Augenbraue hoch. Nine und ich setzten uns zu den drei Geschwistern, nachdem Tami mir Jon vorgestellt hatte. Und wir begannen zu reden. Jon kam durch die Tür getrottet. Er schob sich an der Hexe vorbei und ließ sich auf den freien Platz neben Nine fallen, man hatte ja fast schon Angst, dass der Plastikstuhl unter dem muskelbepackten Mann zusammenbrechen würde.

»Dein Freund wartet draußen!«, brummte er und musterte mich aus seinen braunen Augen, die wie flüssige Schokolade wirkten. Tamara hatte dieselben Augen. Verdammt!

Wenn man eins sagen konnte dann, dass Thomas es nicht mochte, er mochte gar nichts, was hier vorging. Nachdem die Dämonen das Café überrannt hatten, hatten Thomas und Max sich zusammengetan, um sich gegen die Jäger, die nun durch die ganze Stadt schlichen, zu verteidigen. Oder wie Patrick es nannte: »Wir gehen jagen!«

Sie konnte damals darüber nur den Kopf schütteln. Auch wenn sie Thomas damals geschworen hatte, zu verschwinden, sobald ein Jäger ihr über den Weg lief, konnte sie jetzt nicht gehen. Vor allem nicht seitdem Tamara, Nine, Dean und Jon hier waren, die vier achteten auf sie so wie auch auf ihr Rudel.

Doch das Verhalten, was er jetzt an den Tag legte, war einfach nur unmöglich. Ich meine, mir war es klar, dass er es nicht haben konnte, dass zwei Jäger, ein Dämon und eine schwangere Frau gerade meine Wohnung besetzten, aber er musste sich doch nicht wie ein Hund verhalten, der sein Revier verteidigte.

Ich schüttelte den Kopf und griff nach meiner Jacke. Dann schnappte ich mir einen Stapel der dicken Bücher und stellte sie wieder zurück. Danach verabschiedete ich mich von dem Paar, die sich anscheinend noch mehr Bücher geholt hatten, während ich die gerade genutzten wieder wegstellte. Das war die einzige Regel der Hexe gewesen, sollte sie uns ihre Bücher zur Verfügung stellen, sollten wir sie gefälligst selbst wieder wegstellen.

Jon zog mich in eine Knochenbrecher-Umarmung und grinste mich dann an. »Bring Pizza mit, wenn du nach Hause kommst!«

Ich lächelte ihn an und nickte ihm stumm zu. Ich wusste, was sie alle wollten, da wir gefühlt jeden Abend nur noch Pizza aßen, dennoch fragte ich aus

Gewohnheit nochmal nach. »Salami oder Hawaii?«

Jon stemmte die Hände in die Hüften und starrte auf mich nieder, als hätte ich ihn gerade gefragt, ob ich sein Kind essen könnte. »Hallo Hawaii, natürlich Hawaii, wenn es Hawaii gibt, dann immer, aber wirklich IMMER Hawaii!«, brummte Nine daraufhin aus seiner Ecke und grinste mich verschmitzt an.

Ich konnte mir ein Lachen nicht verkneifen, genau deswegen machte ich das jedes Mal. Ich schob mich an ihnen vorbei, immer noch lachend, und verließ die Bibliothek. Die Hexe würdigte ich keines Blickes. Draußen lehnte Thomas an einem Auto und schaute auf, als ich hinaus ins Sonnenlicht trat.

Er kam auf mich zu und schlang seine Arme um mich, sofort umhüllte mich sein Geruch und ich vergrub meine Nase an seinem Hals. Ich löste mich aus seiner Umarmung und hob den Kopf. Seine Lippen legte sich ganz leicht auf meine, nur ein federleichter Kuss, nicht mehr, und dennoch durchflutete mich eine angenehme Wärme und ein Kribbeln breitete sich in mir aus. »Ich habe dich vermisst.«, lächelte er und zog mich mit sich zum Auto. »Max hat ein Rudeltreffen angefordert.« Ich verdrehte die Augen, »Muss ich wirklich mit?«

»Ja, du bist die Luna meines Rudels!«

Ich murrte bloß und verdrehte leicht entnervt die Augen. Immer diese Rudeltreffen, ich gehörte ja noch nicht mal so wirklich zum Rudel. Die meisten kannten mich sowieso nur von diesen Treffen. Und die Frauen in meinem Rudel, die zerrissen sich den Mund über mich. Eine Fremde, die sich noch nicht mal wandeln konnte. Aber einen Angriff von Dämonen überlebt hatte, wie merkwürdig. Es war merkwürdig, natürlich war es das. »Ich weiß, du magst diese Treffen nicht …«

»Ach was, der neueste Klatsch und Tratsch interessiert mich doch sowas von!«, meine Stimme klang widerlich, zuckersüß und innerlich riss ich einer Wölfin nach der anderen den Kopf ab. Meine einzige Hoffnung war, dass Julia da sein würde. Thomas lachte, als es passierte, ein Mann trat auf die Straße. Thomas trat auf die Bremsen und wir kamen kurz vor ihm zum Stehen.

»Du Vollidiot!«, brüllte Thomas den jungen Mann, der nicht älter als wir sein konnte, an.

Der Mann starrte Thomas an und lief dann einfach weiter über die Straße, so als könnte nichts auf der Welt sein Leben trüben. Doch dann lagen seine Augen auf mir und er lächelte, so als wüsste er etwas, das ich nicht wusste.

KAPITEL 17
Von Aylin, Nate und Poppy

Aylin starrte verträumt hoch in die Sterne. »Es tut gut, wieder hier zu sein, die Luft ist nicht so verpestet.« Nate trat neben sie und schaute ebenfalls in den blauen, wolkenlosen Himmel.

»Wie war es so? Da oben, meine ich?«, er griff nach ihrer Hand und hielt diese fest, so als wollte er sie nie wieder loslassen.

»Ich weiß es nicht mehr so wirklich, ziemlich langweilig nehme ich an, zumindest gehe ich davon aus, weil ich mich an nicht wirklich viel erinnern kann. Aber je länger ich hier bin, desto mehr scheint aus meinem Gedächtnis zu verschwinden!«, gab sie zu und atmete ein.

»Erinnerst du dich noch an dein menschliches Leben?«, fragte sie ihn schlussendlich, sie hatte nie gewusst, wie alt Nate eigentlich war. Als sie ihn kennenlernte, war sie noch ein Mensch, doch Nate war schon damals in seinem 18-jährigen

Körper steckengeblieben, immer auf der Suche nach Blut.

»Damals, als wir uns kennenlernten, war ich gerade 500 Jahre alt, Aylin.« Sie nickte kaum merklich und schaute grinsend zu Nate hoch. »Ich sollte echt nicht mit so einem alten Sack befreundet sein!«, sie lachte und begann loszurennen, bevor er sie packen konnte. Nate lachte und stand in Sekundenschnelle vor ihr. »Nate, lass das, so macht das doch keinen Spaß, wenn du schummelst!«, schrie sie, als er begann, sie zu kitzeln. Nate grinste sie erfreut an, er wirkte wieder jünger, seine braunen Haare waren zerzaust und seine braunen Augen blitzten sie jungenhaft an. So sah man sein eigentliches Alter kaum.

»Einige Sachen scheinen sich nie zu ändern, nicht wahr?«, grinste er sie breit an, bevor er sie weiter kitzelte. Irgendwann lag Aylin neben Nate am Strand und starrte weiter in den Himmel, immer noch war keine Wolke zu sehen. »Wie war sie so?«, es war eine Frage, die tabu war, eigentlich war das ganze Thema, das SIE betraf, tabu. Nate versteifte sich, natürlich tat er das, der Schmerz saß noch zu tief.

»Sie war anders …« Natürlich war sie das, die richtige war immer anders. »Sie hat mich am Anfang nicht leiden können und war eigentlich nur mit ihrem Mitbewohner unterwegs. Sie und er passten ganz gut zusammen, weißt du. Simon hat Rory immer anders behandelt als die anderen aus ihrer WG. Ich bin mir bis heute nicht sicher, ob Simon die Wahrheit kannte.« Aylin lächelte, er versuchte das Thema Rory wirklich zu umgehen. Aylin stoppte und schaute sich um.

»Glaubst du, wir könnten uns morgen früh ein Eis kaufen?« Aylin hatte noch vor ein paar Tagen zum ersten Mal Eis gegessen, schließlich war sie auch kaum auf der Erde gewesen.

Zumindest war sie mehr Jahre im Himmel gewesen als auf der Erde. »Bestimmt!«, Nate hatte sich vom Boden aufgerappelt und half ihr nun auch auf. »Du solltest zurück zum Hotel gehen, ich muss mir noch etwas zu essen besorgen!«

Und bevor Aylin etwas erwidern konnte, war der Vampir verschwunden. Aylin seufzte und stapfte durch den Strand in Richtung des Deiches. Sie hörte das Flattern von Flügeln und drehte sich verwirrt um. Niemand stand da, sie drehte sich um und erstarrte, vor ihr stand ein blondes Mädchen, vielleicht so fünf Jahre alt, ihre großen blauen Augen musterten Aylin kalt.

»Poppy!« Aylin sackte vor dem Engel auf die Knie, flehte innerlich, dass der Engel sie wieder mit in den Himmel nahm. Auch wenn sie tief in ihrem Inneren wusste, dass der Engel nicht hier war, um ihr ihre Gnade wiederzugeben. Der Engel lächelte. Es war ein kaltes Lächeln. »Hallo Aylin.«, die Stimme des Engels war schon beinah verhöhnend kalt und grausam. Aylin rappelte sich auf und wich um einige Schritte zurück.

»Was willst du, Poppy?« Aylins Stimme war kalt, doch nur weil sie Angst hatte, sie wusste nicht, was der Engel von ihr wollte. »Ich dachte, ich statte dir einen Besuch ab.«

Der Engel grinste. Aylin wich noch ein bisschen weiter zurück, sie hatte Poppy nie vertraut. Etwas schien mit Poppy nicht zu stimmen, zumindest empfand Aylin das immer so. So als wäre sie nicht ganz richtig im Kopf.

»Wo ist dein Mensch?«, fragte Poppy neugierig. »Nicht hier …« Mit Mensch konnte Poppy nur Nate meinen, anscheinend hatte der Engel so wenig über Menschen gelernt, sodass sie nicht einmal den König der Vampire von einem Menschen unterscheiden konnte.

Sie konnte es ihr allerdings auch nicht verübeln. Es war anders, die Menschen zu beobachten. Es war langweilig und nicht so spannend, wie wenn man selbst ein Mensch war.

Poppy hatte anscheinend alles aus ihrem menschlichen Leben vergessen, wenn sie denn überhaupt je menschlich war. Einige Engel behaupteten, dass Poppy älter war als die meisten.

Einige sagten ihr sogar nach, dass sie Gott noch als Odin kannte und Lucifer als den guten Sohn. Natürlich waren alles nur Gerüchte, aber trotz allem hatte Aylin sich immer schon gefragt, wer Poppy wirklich war, ob Gott wirklich so ein Mann war, ein Gott unter den Göttern, der die Wikinger allen anderen vorzog?

Ihre Finger spielten unruhig miteinander und sie unterdrückte den Drang, ihre Hände in ihre Hosentaschen zu schieben. Natürlich hätte sie es nie gewagt zu fragen, aber dennoch wollte sie es gerne wissen, ob Poppy wirklich so alt war, wie alle behaupteten. »Gut …«, lächelte Poppy nur und kam auf sie zu. Aylin stolperte noch einige Schritte zurück durch den Sand, immer weiter in Richtung des Wassers.

Der Engel griff nach Aylin, »Weißt du, ich habe nie verstanden, warum er dich behält, du warst schon immer zu neugierig und hast alles hinterfragt, ich bin froh, dass ich dich nun endlich töten kann.«

Aylin wollte aufschreien, auch wenn niemand sie gehört hätte durch die tobenden Wellen, doch bevor sie auch nur ein Geräusch machen konnte, wurde der Engel von ihr weggerissen und Nate stand da. Das Herz von Poppy ließ er achtlos in den Sand fallen und er schlang die Arme um sie. Poppy war nicht tot, das wusste Aylin, Poppy würde sich einfach ein neue Hülle suchen und es dann erneut versuchen.

KAPITEL 18
Von Sekt und einer Kette

Ich stoppte, meine Finger lagen um die Türklinke des Autos. Ich wollte noch nicht aus-
steigen und so tun, als würde ich die Frauen
nicht hören, die sich hinter vorgehaltener Hand
die Mäuler über mich zerrissen. Einige vermuteten, dass ich mich nicht verwandeln konnte,
weil es Patrick war, der mich gebissen hatte, und
nicht Thomas.

Andere vermuteten, dass ich mich nicht verwandeln konnte, weil Thomas es auch nicht konnte, nur ein halber Wolf, niemals ein ganzer Wolf.
Einige andere vermuteten, dass es an Patrick lag,
da er unter allen als halb verrückt galt.

Die Entscheidung, mich einfach auf dem Rück-
sitz zu verstecken, bis alles vorbei war, wurde mir
abgenommen, als Thomas die Tür für mich öffnete.
Ich stieg aus und lief neben ihm her, Thomas legte
einen Arm um mich, ich lächelte leicht.

Bevor jemand reagieren konnte, spürte ich, wie
Julia sich gegen mich schmiss und sie ihre Arme

um mich schlang. »Zum Glück bist du hier! Ich hätte Nyla und Patrick nicht länger dabei zusehen können, wie sie sich gegenseitig schöne Augen gemacht haben.« Sie hielt mich fest und äffte Nyla nach, »Patrick ist ja soooooo toll und charmant und lieb, guck mal, Julia, er hat mir diese Kette geschenkt …«

Ich bekam einen Lachanfall, Thomas, der neben uns stand, wurde schon bald von Damian und einigen anderen aus unserem Rudel in Anspruch genommen. Julia zog mich hingegen mit sich. Schon bald hatten wir beide uns unter die Masse an Wölfen gemischt. Einige Jungwölfe liefen als Wölfe umher, knurrten und schnappten vereinzelt nach Beinen von älteren Wölfen. »Gott, ich hasse es hier …«, murmelte ich in Julias Ohr.

Ein Wolf sprang knurrend vor meine Füße, sein Nackenfell aufgestellt, und knurrte mich an. Ich wollte an dem silbernen Wolf vorbeigehen, doch das Tier sprang mir in den Weg. Ich knurrte und starrte sie wütend an.

»Geh mir aus dem Weg!« Doch das Tier knurrte nur und schnappte nach meinen Füßen. Ohne wirklich darüber nachzudenken, trat ich nach ihr. In Sekundenschnelle stand anstelle eines Wolfs eine Frau vor mir. Ihre Nase war gebrochen und

Blut rann ihr übers Gesicht. »Sag mal, spinnst du?!« Einige der Wölfe drehten sich zu uns um, doch niemand interessierte sich so wirklich für uns.

»Du hast angefangen!«, knurrte ich wütend zurück. Hatte ich schon erwähnt, dass ich es hier hasste? Die Frau starrte mich an. Blut lief ihr über den Mund und sie spuckte es mir vor die Füße, nur um dann an mir vorbeizustolzieren und ihre Schulter gegen meine zu stoßen. Ich verdrehte die Augen. Julia starrte mich mit offenem Mund an.

»Was?«, fragte ich verwirrt. »Das … Das war Jean … Die Frau von Maximilian …«

»Frau, nicht Seelenverwandte?«, fragte ich sie neugierig und legte meinen Kopf schief. »Hat Thomas dir die Geschichte davon erzählt, wie sie nach Chicago gekommen sind?«

»Ja!«, murmelte ich. »Damals in der Nacht, in der der Beta sie fortgejagt hatte, wollte Maximilians Seelenverwandte ihnen folgen, doch der Beta brachte sie um, als sie nicht auf ihn hören wollte.« Ich keuchte, das war einfach nur grausam.

»Warum sollte er so etwas tun?« Bevor Julia mir antworten konnte, legte sich ein Arm um mich und einer legte sich um Julia. »Tratscht ihr zwei schon wieder und dann auch noch ohne mich?«

Jefferson, ein Rudelmitglied von mir, grinste uns an. Doch dann wandelte sich seine Miene von sorglos zu ernst. »Darüber redet niemand von uns und ihr zwei solltet das auch nicht, wenn ihr nicht von Maximilian erwischt werden wollt. Vor allem du nicht, Julia, und dann schon gar nicht mit der Luna meines Rudels. Glaubt mir, dann kann nicht mal Thomas Euch beschützen, meine Luna!«, er neigte leicht den Kopf. Nachdem er uns das zugeflüstert hatte, sagte er nun wieder mit einem Lächeln, »Ich hole uns mal etwas zu trinken, ich habe gesehen, dass sie heute auch Sekt haben!« Und schon war er zu dem Tisch mit Getränken verschwunden. Julia zitterte leicht und auch ich schlang leicht fröstelnd die Arme um mich.

Jefferson war nach einigen Minuten wieder da mit einer ganzen Flasche Sekt. Julia verdrehte die Augen.

»Dein Ernst, Jeff?«, fragte sie ihn grinsend.

»Was, wenn wir schon lästern, dann aber richtig!«

»Bräuchten wir dafür nicht eher Wein?«, fragte Milan, ein Wolf aus Julias Rudel.

Er war nett, zumindest die meiste Zeit über und war definitiv nicht so verrückt wie sein Bruder Patrick, der sich nun zu uns gesellte. Nö, Sekt geht auch!« Und schon war zwischen Jeff und Milan eine Diskussion ausgebrochen, was nun besser war, Sekt oder Wein, während Milan ihnen Sekt einschenkte. Julia bekam einen Lachanfall und zog mich einfach mit sich weiter durch die Menge.

Eine Stunde war vergangen und Thomas und Max waren irgendwann in Maximilians Arbeitszimmer verschwunden.

Um zu besprechen, wie es nun weiterging, während die restlichen Mitglieder des Rudels Frieden schlossen und sich betranken. Julia und ich hatten uns ein Plätzchen etwas außerhalb gesucht und musterten alle um uns herum, bis Nyla auf uns zukam.

Nylas braunes Haar lag in einem langen Zopf über ihrer Schulter, während sie auf Julia zustapfte, sie war das komplette Gegenteil von Julia. Sie war in etwa so alt wie Tami. Für Werwölfe war es, wie ich gelernt hatte, nicht ungewöhnlich, so lange bei der Familie zu bleiben, bis man seinen Soul Twin gefunden hatte. »Hallo Lucy!«, Nyla senkte leicht den Blick, eine Geste des Respekts.

»Hallo Nyla … Wie geht es dir so?« Ich *bin echt wunderbar in Smalltalk.* »Darf ich?«, fragte sie und deutete auf den Platz neben mir. Ich nickte stumm, dafür bekam ich von Julia einen Ellenbogen in die Seite gerammt.

»Mir geht es gut. Patrick hat mir diese Kette geschenkt, sieh mal!« Glücklich hielt sie mir eine

Kette hin. Ich erstarrte, als ich die Kette erkannte. Lilly hatte genau so eine. Der Anhänger, der an dem Lederband hing, hatte die Größe eines Zwei-Euro Stücks und in dem Silber sah man, wie sich zwei Hunde umkreisten, um die beiden Hunde stand ein Schriftzug: **Hörst du die Verlorenen Seelen?** »Woher hat er das?«, fragte ich leicht panisch und griff nach dem Schmuckstück.

Das konnte nichts Gutes bedeuten. »Oh, keine Ahnung, woher soll ich das denn wissen? Es war doch ein Geschenk. Sag mal, kannst du das lesen? Ich glaube, das ist Deutsch oder so was!« Sie deutete auf den Schriftzug.

»Es ist Latein!« Sofort hüpfte sie erfreut auf und ab. »Kannst du es mir übersetzen?«, fragte sie mich aufgeregt. Wahrscheinlich rechnete sie damit, dass da irgendetwas über Liebe oder so stand.

»Vielleicht später!« Ich musste Patrick finden, er musste mir sagen, woher er die Kette hatte! Ich hatte Patrick, seitdem er mich verwandelt hatte, nicht mehr gesehen und eigentlich hatte ich auch nicht das Verlangen, ihn wiederzusehen. Ganz im Gegenteil, meinetwegen könnte er sich für immer von mir fernhalten und sich auch bitte aus meinem und dem Leben meiner Freunde heraushalten.

Seufzend ging ich an Jeff und Milan vorbei, die immer noch in eine Diskussion über Wein oder Sekt vertieft waren, die jetzt schon eine, vielleicht zwei, Stunden ging und beide waren inzwischen verdammt betrunken. Ich lief an ihnen vorbei und versuchte nicht, auf ihre Rufe zu achten, als sie mich erkannten.

Ich suchte weiter nach Patrick. Ich fand ihn schlussendlich, er lehnte an einem Zaun und schaute sich die ganze Feier an. »Was willst du, kleine Wölfin?« Ich starrte ihn für ein paar Minuten verwirrt an. »Ich bin fast so groß wie du!« *Sehr schlau, Lucy, wirklich sehr schlau!* Patrick richtete seine kalten Augen auf mich, hinter genau diesen Augen schien ein Feuer zu tanzen, ein Feuer, das mich erschauern ließ.

Du bist jung, kleine Wölfin, nicht mal ein paar Monde alt, wie viele Vollmonde hast du bis jetzt miterlebt?« Ich war verwirrt von seiner Frage. »Zwei ... Ist auch egal, ich bin hergekommen, um dich etwas zu fragen!«

Ich verschränkte die Arme vor der Brust und starrte Patrick an. Dieser stöhnte genervt auf und stieß sich vom Zaun ab. »Was willst du denn wissen, kleine Wölfin?« Seine Augen musterten mich, als wäre ich ein nerviges kleines Kind, was ihn nicht in Ruhe lassen wollte. »Es geht um die Kette, die du Nyla geschenkt hast …« Ich wurde von ihm unterbrochen. »Was ist damit?«

»Ich wollte wissen, woher du sie hast?«

»Warum willst du das wissen, kleine Wölfin?«

Ich knurrte frustriert auf. »Ich möchte wissen, woher du sie hast!«, wiederholte ich genervt.

»Wieso interessiert dich die Kette so?«

Ich verdrehte die Augen und guckte ihn an. Wir spielen also das Spiel! Ich knurrte wütend und entschied mich dann, kleinbei zu geben. »Von der Kette gibt es nur fünf Stück!«

»Oh, wie schlimm. Wolltest du etwa eine haben?« murmelte Patrick breit grinsend und verschränkte die Arme.

»Sie gehören einer Familie, die ich kenne, also sag mir jetzt, woher du diese Kette hast!«, knurrte ich.

»Was interessiert es mich, wem die Kette gehört hat? Ich habe sie aus einem Trödelladen. Fand die Wölfe darauf niedlich!«

Ohne wirklich darüber nachzudenken, antwortete ich. »Es sind Höllenhunde!«

KAPITEL 19
Von Sekt, Wein und einem Jäger

Patrick starrte mich an. Drei. Zwei. Eins. Doch anstelle, dass er mich fragte, weshalb ich davon wusste, zuckte er nur mit den Schultern.»Hast schon mal einen gesehen?«

Ich war geschockt. »Äh, ja? …«

»Und du bist noch am Leben?«

»Ja …«

»Cool!« Ich starrte ihn an.

»Was guckst du so?«, knurrte er mich an. »Ich hätte eine andere Reaktion erwartet …«

Er zuckte mit den Schultern. »Was erwartest du von mir? Lucy, man sieht, dass du komisch bist … anders! Ich weiß zwar nicht, was du bist, aber ich habe dich gebissen und dein Blut gekostet, auch wenn es nur ein Tropfen war, aber eins ist mir klar, du bist nicht menschlich!«

Ich starrte ihn geschockt an.

Bevor ich etwas erwidern konnte, drang Thomas' Stimme über die Lichtung vor dem Hauptquartier von Max. »Mein Bruder und ich sind zu einer Entscheidung gekommen!« Ich war verwirrt, was für eine Entscheidung? Patrick grinste wissend, als er sich an mir vorbeischob. Arschloch!

»Wir sind zu der Entscheidung gekommen, die Jäger dürfen bleiben …« Die Wölfe begannen loszuschreien in Protest, einige sprangen sogar vor, um dann nur lauter zu brüllen.

»Haltet die Klappe!«, brüllte Jean, die in einigen Sekunden an Max' Seite stand.

Die Leute stoppten und starrten sie alle an. Jeder, wirklich jeder, schwieg und senkte den Kopf. »Danke …«, dankte Thomas Jean leicht, um dann mit lauter Stimme fortzufahren.

»Die Jäger dürfen in Chicago bleiben. Sobald sie jemanden von euch ohne Grund angreifen, dürft ihr euch verteidigen. Ich möchte hier noch einmal betonen, dass wir mit den Jägern ein Bündnis geschlossen haben. Keiner von den Wölfen wird angegriffen, solange er sich normal verhält und keinen Menschen angreift oder wandelt!

»JA, Patrick, ich meine dich!«

Patrick lachte und schlang einen Arm um mich.

Am liebsten wäre ich weggerannt, so weit weg wie nur irgend möglich. Allerdings konnte ich das nicht, nicht heute zumindest. »Woher sollen wir wissen, dass die Jäger sich auch an dieses Abkommen halten?«

»Wir haben mit ihnen gesprochen … Sie sind auf der Suche nach drei Personen: Dean Bolt, Tamara Reynolds und sie suchen die Tochter des Teufels …«

Thomas atmete tief durch.

Ich schüttelte den Kopf.

Nein, Thomas, nein!

»Lucy Fairchild!«

Stille, alles war ruhig, eine Stille hatte sich auf uns alle gelegt.

Patrick sprang von mir weg und ich drehte mich um und rannte.

Warum hatte er das nur getan? Wie konnte Thomas mich nur so verraten. Ich hörte das Rudel hinter mir laut werden. Einige rannten mir sogar nach. Ein Wolf sprang mich an und ich fiel zu Boden.

Ich keuchte und drehte mich um, um dem Wolf in die Augen sehen zu können, wenn er schon dachte, mich töten zu können, sollte sie oder er mir auch in die Augen gucken.

Ich starrte der grauen Timberwölfin in die goldenen Augen. »Na los!«, knurrte ich.

Der graue Wolf starrte mich an, die Zähne gefletscht, ich hörte das Rascheln von Pfoten, wie sie durch Blätter rannten um mich herum. Die Wölfin knurrte und riss ihr Maul auf, so als wäre sie bereit, mir die Kehle herauszureißen. Alle erstarrten, als Thomas sie anknurrte. Doch etwas anderes ließ sie erstarren, ein Schuss. Dort stand Jon, eine Waffe hoch erhoben. »Lasst sie los!«

»Du hast dich hier nicht einzumischen, Jäger! Das ist eine Angelegenheit des Rudels!«, knurrte irgendwer.

Jon lachte. »Ich denke nicht, denn ich brauche sie lebend und so wie es aussieht, wird sie nicht mehr am Leben sein, wenn ihr mit ihr fertig seid!«

Die Wölfe knurrten, ich lachte, ich wusste nicht wieso, aber ich lachte. Vielleicht hatte mein Vater ja recht gehabt und ich war verrückt, so verrückt wie er, so verrückt wie Cole. Vielleicht war ich wirklich verloren. Ja, ich war verloren und niemand war mir zur Hilfe gekommen bis auf Jon.

Ein Jäger half mir und nicht mein eigener Seelenverwandter! Nein, Thomas hatte mich sogar wortwörtlich den Wölfen zum Fraß vorgeworfen.

Und auf einmal machte das Verhalten von ihm in den letzten Tagen immer mehr Sinn. Er hatte das geplant. Er wollte mich loswerden! Ja, so musste es sein, einen anderen Grund konnte es gar nicht geben. Ich schrie auf! Ich schrie meinen ganzen Schmerz hinaus in die Welt, sollten sie es doch alle hören.

Meine Finger strichen über den Stein. Lilly stand an meiner Seite, sie war in den Schatten verborgen, doch ich wusste, dass sie da war. Ich schaute zu ihr zurück, ich wusste, ich sollte nicht zu ihr rennen und mich von ihr verabschieden, es würde mich nur schwach wirken lassen. Eine Schwäche, die sowohl mein Vater als auch Lilith ausnutzen würden. Ich konnte das nicht zulassen, ich musste stark bleiben für Lilly und für mich!

Ich drehte mich also wieder von ihr weg und trat an dem Stein vorbei. Der Beginn des Fegefeuers lag nun vor mir. Ich schaute zu meinem Vater. Er trat neben mich und bot mir seinen Arm an. Ich hakte mich unter. »Geh mit mir ein Stück …« Ich wusste, dass er mich bis zum Tor begleiten würde, danach musste ich alleine weiter. Mein Vater lächelte, es war eines dieser Lächeln, die er trug, wenn er dachte, er hätte gewonnen.

Er hatte genau dieses Lächeln getragen, als er mir zusah, wie ich Tonka umbrachte. Ich hatte es vielleicht zu dem Zeitpunkt nicht gesehen, aber ich hatte gespürt, wie es sich in meinen Rücken brannte.

Ich schloss die Augen und atmete ein und aus. Das Tor ragte schon bald vor uns auf. Ich hörte

die Seelen der Übernatürlichen dahinter schreien. Auf dem Weg zum Tor waren wir nur vereinzelt Seelen begegnet und sie hatten uns, wenn möglich, ignoriert und waren mit gesenktem Kopf an uns vorbeigehuscht.

Mein Herz schlug immer schneller. »Du weißt, dass du das hier tun musst für deine Familie!« »Ich weiß …«

»Sieh mich an!«, mein Vater zog mich zu sich, sodass ich ihm ins Gesicht sehen musste. »Du musst es schaffen, meine Kleine! Sonst werden wir nie frei sein. Wir werden für immer hier gefangen sein. Es wird Zeit, dass die Menschen sich wieder vor uns fürchten und sie werden sich fürchten, vor mir und vor dir. Außer du möchtest das nicht …«, er legte seinen Kopf schief und starrte mich an, seine Hand lag auf meiner Wange und brannte sich in meine Haut.

»Ich fürchte mich, Vater …«, hauchte ich so leise, dass er mich hoffentlich nicht einmal hörte, doch natürlich hörte er mich, er hörte mich immer … »Du musst es schaffen, Lucy, ansonsten wirst du verloren sein so wie die Seelen hinter dieser Tür. Du wirst nie wieder zurück nach Hause kommen können und die Menschen, du weißt doch, wie sie sind. Sie werden dich jagen. Nicht dass sie das nicht schon so tun würden, aber du wärst dann komplett alleine, ohne jegliche Hilfe!« Was für Hilfe denn bitte?

Ich biss mir auf die Zunge, um nichts zu sagen und schaute zu meinem Vater. »Ich werde dich nicht enttäuschen!«, ich spielte etwas nervös mit meinen Fingern und wagte es nicht, ihm in die Augen zu sehen.

»Das hoffe ich für dich, Tochter. Denn ansonsten hätte ich kein Problem damit, dich zu verlieren ... Vielleicht würde Athelstan mir ja die Arbeit abnehmen oder ansonsten einer dieser Jäger!«

Ich starrte ihn mit offenem Mund an.

Ich wusste, dass mein Vater nicht viel von mir hielt, ich war ja auch kein Junge. Ich war nur ein hilfloses Mädchen, das nichts hinbekam.

»Wir sind im Krieg, Lucy, du bist vielleicht meine Tochter, aber du bist auch nur ein kleiner Soldat in diesem Krieg und für den Sieg bin ich bereit, auch meine eigene Tochter zu opfern! Hast du mich verstanden?«

Ich nickte. »Ja Sir.« Danach wandte ich mich dem Tor zu. Ich schloss die Augen und ging mit ausgestreckten Händen auf das Tor zu, bis meine Finger über das kalte Metall des Tores strichen und ich die beiden Flügeltüren mit aller Kraft aufstieß.

Ich bin vielleicht für dich nur ein kleiner Soldat, Vater, aber für einige andere bin ich viel mehr als nur ein Soldat, ich bin eine Kriegerin und ich werde gewinnen! Ich werde nicht verloren und vergessen enden, nicht so wie Cole!

Alle starrten mich an, als wäre ich verrückt. Ich kämpfte mich unter dem Wolf hervor und schrie immer noch, all das war zu verrückt, um real zu sein. Ich schaute zu Thomas.

»Du hast mich verraten!« Thomas schaute mich aus seinen großen braunen Welpenaugen an. »Nein, Lucy, du verstehst das nicht!« Er streckte einen Arm nach mir aus.
Ich glaube, ich verstehe sehr wohl!

Ich knurrte und trat auf ihn zu. »Bitte.«, hauchte Thomas und zog mich an sich. »Ich musste es tun, um dich zu retten.«
Ich legte meinen Kopf schief. »Retten, wovor?«
Thomas traten Tränen in die Augen. »Du musst gehen, Lucy, ansonsten kommt sie dich holen!«
»Thomas, wer?« Doch auf einmal knurrte Thomas auf und stieß mich zu Jon.

»Bring sie hier weg!« Ich versuchte, mich zu wehren. Jon hatte einen Arm um mich geschlungen, während sein anderer Arm mit der Waffe immer noch auf mein Rudel gerichtet war.

Ich sah Julias geschocktes Gesicht vor mir, sie schien so verloren. Sie hatte sogar Tränen in den Augen und trat an einigen Wölfen vorbei auf mich zu. Doch kurz bevor sie mich erreichen konnte, drehte sich ihr Kopf in eine unnatürliche Richtung und sie kippte nach vorne.

»Dachtest du wirklich, dein Vater würde diese Wölfe tolerieren?« Hinter Julias totem Körper stand Lilith, ein Grinsen im Gesicht. Ich schrie, ich spürte, wie Jon von einer Druckwelle erfasst wurde, die von mir ausging. Meine ganze Wut richtete sich auf Lilith, doch diese hatte Thomas auf einmal vor sich stehen. Sie grinste mich triumphierend an.

»Ich wundere mich, Hübscher … Was hättest du getan, wäre die Hexe nicht aufgetaucht, um dir zu sagen, dass ich hier bin? Was hättest du dann getan?«, fragte sie, während sie ihn im Schwitzkasten hielt.

Nein!

Ich kannte diesen Blick, den sie mir zuwarf. Sie würde ihn töten, er war verloren, ich konnte nichts mehr für ihn tun.

Doch Max schien das nicht ganz so zu sehen, denn keine zwei Sekunden später stand er an meiner Seite, in seiner Wolfsform, seine Zähne gebleckt. Ich stoppte und musterte ihn. »Guck mal, Welpe, wie niedlich, kommen deine Freunde, um dir zu helfen? Naja, das brauchen sie doch gar nicht mehr!«, sie grinste und legte ihre eine Hand an seinen Nacken, »Tote brauchen ja keine Hilfe!«

Alles geschah in Zeitlupe.

Max preschte vor und stürzte sich auf Lilith, die drei gingen zu Boden. Dennoch wusste jeder, dass es schon zu spät war, man hatte Thomas' Genick schon knacken gehört.

Ich war wie erstarrt, Max hatte Liliths Kehle zwischen seinen Zähnen und schlug diese solange in ihr Fleisch, bis sich ihr Kopf mit einem widerlichen Knacken von ihrem Hals löste.

Ich wusste, dass sie nicht tot war. Nur ihre Hülle war tot, doch sie würde einfach wieder in die Hölle verschwinden. Und auf den nächsten Moment warten, um wieder hervorzukommen.

Ich schloss die Augen, ganz langsam ging ich auf Thomas' Körper zu. Seine Augen starrten ins Leere, ich konnte nicht mehr und sackte neben ihm auf die Knie.

Ich spürte, wie Tränen mir über die Wangen liefen und auf seinen Körper tropften. Ich strich ihm durch sein blondes Haar.

Ich drehte seinen Kopf ganz vorsichtig, sodass er nicht mehr so schlimm verdreht und falsch wirkte. Ich schloss seine Augen, nun sah er fast so aus, als würde er schlafen.

Ich konnte nicht an mich halten, immer mehr Tränen rannen meine Wangen hinunter. Es fühlte sich an, als hätte mir jemand ein Stück meiner eigenen Seele herausgerissen. Dagegen war der Gedanke, dass er mich verraten hatte, nichts gegen diesen Schmerz. Ich starrte auf Thomas hinunter, es fühlte sich so unreal an, so wie ein Traum, ein ganz grauenhafter Traum, aus dem ich doch irgendwann wieder aufwachen musste, doch ich wusste, dass ich schon wach war.

Das hier, dass er nicht mehr da war, war real. Doch es fühlte sich so falsch an, so unglaublich falsch. Ich drückte meine Lippen auf seine und stand dann langsam auf. Ich sah mich einem ganzen Rudel von Wölfen gegenüber.

Doch sie interessierten mich nicht, sollten sie mich doch zerfleischen. Wenigstens könnte ich dann in Ruhe Thomas in den Tod folgen. Ich legte meinen Kopf in den Nacken und stieß ein Heulen aus. Ich wusste, dass mir niemand mehr antworten würde, denn er war tot, tot, tot, tot.

Doch ich konnte es noch immer nicht glauben. Ich schaute auf ihn hinab, immer mehr Tränen liefen meine Wangen hinunter.

Doch auf einmal hörte ich ein Heulen und dann noch eins und noch eins. Ich schaute zu den Wölfen, sie alle hatten ihren Kopf in den Nacken gelegt und antworteten mir. Nach und nach wichen einige von ihnen zurück und senkten leicht ihre Köpfe. Ich wusste, was es bedeutete.

Sie ließen mich gehen, allerdings würde ich in keinem der beiden Rudel willkommen sein und es wäre besser für mich, wenn ich ihnen nicht mehr über den Weg lief. Ich nickte den Wölfen vor mir zu und ging dann zu Jon, der sich gerade aufgerappelt hatte, aber nichts sagte. Ich nickte auch ihm zu.

Meine Finger strichen über die Lederjacke, die nun auf meinem Schoß lag. Thomas musste sie bei mir vergessen haben. Ich schloss die Augen und schon wieder ergossen sich mehrere Tränen aus mir. Mich schüttelte ein stummer Schrei durch und ich fühlte mich elend. Ich konnte nicht schreien, dennoch war mein Mund zu genau dem aufgerissen. Ich fühlte mich, als würde ich immer und immer mehr zerfleischt werden, von innen nach außen, ganz ganz langsam.

Ich schlug mir mit der flachen Hand gegen den Kopf in der Hoffnung, dass es mir etwas brachte, aber mein Heulkrampf wollte einfach nicht enden und immer wieder öffnete sich mein Mund zu einem stummen Schrei, den ich einfach nicht rauslassen konnte. Ich keuchte und zog dann Luft in meine Lungen, nur um direkt wieder von einem Anfall durchgeschüttelt zu werden.

Es war, als hätte ich meinen eigenen Körper nicht unter Kontrolle und egal wie viel ich weinte, ich konnte einfach nicht aufhören. Das schlimmste war ja auch noch, dass ich gerade begonnen hatte zu träumen, wie unser Leben hätte aussehen können und dann, dann war er mir genommen worden. Ich würde Lilith töten. Ich würde sie töten, sie würde dafür bezahlen. Sie hatte mir mein Leben genommen, also würde ich ihr jetzt auch ihr Leben nehmen. Ein für alle Mal! Ich wischte mir die Tränen weg, doch es kamen immer mehr und sie wollten einfach nicht aufhören. Egal was ich tat, ich konnte nicht aufhören zu weinen. Ich atmete zitternd ein. Thomas würde nicht wieder durch diese Tür kommen.

Er würde nie wieder bei mir auf der Arbeit aufschlagen. Er würde nie wieder mit dem Rudel durch die Straßen ziehen oder Jagen gehen. Ich schloss die Augen, dann legte ich mit einem Seufzen die Jacke zur Seite. Ich musste loslassen. Wir waren im Krieg, es gab Verluste im Krieg und Thomas war nun mal einer der Verluste. Doch dann wurde ich von einem erneuten Schreianfall geschüttelt. Ich griff mir in die Haare und riss daran in der Hoffnung, mich irgendwie abzulenken.

Doch es brachte nichts, ich schrie erneut und diesmal kam ein Ton heraus. Ein gequälter, gebrochener Ton kam aus meinem Mund. Ich keuchte auf und sog die Luft ein. Ich musste aufhören zu weinen. Thomas war der Preis, den ich bezahlen musste. Es war gut, dass er tot war. Es war auf jeden Fall besser als das, was mein Vater für ihn geplant hätte, wenn Lilith ihm von Thomas erzählt hätte. Er war einen schnellen Tod gestorben, er würde nicht gefoltert werden, nicht von meinem Vater. Niemand würde ihm jetzt weh tun können. Er war sicher, sicher vor Lucifer und sicher vor mir.

Er war tot und ich war am Leben. Er hatte seinen Frieden gefunden, auf mich würde noch Krieg zukommen und dieser würde hoffentlich mit nicht vielen Toten enden. Ich nahm seine Jacke und stand auf. »Ich muss dich loslassen, nicht wahr. Jetzt rede ich sogar mit dir. Dabei weiß ich doch, dass du mich nicht hörst.« Ich hätte beinahe über mich selbst gelacht. »Es tut mir leid, Thomas. Ich hätte dich beschützen sollen, aber ich konnte es nicht. Ich wusste, dass ich dich verlieren würde. Ich wusste es von Anfang an, deswegen wollte ich dich nicht so nah an mich ranlassen. Ich wollte mich nicht in dich verlieben, aber du hast mich einfach um deinen Finger gewickelt.

Hast du mich gehört? Ich liebe dich! Du bist mein verfluchtes Leben und du bist TOT!«

KAPITEL 20

Von einer Jacke
und einem Schwert

Ich stopfte seine Jacke in meine Reisetasche, ich schloss den Reißverschluss meiner Tasche. Ich war einfach noch nicht bereit, ihn gehen zu lassen, nicht ganz zumindest. Tamara trat durch die Tür. Sie sah schlimm aus, ihr blondes Haar hatte sie hochgebunden, doch man sah dennoch, dass sie nicht gebürstet waren.

Ihre Augen waren rot gerändert, sie hatte geweint. Das hatte sie in den letzten Tagen häufig getan. »Es geht ihr gut, Tami … Und es ist ja nicht für immer!« Tami lachte zittrig und kam auf mich zu.

»Schau mich nur an, Lu, ich sitze hier und heule dir etwas vor, wie schlecht es mir geht, dabei sind weder Shayne noch Dove tot!« Sie schlang ihre Arme um mich und hielt mich fest. Ich konnte nicht mehr an mich halten und begann zu weinen. Als ich mich nach einer gefühlten Ewigkeit von Tami löste, war ihr weißes Oberteil mit roten Flecken gespickt.

»Oh, das tut mir leid, Tami …« Sie lachte, diesmal klang es echt. »Ist schon ok, Lu …« Ich wischte mir über die Augen und musterte das Blut an meinen Fingern, kein Wunder, weshalb mich die Leute immer komisch ansahen, wenn ich weinte.

Ich lächelte Tami an, »Also wohin geht es jetzt?« Tami seufzte.

»Jon drängt mich, mit dir nach Rom zu gehen, dort würden wir am ehesten etwas finden, was, naja, du weißt schon, was uns helfen könnte.«

Ich nickte stumm, ja Rom war ein gutes Ziel mit den ganzen heiligen Schriften. Vielleicht wusste der Papst auch, wie man die Prophezeiung verhindern könnte … Vielleicht hatte Gott ja mit ihm gesprochen, wenn er schon nicht auf meine Gebete reagierte.

»Ja, warum nicht. Hier können wir ja sowieso nicht bleiben. Das Rudel würde dich davonjagen und mich töten. Vor allem jetzt, wo sich die beiden Rudel zusammengeschlossen haben, da Thomas tot ist.«

Ich schaute zu Tami und zwang mir ein Lächeln auf die Lippen. Sie grinste, »Ein Tapetenwechsel wird uns beiden guttun!« Es schien so, als versuchte Tami, das nicht nur mir einzureden, sondern auch sich selbst. Ich schloss die Augen und atmete ein, dann schaute ich wieder zu Tami. »Ich packe, das solltest du auch tun, wir sollten zusehen, dass wir aus dieser verfluchten Stadt verschwinden!« Tami starrte mich etwas verwirrt an, bevor sie fragte,

»Willst du nicht vorher noch auf Thomas' Beerdigung, sie ist doch schon morgen? Einen Tag zu warten, wird uns nun auch nicht umbringen!«

Ich hatte schon mit so einer Frage gerechnet. »Sein Rudel und Max haben mir klar gemacht, dass ich weder auf Thomas' Beerdigung noch in Chicago willkommen bin. Nicht mehr jedenfalls!«

Sie nickte, »Ich gucke nach, ob ich für heute oder spätestens morgen früh einen Flug bekomme.«

Ich nickte.

Tami stand auf und ging dann zur Tür, doch kurz bevor sie mein Zimmer verlassen konnte, schaute sie noch einmal zu mir. »Lucy, ich weiß bestimmt nicht, wie es dir geht. Aber falls du reden möchtest …«, sie verschränkte nervös ihre Finger und schluckte, »Kannst du immer mit mir reden!«

Ich lächelte. *Ich weiß.* Doch ich nickte bloß stumm, ich war noch nicht so weit.

Sie drehte sich um und ging.

Ich atmete ein und machte mich auf den Weg zu meinem Kleiderschrank.

Ich schnappte mir meine paar Klamotten, die ich besaß, die nicht dreckig oder mit Blut befleckt bedeckt waren, und schleppte sie zu meiner Reisetasche. Diese öffnete ich und schaute auf Thomas' Lederjacke. Ich hob sie aus meiner Tasche und schmiss sie durch den Raum. Dann stopfte ich, wieder einem Tränenausbruch nahe, meine Anziehsachen in meine Tasche. Warum bist du nicht mehr hier? Warum ist alles immer so ungerecht? Warum konnte ich nicht glücklich sein, als ich dich hatte?

Ich ging auf zittrigen Knien hinüber zu seiner Lederjacke und hob sie hoch und legte sie um meine Schultern. Sein Geruch umfing mich und ich drückte meine Nase in seine Lederjacke. Mein Blick war auf den Boden gerichtet und ich erstarrte. Eine kleine blaue Dose!

Sie musste wohl aus seiner Jacke gefallen sein. Etwas verwirrt griff ich in seine Jackentasche und zog einen Zettel hervor. Ich klappte ihn verwirrt auf. Mit Tränen in den Augen ging ich zu Boden und griff blindlings nach der kleinen Box. Meine Finger schlossen sich um die kleine Box und ich klappte sie auf. Dort lag ein anderer Zettel, ich hob ihn auf und hielt die beiden nebeneinander.

Nun ergaben beide Zettel gemeinsam einen Sinn. **»Lucy, meine unglaubliche Freundin, ich liebe dich und niemand könnte das je ändern«** stand auf dem ersten Zettel. **»Also möchte ich dir eine Frage stellen, Lucy, willst du mich heiraten?«**

Ich zitterte und starrte auf den Ring, der in der blauen Box lag. Langsam nahm ich die Box hoch und musterte den Ring. Er war aus Silber und hatte an beiden Seiten drei dunkelblaue Diamanten und in der Mitte war ein kleiner Halbmond aus einem Rubin, der im Sonnenlicht blutrot glitzerte.

Ich weinte erneut und steckte mir vorsichtig den Ring an meinen linken Ringfinger. *Ich liebe dich, Thomas, für immer und ewig.* Meine Augen suchten die Umgebung ab, bei jedem noch so kleinen Geräusch zuckte ich zusammen.

Tami, die mir gegenübersaß, blätterte bloß weiter in dem Buch vor ihr.

»Sie trauen uns nicht!«, fauchte ich wütend und unterdrückte den Drang, den Messdiener anzuknurren, der an uns vorbeieilte und gleichzeitig versuchte, uns zu belauschen.

»Natürlich trauen sie uns nicht, was hast du erwartet, ein »Willkommen, kommt doch bitte rein, wir geben euch alles, was ihr wollt?«

»Nein, nicht unbedingt das, aber naja, etwas anderes …« Tami lachte bloß bitter auf und blätterte die Seite des Buches etwas rabiater um. Die alte Seite riss ein kleines bisschen ein. Und in der stillen Bibliothek war das Geräusch verdammt laut.

Doch Tami scherte sich nicht der Blicke wegen, die ihnen zugeworfen wurden, der alte Bibliothekar schüttelte sogar wütend den Kopf und kam zu den beiden hinüber. »Sie müssen das bezahlen, Miss!«, knurrte er, durch seinen Akzent war er etwas schwerer zu verstehen!

»Ja, klar …«, antwortete Tami abwesend, während sie auf die Seite vor sich starrte.

Der Bibliothekar nickte und verschwand wieder zwischen den Regalen.

»Lucy, hier, ich glaube, ich habe etwas!«

Ich hob den Blick von meinem Buch und schaute zu ihr.

Sie schob ein Buch zu mir. Ich las die Zeile, auf die Tami zeigte. »Und was soll das heißen?«

»Du kannst kein Latein?«

»Nur ein bisschen, dafür reicht das ganz bestimmt nicht!«

Tami starrte mich an, als hätte sie einen Geist gesehen.

»Oh mein Gott, die Tochter des Teufels kann kein Latein!«

»Ja. Super, Tami, schrei das doch noch lauter durch die Bibliothek! UND KEIN STIMMT NICHT! Ich kann ein bisschen Latein!«

»Sorry …«, Tami grinste mich entschuldigend an.

Dann schaute ich sie erwartend an.

»Ach ja …Hier steht, dass der Teufel nur durch das Schwert von Michael getötet werden kann. Das Schwert ist … verschwunden?!«

Tami starrte mich traurig an. »Ich hätte zuerst bis zum Ende lesen sollen … Aber wollen wir ihn wirklich töten, ich meine, Lu ist doch gar nicht so schlimm …«

Ich starrte sie an. Nach all der Zeit war sie immer noch auf seiner Seite. Natürlich war sie das. Sie war schon immer auf seiner Seite, er hatte sie eingelullt und ihr Honig ums Maul geschmiert. Für Tami war mein Vater ihr Held, der sie vor ihren bösen Eltern gewarnt hatte und mit ihr Mathe gelernt hatte. Sie wusste ja nicht einmal, dass ihre Kräfte in der Hölle eingesperrt waren. Dass mein Vater einen kleinen Teil ihrer Seele dadurch immer in der Hölle hatte. Somit war es eigentlich klar, dass sobald Tamara starb, sie in die Hölle kommen würde. Ich hatte in den letzten Tagen viel Zeit mit ihr verbracht, aber trotz all meiner Geschichten hielt sie daran fest, dass mein Vater jemand Gutes war. Was mich leicht auf die Palme brachte, manchmal würde ich diesem Mädchen einfach nur gerne eins dieser dicken Bücher über den Schädel ziehen, solange bis sie mal wieder etwas gesunden Menschenverstand hatte. Aber das ging nicht und eigentlich mochte ich Tami ja auch, mein Vater hatte sie einfach nur um seinen kleinen Finger gewickelt. So etwas konnte er nun einmal gut.

Ihr Telefon klingelte. Der Bibliothekar warf uns einen wütenden Blick zu. Tami ging ans Telefon. »Ja … Okay, … wir sind auf dem Weg!« Ich schaute sie verwirrt an. »Tami, was …«, doch ich wurde von ihr unterbrochen.

»Das war Jon, er hat etwas in einem von Nines Büchern gefunden!« Ich nickte stumm und räumte unsere Bücher, die wir gelesen hatten, weg, während Tami noch einige von den Büchern, die wir noch nicht gelesen hatten, auslieh oder es zumindest versuchte. Allerdings konnte man diese Bücher nicht einfach so ausleihen. Es war schon ein Wunder, dass wir in die Privatbibliothek der Kirche durften und das hatten wir eigentlich nur Jon und Tamis Nachnamen zu verdanken, anscheinend hatten Jon und Shayne hier mal einen Fall bearbeitet und deswegen stand die Kirche bei ihnen in der Schuld.

KAPITEL 21
Tamara

Tamara schlug die Tür wütend hinter sich zu. Sie eilte die Treppe des Hotels, in dem sie, Lucy und Jon momentan blieben, hinunter und eilte auf die Straße. Seit zwei verfluchten Monaten waren sie auf der Suche nach einer Lösung, doch nichts. Egal wie oder wo sie suchten, nichts schien ihnen eine ordentliche Antwort zu bringen.

Nicht einmal die mysteriöse Frau am Telefon, die sie kurz vor ihrer Abreise aus Chicago angerufen hatte, schien ihr irgendeine Antwort zu ihrem Problem geben zu können. Nein, ganz im Gegenteil, Tami hatte nichts mehr von der Frau gehört. Sie stand draußen und schaute sich um. Um sie herum liefen Menschen umher. Menschen, die sie nicht kannte, und es fühlte sich gut an. Hier in Rom gab es nur vereinzelnd Jäger, da die Stadt zumindest vor Dämonen sicher war, da Rom komplett auf einer gigantischen Teufelsfalle erbaut wurde, diese Falle konnte niemand zerstören. Ergo gab es hier keine Dämonen, da diese nicht so blöde wären, sich hierher zu begeben.

Tami eilte die Straße entlang, ohne wirklich zu wissen, wohin sie wollte. Um sie herum schien alles zu verschwimmen. Während sie die Straße entlanglief, eilte sie in eine Person hinein. Der Mann strauchelte leicht nach hinten, doch Tami schaffte es gerade noch, ihn an der Jacke zu packen. Doch dummerweise schien das Schicksal es nicht gut mit ihr zu meinen. Sie fiel auf besagten Mann und erstarrte. Der Mann war kein Mann, es war ein Junge, der vielleicht 19 Jahre alt war, er grinste zu ihr auf. »Oh mein Gott, es tut mir so leid!«, keuchte sie erschrocken, während sie sich beeilte, von ihm hinunterzukommen.

»Nicht schlimm …«, grinste er, als er sich aufrichtete und ihre Hand annahm, die sie ihm anbot. Sie lächelte und ließ seine Hand los. Sie wollte schon an ihm vorbeigehen, doch er stoppte sie. »Eine Sache wäre da noch, Miss Reynolds!« Sie war wie erstarrt. Woher kannte dieser Junge ihren Namen.

Sie dachte nicht länger darüber nach, sondern rannte lieber los. Sie bog in eine schmale Gasse, die auf einer Hauptstraße endete. Tamara eilte schnell die Straße entlang. Sie rannte nicht, denn das würde in der Menschenmenge dann doch auffallen. Deswegen ging sie einfach schnell und betete, dass, wer auch immer der Junge war, sie nicht finden würde. Auf einmal wurde sie am Arm gepackt und in einen Hauseingang gezogen.

Sie keuchte erschrocken auf und musterte den Jungen vor sich. »Ganz ruhig, Darling!«, er hob die Hände und trat einen Schritt zurück. »Wer bist du und was willst du?«, zischte sie. Sie blieb angespannt und schaute zu dem Jungen. »Mein Name ist Nate. Und ich glaube, eine Freundin von mir hat versucht, dich zu erreichen.«

»Bitte was?«

»Ich glaube, der Name Aylin sollte dir etwas sagen …« Tamara stoppte, sie starrte Nate an. Wer war dieser Junge und woher kannte er Aylin? Doch bevor sie ihn das hätte fragen können, schenkte er ihr ein Grinsen und verschwand im Getümmel der Straße. Sie starrte ihm noch kurz nach, obwohl sie ihn schon lange nicht mehr sehen konnte. Ein komischer Kauz war er ja schon. Und ein unangenehmes Gefühl jagte ihren Rücken hinauf. Wer auch immer dieser Junge war, er hatte nichts Gutes im Schilde!

KAPITEL 22
Von Wölfen und Höllenhunden

Ich stoppte, während ich mich im Spiegel betrachtete. Meine blauen Augen hatten tiefe Ringe unter den Augen und generell sah ich so aus, als hätte ich Wochen nicht geschlafen und kaum etwas gegessen. Ich konnte Lillys mahnende Stimme schon in meinem Kopf hören: »**Kind, du bist ja dünn wie ein Blatt Papier, na los, iss etwas! Man denkt ja, dass man dich in der Mitte durchreißen könnte**« Ich hatte das Gefühl zu verlieren.

Nicht nur gegen meinen Vater, sondern auch gegen die Welt. Ich war lange genug hier gewesen und wollte eigentlich nur nach Hause, wo auch immer das jetzt ohne Thomas war. Ich hatte weder ein Rudel, das mir den Rücken stärkte, noch einen Gefährten. Ich hatte Tami und Jon und keiner von beiden kam einem Zuhause gleich.

Nein, das war wirklich nicht mein Zuhause, weder die Stadt noch die Leute waren mein Zuhause und die Hölle war erst recht nicht mein

Zuhause. Also war die einzige sinnvolle Erklärung, dass ich verloren war, ganz einfach und unwiederbringlich verloren. Ein verlorenes, einsames Mädchen! Ja genau, das war ich. Eine Träne rann mir über die Wange. Ich würde Thomas niemals wiedersehen.

So viel stand fest und das sollte mich nicht kalt lassen, das wusste ich. Ich sollte weinen so wie an den Tagen nach seinem Tod und ich sollte trauern, doch wenn ich ehrlich war, konnte ich das nicht, alles in mir war taub. Ich fühlte einfach nichts, gar nichts, so als hätte ich meine Gefühle ausgestellt. Ich wusste, dass ich eigentlich ein heulendes Elend am Boden sein sollte, doch dazu hatte ich keine Zeit, ich musste eine Lösung finden.

Eine Lösung, um meinen Vater dort zu lassen, wo er hingehörte. Dort, wo er hoffentlich für immer bleiben würde. Ich wollte ihn so weit weg von mir wie nur irgend möglich. Er war nie ein guter Vater gewesen und würde auch nie ein guter Vater sein. Vielleicht war das bei Cole anders gewesen, das wusste ich nicht.

Aber für mich war er hundertprozentig kein guter Vater gewesen, nicht einmal ansatzweise. Ich wollte einfach nur von allem wegrennen und so tun, als wäre all das hier nur ein böser Traum und ich würde irgendwo sicher liegen und schlafen. Aber das war es nicht. »Lucy, es wird Zeit, du solltest langsam mitkommen, der Mond geht gleich auf!«, murmelte Jon von der Tür aus. Er lehnte im Türrahmen und schwieg, während er sie einfach so musterte. Seine Augen blitzten sie freundlich an. Tami und Jon gaben sich wirklich Mühe …

Allerdings war sie es auch, die noch am wenigstens zu jammern hatte, schließlich hatte Tami ihren Mann, der wohlgemerkt ein Arschloch war, so wie auch ihre Tochter verloren. Auch wenn ihre Tochter noch lebte, würde Tami sie erstmal nicht wiedersehen.

Seufzend spielte ich mit dem Ring an meinem Finger, bevor ich den Ring auf den Nachttisch des kleinen Motelzimmers legte.

Nicht viele Leute waren in dem Motel, wahrscheinlich weil es einen schlechten Ruf hatte. Mit der hellblauen Fassade, die eindeutig schon einmal bessere Tage gesehen hatte. Aber es war günstig und relativ nah bei der Innenstadt. Ein Grund von vielen, weshalb sie sich genau das Motel ausgesucht hatten. Auch wenn ich selbst, so wie die anderen, auch lieber ein echtes Hotel bevorzugen würde. Aber dort würden wir drei einfach viel zu sehr auffallen.

Ich schaute zu Jon, der immer noch abwartend an der Tür stand und mich musterte. Seine blonde Augenbraue zog er fragend hoch, bevor er sich von der Wand abstieß und mir seine Frage stellte, »Und kommst du jetzt oder willst du noch länger auf den Ring starren?«, er trat noch etwas näher an mich heran. »Ich weiß, dass es schwer ist, ihn loszulassen, Lucy, aber du musst dich jetzt auf wichtigere Dinge konzentrieren.

Zudem möchte ich keinen Wolf in meinem Zimmer!«, meinte er, bis er mich beim letzten Teil zu sich drehte, um mich breit anzugrinsen. Ich schüttelte nur leicht lächelnd den Kopf, manchmal war Jon so ein Kleinkind. Ich folgte ihm, als er sich umdrehte. Wir liefen gemeinsam durch das Zimmer auf den Flur. Der Besitzer des Motels hatte versucht, die Löcher, die es in den Wänden gab, mit Familienbildern zu überhängen.

Die Wände hatten viele Löcher, dementsprechend hingen an den cremefarbenen Wänden mit Blumenmuster viele Familienfotos. Jedes noch hässlicher als das davor. »Bescheuerte Bilder. Habe das Gefühl, dass sie mich anstarren!«, grummelte Jon und deutete mit dem Daumen auf ein kleines Schwarzweiß-Bild, auf dem man eine Mutter mit drei kleinen Kindern vor einem Bahngleis stehen sah. Zwei Mädchen in hellen Sommerkleidchen mit Blumen auf dem hellen Stoff und einen Jungen, der auf dem Koffer der Mutter saß und mit den Beinen hin- und herschwang. Er trug eine Hose, ein Hemd und einen Hut, der ihm allerdings zu groß war. Somit war ihm der Hut auf dem Bild ins Gesicht gerutscht, sodass man sein Gesicht nicht ausmachen konnte. »Wer hat überhaupt so viele Familienbilder?!

Ich sag dir, der Typ ist ein Freak!«, knurrte Jon weiter, bevor er sich von dem Bild ruckartig abwandte, so als hätte es ihn gebissen. Ich folgte ihm, als er mit großen Schritten weiter den Flur entlangging. Er wollte hier raus aus dem Gebäude, um mich so schnell wie möglich im Wald abzusetzen.

Um dann möglichst schnell wieder zu verschwinden, um dann vielleicht noch ein paar Nachforschungen in der Bibliothek zu machen. So wie jeden Vollmond und ich hasste es, ich hasste es so sehr, alleine zurückzubleiben und mich zu verwandeln, nie hatte ich Gesellschaft und es zerstörte mich langsam aber sicher. Zudem war es schlimm, da es meine ersten richtigen Verwandlungen waren.

Nach Thomas' Tod hatte ich begonnen, mich in einen echten Wolf zu verwandeln. Damit hatten dann auch die Morde aufgehört, da ich nicht mehr den Verstand verlor, sobald ich mich verwandelte. Ich war zumindest die ersten Minuten komplett klar im Kopf und somit auch nicht gefährlich. Ich fühlte das Kribbeln auf meiner Haut, als ich nach oben schaute, konnte ich den Mond vor lauter Wolken noch nicht sehen und dennoch fühlte ich die Verwandlung näherkommen wie eine tickende Zeitbombe. Jon schob ich in den kleinen dunkelblauen Wagen, den er sich in Rom gemietet hatte. Tamara beschwerte sich jedes Mal, wenn sie hinten sitzen musste, weil sonst niemand auf die kleine Rückbank passte. Ich hatte mehrfach versucht, auf die kleine Rückbank zu kommen, allerdings saß ich dann mit meinen Knien am Kinn und das ging nun mal einfach nicht. Jon ließ den Moter an, der kleine Wagen protestierte kurz, doch sprang dann an.

»Ich sage dir, irgendwann bleibt das alte Ding noch liegen, da war Shaynes Schrotthaufen ja noch besser als das hier!«, fauchte Jon, während er dreimal auf das Armaturenbrett klopfte. Jon wurde immer so nervös, wenn der Vollmond kam. Vor allem da er mich immer zu dem Wald fahren musste, da Tami immer noch keinen Führerschein hatte, was Jon total aufregte. Nicht dass es irgendetwas ändern würde, Jon konnte sich darüber aufregen, so viel er wollte, Tami wollte keinen

Führerschein machen. Und damit war zumindest für Tami das Thema gegessen!

Ich spürte die Verwandlung immer näherkommen, es war wie ein Ziehen in meinem Kopf ganz weit hinten, so als würde da jemand ein Gummiband immer wieder gegen meinen Schädel schlagen, doch gleichzeitig tat das Ziehen auch gut auf eine kranke, komische Weise.

»Hey, Lucy, hältst du es noch aus oder soll ich dich lieber einmal K.O. schlagen?«, fragte Jon mich unruhig werdend. Ich konnte seine Angst und Unruhe riechen, sie ging wie Wellen von ihm aus und schon bald roch das ganze Auto nach seiner Angst! Ich schüttelte bloß stumm den Kopf, ich konnte auf einen Schlag auf den Hinterkopf gut verzichten. Danke aber auch! Nein, das brauchte ich jetzt wirklich nicht, außerdem waren es nur noch ein paar Minuten bis zum Wald. »Bist du dir sicher? Deine Verwandlung ist schon sehr weit fortgeschritten!«

Er hatte ja recht … Meine Verwandlung war wirklich schon sehr weit vorangeschritten, mein Körper ähnelte auch gar nicht mehr meinem Körper, viel kleiner und gekrümmter saß ich auf dem Autositz. In diesem Moment war ich am verletzlichsten, nicht ganz hier, aber auch nicht ganz dort. Nicht ganz Mensch, aber ein Wolf war ich auch noch nicht. »Ich schaffe das schon noch!«, meine Stimme war schon eher ein Knurren und ich konnte mich ja kaum selbst verstehen. Die Verwandlung schritt immer weiter voran und auf einmal hockte ich als Wolf neben Jon, der panisch aufschrie und nach seiner Waffe griff. Ich wusste, dass nur noch ein paar Minuten bleiben würden, bis ich auch über meinen Verstand die Kontrolle verlieren würde und mich meine natürlichen Sinne leiten würden.

Was wiederum hieß, dass ich auf die Jagd gehen wollte. Jon kam mit quietschenden Reifen zum Stehen, seine Waffe hatte er immer noch auf mich gerichtet, während er langsam nach der Türklinke griff und sie öffnete.

Ich sprang aus dem Wagen und rannte los, meine Pfoten flogen über das Unterholz, während ich die Waldluft einzog, um herauszufinden, wo welche Beute war. Am liebsten hätte ich mich ja auf den Jungen im Auto gestürzt, denn er roch so unglaublich lecker, doch irgendetwas hatte mich davon abgehalten, ihn auch nur anzurühren.

Es wäre schlimm gewesen, wenn ich ihn gefressen hätte! Ja genau, etwas ganz ganz Schlimmes … Uh, Eichhörnchen! Schon folgte ich dem Geruch, nur um ein totes Eichhörnchen vorzufinden. Ich stoppte, meine Nackenhaare stellten sich auf und ein tiefes Knurren entkam mir. Ein Junge trat um den Baum herum, seine Hände hatte er in die Luft gestreckt, alles an ihm wirkte ängstlich, bis er seinen Kopf hob und mich angrinste. In seinem Gesicht war kein Stück Angst zu sehen. »Ich gebe es zu, ich war es!« Ich knurrte, als ich es roch, ich wusste nicht wirklich, was ich roch, ich wusste nur, dass er böse war.

Er war hier der Jäger und ich die Beute. Das mochte ich ja mal so gar nicht. »Ganz ruhig, Darling! Ich tue dir schon nichts ...« Ich glaubte ihm nicht, kein Wunder, er roch nach Blut und Tod.

»Ich weiß nicht, ob du in deinem Wolfskopf noch weißt, wer Aylin ist, aber sie schickt mich!«, grinste er mich an. Ja, der Name sagte mir etwas, aber was genau konnte ich nicht sagen.

»Na also, du bist ja doch ganz ruhig. Also bist du Lucifers Tochter ...«

Ich legte verwirrt den Kopf schief, *wer?*

Er wirkte auf einmal sehr traurig, seine Trauer schien mich zu überwältigen und runterzuziehen, immer weiter runter, bis ich etwas sah: Ich sah ein Mädchen mit braunen Haaren, sie lief lachend einen Weg entlang auf eine Schule zu, während sie sich bei einem Jungen mit blauen Haaren untergehakt hatte.

»Ach komm schon, Simon, so schlimm ist das nun auch …« Sie stockte mitten im Satz, als ein Junge ihr in den Weg trat. Rote Augen musterten die beiden verächtlich. »Hallo Rory, hast du mich vermisst!

»Cole!«, ihre Finger lösten sich von dem Arm des Jungen. »Simon, geh!«

»Aber …«

»Simon, ich sagte, geh, sofort!« Der Junge eilte an dem blonden Jungen Cole vorbei.

»Ich muss sagen, Kitten, du hast es mir nicht leicht gemacht, dich zu finden!« Rory überkreuzte die Arme. »Warum sollte ich auch?«

»Du könntest irgendwann die Königin der Hölle sein, Liebling!«

»Danke, aber nein danke!«, knurrte sie und ihre Augen leuchteten dabei rot auf. Und anstelle des Mädchens stand auf einmal ein weißer Höllenhund. Doch dann war da auf einmal Blut und sie waren nicht mehr an der Schule, sondern in einem Wald.

Überall war Blut und eine Hexe hielt den Kopf des wieder zurückverwandelten Mädchens fest. Dieser Cole beugte sich über sie und grinste, bevor er begann zu sprechen. »Ich habe dir doch gesagt, wenn ich dich nicht haben kann, kann dich keiner haben!« Auf einmal legte die Hexe den Kopf in den Nacken und sagte etwas, was Lucy beim besten Willen nicht verstand. Der Junge Cole wurde auf einmal von Rory weggerissen und ihm wurde das Herz herausgerissen. Dort stand dieser Nate, der auf Rory zuging. Die Hexe war verschwunden und nur noch eine blutige Rory lag auf dem Waldboden.

»Rory!«, er sackte neben ihr zu Boden und griff nach ihr. Rory öffnete noch einmal ihre blauen Augen. »Es ist noch nicht zu Ende, Nate!« Dann sackte ihr Kopf zur Seite.

Auf einmal rappelte sich Cole auf und stürzte sich mit einem wütenden Schrei auf Nate, dann wurde sie aus der Vision geschmissen. »Was war das?!«, kam ich panisch keuchend und hustend aus der Vision wieder hoch. Die Sonne fiel durchs Blätterdach und der Junge saß an einen Baumstamm gelehnt und musterte mich durch seine schokoladenbraunen Augen. »Was hast du denn gesehen?«

»Ein Mädchen, sie … sie war auf der Flucht vor … vor meinem Bruder!« Der Junge legte den Kopf in den Nacken und lachte schallend.

»Du hast sie also gesehen? Der Anblick meiner Liebsten bleibt mir verwehrt, aber dir nicht?!«, knurrte er nun wieder und ich musste hart schlucken, denn auch wenn ich nun wieder in meiner menschlichen Form war, spürte ich seinen Schmerz so deutlich in der Luft, dass ich dachte, ich könnte ihn einfach aus der Luft greifen.

Ich hatte noch nie so viel Schmerz auf einmal gefühlt, außer als ich Thomas verloren hatte, aber selbst mein Schmerz war nichts im Vergleich zu dem Schmerz des Jungen! Doch dieser war verschwunden ... »Hey, wo zur Hölle bist du?«, rief ich hinaus in den Wald, doch keine Antwort kam zurück. Als ich den Weg zurück zu dem Treffpunkt antrat, hing die Sonne schon relativ schwer am Himmel und tauchte den Wald in ein rotes Licht. Die Blätter unter meinen alten Schuhen raschelten und irgendwo hörte ich eine Maus durchs Unterholz hüpfen.

Ich war mir noch nicht einmal sicher, ob Jon noch auf mich warten würde, da ich mich ja jetzt erst auf den Rückweg machte und die Sonne schon wieder beim Untergehen war. Wütend auf den Jungen, der mich einfach sitzengelassen hatte, trat ich gegen einen kleinen Blätterhaufen. Die Blätter flogen um mich herum und bildeten ein schönes Farbenspiel aus orange, rot und dunkelgrün.

Ich lächelte, das war ein wirklich schöner Anblick und es ließ mich vergessen, dass ich eigentlich wütend auf den Jungen war, dessen Namen ich immer noch nicht kannte, oder doch, warte, Rory hatte ihn Nate genannt. Als ich an dem Treffpunkt ankam, lehnte Jon an seinem Auto und neben ihm … »Nine!«, rief ich erfreut und rannte auf die beiden zu.

»Hallo, du kleines Monster!«, grinste mein Lieblingsdämon mich an, als Jon mich kurz umarmte. Ich schnaubte, »Oh Lucy, ich habe dich auch vermisst!«, imitierte ich seine Stimme und er legte bellend lachend den Kopf in den Nacken. Ich stieß mich von ihm ab und grinste Jon an. Er schüttelte nur über unser Verhalten den Kopf und murmelte etwas, das sehr nach »Alles nur Kleinkinder hier!«, klang. Wir stiegen in das kleine klapprige Auto und fuhren los. Ich hatte allerdings Spaß, meine Füße in Nines Rückenlehne zu rammen. Tja, wenn ich schon hinten sitzen musste, dann konnte ich wenigstens noch etwas Spaß haben. »Manchmal ähnelst du deinem Vater doch mehr, als du zugeben möchtest!«, zischte Nine mich nach einem besonders heftig Tritt an.

Ich stoppte. »Nimm das sofort zurück!«, ich wusste nicht einmal, warum ich so aggressiv reagierte, aber ich wollte nicht mit ihm verglichen werden, niemals! Nine sollte das zurücknehmen, bevor ich ihn, ach, ich wusste es ja selbst nicht, aber ich wollte ihn gerade einfach nur loswerden, weil er mich leiden ließ. Nine sollte in den tiefsten Höllenschlund geschmissen werden und nie wieder hinausgelassen werden! Oh, Gott im Himmel, ich klang wie mein Vater!

Wütend über mich selbst biss ich mir einfach nur auf die Unterlippe, so fest ich konnte, bis ich mein eigenes Blut schmeckte. »Es tut mir leid, Nine, ich hatte nicht das Recht, so zu reagieren.«, ich fuhr mir durch mein verplätteten Haare und zog sogar ein orangefarbenes Blatt aus ihnen heraus, noch immer verwirrt von der Vision und wütend wegen Nines Kommentar, drehte ich das große Ahornblatt am Stiel zwischen meinen Fingern. »Aber er und ich sind zwei verschiedene Wesen! Ich würde lieber sterben, als so zu werden wie er!«

Daraufhin herrschte erstmal eisige Stille in der kleinen Metallkarosse. Bis sie an dem Motel ankamen und ausstiegen.

»Was zur Hölle ist hier passiert?«, hauchte Jon verwirrt, das komplette Motel lag in Trümmern da. Er sprang aus dem Auto und ich musste ihn nicht sehen, um zu wissen, dass er Panik in seinen Augen hatte. Panik und Angst um Tamara.

»TAMARA!«, hörte ich ihn außerhalb des Autos panisch rufen, eine Traube an Menschen hatte sich um die Unglücksstelle gebildet, darunter auch einige Polizisten, die Jon gerade aufhielten, als er auf die hellblau gestrichenen Trümmer zueilte.

»Nine, wie kann es überhaupt sein, dass du hier bist? Das ist eine Teufelsfalle, du kommst hier nicht wieder raus!«, doch Nine lächelte nur sein halbes Lächeln und deutete auf Jon.

»Er hat mich heraufbeschworen mit einem Hexenbeutel, ich bin also …«, er fuhr mit seinen Fingern durch das Amaturenbrett des Autos, »nur eine Illusion!«, grinste er mich an.

Ich schüttelte bloß den Kopf und eilte aus dem Auto. »Jon, hast du sie gefunden?«, fragte ich, als ich auf ihn und die Polizisten traf, die ihn immer noch aufhielten.

Jon wandte sich mir zu und riss sich von dem Polizisten los. »Lucy, steig wieder in den Wagen!«

»Nein! Erst wenn ich weiß, wo Tami ist!«, knurrte ich ihn an.

»Lucy, verdammt nochmal, steig wieder in den Wagen!«

Ich verschränkte meine Arme vor der Brust und verlagerte mein Gewicht, sodass ich fest auf dem Boden stand.

Die Polizisten musterten mich und ohne es zu wollen, fletschte ich die Zähne und knurrte sie an. Alle zogen ihre Waffen und richteten sie auf mich. Echt toll, hast du richtig gut gemacht, Lucy! Pah!

»Ein Werwolf!«, schrie einer von denen und trat noch etwas dichter an mich heran. *Sag mal, bist du komplett bescheuert?! Ich meine, du hast eine Feuerwaffe, mit der du mich auf hundert Meter Entfernung treffen könntest! Und du kommst immer weiter auf mich zu. Mensch, bist du blöd!* Das dachte ich mir kopfschüttelnd, bevor ich den zu weit ausgestreckten Arm des Polizisten griff und ihm die Waffe aus der Hand wandte.

Sofort schrien alle durcheinander, bevor Jon sich vor mich schob und mich zwang, den Idioten-Polizisten loszulassen. Schade aber auch. »Das reicht!«, seine Stimme schwang vor Autorität und sogar ich musste mich gerade halten, damit ich mich nicht vor ihm wegduckte. »Mein Name ist Jon Bolt, Jäger der Klasse 10 aus Texas. Meine Identifikationsnummer ist 0578910. Meine Schwester Tamara war in diesem Gebäude und ich möchte wissen, wo sie jetzt ist …«

Doch die Polizisten schienen nicht einmal ein bisschen Respekt vor dem Jäger zu haben, der gerade vor ihnen stand und dann auch noch so ein hoch angesehener Jäger wie Jon nun einmal war. Selbst unter den Dämonen war Bolt ein Begriff, ein fast so gut bekannter Name wie Reynolds. »Sie sind also ein Jäger, ja?

Warum ist dann ein Werwolf bei Ihnen?«, fragte einer skeptisch die Augenbrauen hochziehend.

Ich hätte ihm am liebsten eins übergebraten, mit naja, mit irgendwas Hartem, das so richtig schön weh tat! Zum Beispiel mit einem der Ziegelsteine. Jedes Dämonenkind wusste ja sogar, dass man einem Jäger keine Fragen stellte, sondern um Himmels Willen wegrannte. Nur dass das einem Menschen, so wie es der dunkelhaarige Polizist war, anscheinend nie beigebracht worden war.

Nein, ganz im Gegenteil, er schien sogar richtig dumm zu sein und beugte sich zu Jon. »Ich habe ja gehört, dass weibliche Werwölfe richtig schnell zur Sache kommen!«, er warf Jon einen vielsagenden Blick zu, »Also, wenn Sie Informationen zu Miss Bolt wollen, stört es Sie doch bestimmt nicht, wenn ich das Gerücht mal selbst austeste?«, er grinste nun mich an.

Nein, danke, ich verzichte!

»Wie ist Ihr Name?«, fragte Jon den Polizisten kalt.

»Mein Name ist Haakon, Mr. Bolt, James Haakon!«

»Gut, Mr. Haakon, dann hören Sie mir mal gut zu! Diese Werwölfin steht unter dem Schutz von

Shayne Reynolds und meiner Wenigkeit, zudem gehört sie dem Laruche-Rudel in Chicago an. Also sollten Sie auch nur eine Sache versuchen, können Sie mir glauben, dass Sie nicht nur mich damit wütend machen, sondern auch meine Schwester Mrs. Tamara Reynolds, die zurzeit vielleicht unter diesem Schrotthaufen eines Motels liegt.

Also geben Sie mir gefälligst nützliche Antworten oder ich lasse die Wölflin auf sie los, Lucy hätte bestimmt ihren Spaß mit Ihnen!«, knurrte Jon mehr als wütend und ich legte eine Hand beruhigend auf seine vor Wut oder Panik zitternde Schulter. Der Polizist musterte uns beide kritisch, bevor er einmal schnaubte und sich zu seinen Kollegen umdrehte. Eine Polizistin trat nach einigem Hin und Her mit Mr. Haakon hervor und lief auf die beiden zu, ein entschuldigendes Lächeln auf den Lippen. »Mr. Bolt, Miss …«, sie stoppte und schaute mich fragend an. »Hatter, Lucya Hatter!«, lächelte ich, ich hatte der Polizistin mit Absicht einen falschen Vornamen genannt, denn jeder Vollidiot konnte eins und eins zusammenzählen und herausfinden, dass ich, naja, ich war.

»Nun, Miss Hatter, wir haben niemanden unter den Trümmern gefunden, es war zum Glück gerade niemand im Haus. Haben Sie es schon auf dem Handy versucht, vielleicht ist Mrs. Reynolds ja shoppen gegangen!«, lächelte uns die Polizistin aufmunternd an. Danach drehte sie sich von uns weg und ging zurück zu ihren Kollegen, die versuchten, die Menschen wegzuschicken.

»Sie ist nie im Leben shoppen gegangen!«, murmelte ich Jon zu. »Etwas stimmt hier nicht!« Nein, da pflichtete ich ihm zu, aber sowas von war hier etwas faul.

Sie sah nichts, gar nichts, Panik schnürte ihr die Luft ab, zumindest kam es ihr so vor. Wo war sie? Sie erinnerte sich, dass sie zurück zum Motel gegangen war, und dann nichts, komplette Dunkelheit. »Glaubst du, das wird funktionieren?«, hörte sie eine Frauenstimme fragen. »Ja, Lilly, es wird, … nein, es muss funktionieren, ich habe tausend Jahre auf sie gewartet. Und sie wurde mir so schnell wieder genommen! Ihr Tod darf nicht umsonst sein!«

»Ich weiß nicht, Nate …«

Die Frauenstimme stoppte mitten im Satz, als ein Knurren ertönte?! Was zum? Tamara versuchte verzweifelt, die Dunkelheit loszuwerden, aber nichts, egal wie oft sie auch blinzelte, die Dunkelheit verschwand nicht. »Ich glaube, sie ist wach!«, sagte die Männerstimme, bevor ihr auf einmal ein Sack vom Kopf gerissen wurde, für ein paar Minuten konnte sie nur stumm dasitzen und in das Licht blinzeln. Sie sah nichts, rein gar nichts, es war alles so hell.

Doch dann sah sie langsam wieder etwas, es war eine Frau, die sie als erstes sah, sie stand direkt vor ihr und schien schon etwas älter zu sein, direkt in ihrem Rücken war ein Fenster, durch das Licht in den großen Raum fiel.

Sie konnte nicht wirklich viel von dem Raum sehen. Es wirkte alles so kalt, die Wände waren grau, genau wie der Boden, wahrscheinlich war sie in einer Art Lagerhalle, zumindest ging sie davon aus. »Wo bin ich?« Tamara war sehr stolz darauf, dass ihre Stimme kaum zitterte, dafür war aber ihre Kehle trocken und ihr Herz schlug wie wild in ihrer Brust, dass es sie nicht wundern würde, wenn die Frau vor ihr ihren Herzschlag hören würde. Sie war an einen Stuhl gefesselt. »Sie ist noch so jung, Nate …«, sprach die alte Frau und fuhr Tamara über die Wange, ganz sanft war ihre Bewegung, doch Tamara zuckte zurück und zischte die Frau wütend an.

»Fass mich nicht an.«

»Sei nett zu Lilly, Tamara!«, zischte da auf einmal die raue Stimme des Mannes in ihr Ohr. Er trat um den Stuhl herum, an dem sie festgebunden war und musterte sie. »DU?! Warum hast du mich entführt?!« Sie starrte den Teenager vor sich wütend an. Nate schenkte ihr ein Grinsen. »Beruhige dich, Darling. Wir wollen nur reden …«

»Ja klar, und dafür müsst ihr mich entführen und an einem Stuhl festbinden im … was weiß ich, wo wir sind!«, fauchte sie wütend zurück.

»Okay, okay, ich …«, er stoppte, hob die Arme in einer beruhigenden Geste und grinste sie an. Es war ein verrücktes Grinsen, zumindest empfand sie es als verrückt. »… habe gelogen. Du, Tamara, wirst hier und heute sterben!«

KAPITEL 23

Von Fee und Bienen-Königin

Ich versuchte, die kleinen Kinder neben mir zu ignorieren, doch die beiden Zwillinge, eine in einem Feenkostüm mit einem dämlichen Plastik-Zauberstab und die andere in einem Bienen-Königin-Kostüm nervten mich jetzt schon seit einer halben Stunde.

Na gut, vielleicht nicht nur mich, sie nervten jeden auf der kleinen Polizeiwache, auf die Jon und ich nach einer langen Diskussion mit Mr. Haakon verfrachtet worden waren.

Doch besonders nervig fand ich es, als die Bienen-Königin begann, sich in dem Arm der Fee zu verbeißen.

Die Fee darauf anfing wie eine Durchgeknallte laut und schrill loszubrüllen und mit dem Plastikstab auf den Kopf der Biene einzuschlagen begann. Diese begann natürlich zu weinen.

Ich lehnte mich zu Jon hinüber. »Kann ich mir deine Waffe leihen?«

»Vergiss es, Lucy! Außerdem habe ich sie gar nicht mehr, die bescheuerten Polizisten haben sie eingesammelt und weggeschlossen, solange wir hier sind.«

Ich fluchte, das war ja wohl nicht wahr! Nicht mal die Kinder konnte ich irgendwie loswerden.

Als nun auch die Bienen-Königin begann, loszuheulen, reichte es mir und ich drehte mich zu den beiden. »Hey ihr zwei, hört doch bitte auf, euch zu streiten! Ich habe nämlich gerade echt keinen Nerv für eure Zickerei, also lasst das …« Ich beugte mich zu ihnen und flüsterte ihnen zu, »Oder ich schicke euch weg in die Hölle!« Diesmal ließ ich meine Augen aufglühen und die beiden starrten mich kurz geschockt an. Ich rechnete damit, dass die beiden losschreien würden.

»COOL!«, entkam es da auch beiden gleichzeitig und ich konnte ein leichtes Schmunzeln nicht unterdrücken. Die beiden rückten noch etwas näher an mich heran und versuchten, mich auszufragen.

Jon neben mir bekam einen Lachanfall.   »Tja, Lu, das hast du echt verdient!«

Ich verschränkte schmollend die Arme vor der Brust. Während Fee und Biene versuchten, mich weiterhin mit Fragen zu löchern. Als sie merkten, dass ich nicht antwortete, begannen sie mich entweder mit ihren Fingern, oder im Fall der Fee, mit ihrem Zauberstab zu piksen. Na, ganz toll, also stand ich auf und lief Richtung Ausgang, wo mich eine Polizistin aufhielt.

»Rea und Brittney Appel, sie haben im selben Motel gelebt wie Sie, Miss ...«, sie schielte auf das Namensschild aus Kreppband, das sie sich auf das weiße T-Shirt kleben sollte. »... Hatter, ihre Eltern wurden unter den Trümmern gefunden. Keine weiteren Verwandten. Sie werden wohl in ein Heim kommen müssen. Aber kaum ein gutes Heim nimmt Mischlingskinder auf, vor allem wenn sie nicht einmal menschlich sind!«

Ich starrte die Frau geschockt an.

»Wie, nicht menschlich?«, fragte ich die braunhaarige Frau verwirrt. »Die Bluttests haben ergeben, dass Rea und Brittney zur Hälfte Werwolf und zur Hälfte Hexe sind!«, meinte die Polizistin und schüttelte bloß den Kopf.

»Aber naja, was erzähle ich das Ihnen, ... Sie haben bestimmt kein Interesse, sie aufzunehmen. Sie werden also wahrscheinlich auf der Straße landen!«

Ich konnte nicht anders, ich musste den beiden doch helfen und zudem kannte ich einen Mann, der einen Adoptivsohn hatte, der ein Werwolf war. Also bestimmt konnte Dean ihnen hier helfen. »Ich kenne da jemanden, der sich bestimmt über die zwei Monster freuen würde! Er hat selbst einen Sohn, der ein Werwolf ist! Er wird die beiden bestimmt gut behandeln!«, grinste ich, bevor ich zurück zu Jon ging, um ihn zu fragen, ob er Dean anrufen könnte, wir brauchten hier sowieso jede Hilfe, die wir kriegen konnten, wenn wir Tamara finden wollten.

Wir hatten drei Stunden auf dem Revier verbracht, Rea und Brittney waren zum Glück noch so klein, dass sie sehr bald aneinandergelehnt einschliefen. Sie fragten zum Glück auch nicht nach ihren Eltern, denn wenn ich ehrlich war, wusste ich ja noch nicht einmal, wie ich darauf reagieren sollte, schlussendlich wusste ich so wie Jon, dass wir ihnen die Wahrheit sagen mussten.

»Mr. Bolt, Miss Hatter?«, rief eine raue Stimme und Jon erhob sich, um auf den Polizisten zuzugehen. Der wohl auf die beiden wartete, um uns endlich mitzuteilen, wohin wir gehen sollten. Er drückte Jon einen Schlüssel in die Hand und deutete dann noch auf Rea und Brittney.

Alle anderen Kinder hätten sie erstmal hierbehalten und sie untersucht, um dann ein Zuhause zu finden, aber wenn man ehrlich war, interessierten sich die Polizisten hier einen feuchten Dreck, wenn es um übernatürliche Kreaturen ging. Aus den Augen, aus dem Sinn oder wie war das. Jon kam laut fluchend wieder auf mich zu. »Sie haben die Zentrale angerufen, um herauszufinden, ob ich hier auf einer Mission bin. Natürlich bin ich das nicht … Ab morgen wird es hier also nur so von Jägern tummeln, also sollten wir hier möglichst schnell verschwinden!«, murmelte Jon mir ins Ohr.

»Aber was ist mit Tami?«, fragte ich ihn verwirrt. »Tamara kann auf sich selbst aufpassen. Wahrscheinlich ist sie wirklich nur shoppen gegangen!«

»Das glaubst du doch wohl selbst nicht!«, fauchte ich wütend zurück. »Nein, aber ich möchte auch nicht über die anderen Möglichkeiten nachdenken!«, zischte er zurück, Tränen standen in seinen blauen Augen. Und in dem Moment wusste ich, dass wir dasselbe dachten.

Ich schüttelte den Kopf und nahm die Fee hoch, sie murmelte etwas Unverständliches, aber wachte nicht auf. Jon seufzte und hob die Bienen-Königin hoch. »Wir haben einen Raum in dem Motel gegenüber zugeteilt bekommen. Wir sollten aber wirklich verschwinden, Lucy, wir könnten innerhalb von einigen Stunden aus Rom raus sein!«

»Nein, Jon! Nur weil du beschließt, dass Weglaufen besser ist, laufen wir noch lange nicht weg!

Es sind nur ein paar Jäger, damit werden wir wohl fertig.«

Jon murmelte noch etwas vor sich hin, bevor er mir die Tür zum Motel öffnete. Der Angestellte hinter dem Tresen musterte uns beide, als wir hereinkamen. »Hey, wir wurden von der Polizei rübergeschickt!« Das gelangweilte Gesicht des Angestellten hellte sich sofort auf. »Ah ja, die aus dem Motel die Straße runter, richtig? Schreckliche Sache, die da passiert ist.

Ganz schrecklich!«, lächelte er uns viel zu breit an. »Aber ich meine, es war Mr. Rogers Schuld, ich habe ihm noch gesagt, Steve, pass auf, dass du auch ja auf die Gasleitung achtest! Aber hat er gehört?! Nein! Und nun, naja, sind Sie hier bei mir!«

Ok, das ist auch kein Stück gruselig, nein!

Jon schien das genauso zu sehen wie ich, denn er schüttelte bloß den Kopf und fragte, ob wir nun auf unser Zimmer gehen konnten, denn er hatte ja schon den Zimmerschlüssel.

Der Angestellte schien unser Verhalten unhöflich zu finden, dass wir nicht mehr mit ihm reden wollten, schien es sich dann aber noch einmal anders zu überlegen und hob den Kopf etwas höher und grinste uns herabfällig an. »Natürlich … Sie haben Zimmer 502, die Treppe hoch und dann rechts. Frühstück gibt es hier nicht!«

Wir nickten und verschwanden dann mit den beiden Kleinen im Arm. Jon und ich legten die beiden auf einem der Doppelbetten ab.

Ich keuchte schwer, bevor ich mich auf das andere Bett fallen ließ.

»Es wird alles gut, Lucy, ich bin mir sicher, Tami wird schon wieder auftauchen.« Ich nickte bloß stumm, wir wussten beide, dass wir uns nicht gegenseitig anlügen würden, geschweige denn dass es etwas bringen würde. Wir würden beide immer noch wissen, dass es eine Lüge war. Eine einfache, simple Lüge, also warum es überhaupt versuchen.

»Versuch dir das ruhig selbst einzureden, Bolt! Ich kenne die Wahrheit!« Ich rollte mich auf dem großen Bett zusammen, genau in der Mitte, ich war nicht gewillt, mit Jon zu teilen.

*

Tamara keuchte, während Nate immer noch an ihren Haaren zog. »Wie kannst du nur? Ich dachte, du kennst Aylin, also wie kannst du nur?«, fauchte sie wütend und versuchte, nicht in Tränen auszubrechen. Der Schmerz an ihrer Kopfhaut war unerträglich. Nicht nur fühlte es sich an, als würde er ihr die Haare ausreißen, nein, aus irgendeinem

Grund fühlte sie sich betrogen, verraten und auf eine komische Art auch verkauft, von Aylin verkauft. Verkauft an jemanden, der sie töten wollte.

»Verflucht noch mal, Nate, hör auf damit und bring sie einfach um! Sie hat es nicht verdient, so von dir behandelt zu werden!«, fauchte Lilly, die alte Frau, bevor sie Nate schon beinahe von ihr wegriss.

Für einen kurzen Moment hatte sie sogar die Hoffnung, dass sie nun gerettet war, doch leider hatte sie falsch gedacht.

Nate löste sich nur kurz von ihr, bevor er sich ihr wieder zuwandte und …

KAPITEL 24
16 Jahre später

Dovelynn Bolt wurde von dem Piepsen ihres Weckers geweckt. Sie rollte sich in dem schmalen Feldbett herum und stellte den Wecker aus.

Einige Minuten blieb sie liegen und hörte ihren Klassenkameraden beim Aufstehen zu. Das Schnauben, Schnaufen, Trampeln und Knurren war eine willkommene Art aufzustehen, zumindest empfand es die 16-jährige Jägerin als eine angenehme Art aufzustehen. Sie streckte sich noch einmal, wobei einige Knochen knackten, bevor sie sich wieder zusammenrollte. Sie mochte die Vertrautheit der Reynolds School for young gifted sehr.

Schließlich war sie hier großgeworden. War hier aufgewachsen, hatte hier trainiert und hatte hier herausgefunden, dass ihr Bruder nicht ihr Bruder war. Ihre Mutter nicht ihre Mutter und ihr Vater nicht ihr Vater war.

Nein, ganz im Gegenteil, ihr Bruder war ihr Adoptiv-Cousin, ihre Mutter ihre Tante und ihr Vater ihr Onkel mütterlicherseits. Sie hatte in ihren ganzen 16 Jahren ihres Lebens immer wieder Geschichten von ihrem Vater gehört.

Shayne Reynolds, gefangen in der Hölle. Und ihre Mutter …

Naja, das einzige, was sie von ihr hatte, war ein Bild von ihr. Mehr nicht! Egal wie oft sie ihren Onkel auch angefleht hatte, er hatte immer wieder nein gesagt, wenn sie ihn versucht hatte, über Tamara auszufragen.

Noch nie hatte er sie angeschrien, noch nie. Bis zu dem Tag, an dem sie immer wieder versucht hatte, mit ihm zu reden, über sie! Er hatte sie zu dem Zeitpunkt zum ersten Mal angeschrien mit Tränen in den Augen. Danach hatte er eine Woche lang nur das Nötigste mit ihr gesprochen. »Hey, aufstehen, Schlafmütze!«, Britney Appel riss die Tür zu ihrem Zimmer auf. Das ältere Mädchen trug ihre goldenen Wolfsaugen zur Schau, wie immer an Vollmond. Sie trug den blauen Blazer mit einem blau-schwarz-karierten Rock dazu. Die typische Schuluniform.

»Ich dachte, du schläfst noch, Dovielein …«, grinste die Hybridin auf sie hinunter und hielt ihr die Hand hin.

»Was muss ich dir zahlen, damit ich diesen albernen Spitznamen wieder loswerde?« Sie überlegte kurz, einer ihrer Finger mit den dunkelrot lackierten Fingernägeln, spielte mit einer ihrer blonden Haarsträhnen. Dove starrte zu der Wölfin auf, die sie nun angrinste. »Oh Dovielein, den wirst du nie wieder los!«, lachte die Ältere, bevor sie die Rothaarige aus dem Bett hochzog. »Und jetzt mach dich fertig, sonst kommst du noch zu spät zum Unterricht.«

»Im Gegensatz zu dir, Britney, muss ich nicht zur Schule, meine Schule hat etwas, was sich Sommerferien nennt.«, grinste Dove triumphierend. »JA, aber auch erst in einer Woche.« Nach Brittneys Ansprache schlurfte sie müde aus ihrem Zimmer, das sie seit gut 15 vielleicht aber auch 14 Jahren ihr Eigen nannte. Sie schlurfte ins Gemeinschaftsbadezimmer der Mädchen, wo sich noch zwei neue Wölfinnen schminkten, ein schon echt verstörender Anblick, allerdings waren Wölfe so wie Werwölfe sehr stolze Tiere/Wesen und anscheinend gehörte dazu auch, dass das Make-Up eines Teenagermädchens perfekt saß.

Ihr Onkel hatte es ihr mehr als einmal versucht zu verklickern. Die beiden musterten sie herabfällig. Nur weil sie ein Mensch war, hieß das noch lange nicht, dass man sie wie Dreck behandeln konnte. Oh nein, aber das würden die beiden schon früh genug lernen. Eine der beiden knurrte sie sogar an, als sie ihr nur ein bisschen zu nahe kam.

Doch Dove konnte sich ein Grinsen nicht verkneifen, bevor sie ihre Haare bürstete. Dove hatte lange mit ihrem Onkel darüber diskutiert, ihre Haare zu färben, da sie das Rot für eine lange Zeit gehasst hatte. Es hatte sie noch mehr von den Schülern der Schule unterschieden.

Doch nun hatte sie es mit der Zeit lieben gelernt. Die meisten ihrer Menschen-Freunde fanden das Rot sogar sehr schön.

Sie band ihre Haare zu einem hohen Pferdeschwanz hoch, danach putzte sie sich noch die Zähne, während Wolf Miststück#1 und Wolf Miststück#2 darüber redeten, wie heiß doch der Alpha war. Wolf Miststück#1 meinte laut kundtun zu müssen, dass sie den Alpha für sich gewinnen würde.

Daraufhin musste Dove lachen, ihr Lachen hallte an den weißen Wänden des Waschraums laut zurück. Die beiden Wölfinnen schienen davon gar nicht begeistert zu sein.

Nein, ganz im Gegenteil, die eine packte sie und drückte sie gegen die Wand. »Was lachst du so, Mensch?«, knurrte sie, doch Dove wandte sich einfach nur aus dem Griff der Wölfin. Mit einem letzten Grinsen tätschelte Dove ihr die Wange, bevor sie sich aus dem Staub machte. Sie hatte einfach viel zu viel Spaß daran, die Werwölfe an Vollmond zu nerven. Zumindest wenn sie das konnte. Sie ging ja selbst auf ein Menschen-Internat in Kanada. Auch wenn die Entscheidung ihrem Onkel extrem schwergefallen war.

Er hatte ja schließlich selbst eine Schule, die er führte, auf die sie doch auch gehen konnte. Doch ihre Tante hatte ihm den Gedanken möglichst schnell ausgetrieben. Sie zog sich eine einfache dunkelblaue Jeans an, die, weil sie so oft hingefallen war, sei es nun, weil sie geschupst worden war oder einfach so, Löcher an den Knien und Oberschenkeln hatte.

Zudem zog sie ihren Lieblings-Hoodie an, einen schwarzen, ganz weichen Hoodie, der eigentlich Sudhir gehörte. Sie hatte ihm den Hoodie vor einem Jahr geklaut und seitdem einfach nicht zurückgegeben. Sie sprang fröhlich vor sich hinpfeifend die große Treppe hinunter und lief in den Speisesaal, wo sich schon alle Werwölfe versammelt hatten. Sie alle schwatzten und aßen.

Sie fand schnell den blonden Haarschopf von Rea und auch Britney fand sie schnell in der vollen Halle. Die Hausmutter kam mit strengem

Blick auf sie zu. Natürlich, sie war neu und erst dieses Jahr angestellt worden, sie kannte Dovelynn einfach noch nicht. Wusste nichts über sie, weder wer sie war, sonst noch irgendetwas.

Sie hatte Texas ja auch schon mit zehn Jahren offiziell verlassen, um nach Kanada zu gehen. Dass sie nicht nur dort war, um zur Schule zu gehen, wussten die wenigsten. Jon, ihr anderer Onkel, lebte dort, er war nach dem Tod ihrer Mutter untergetaucht und lehrte sie, sehr zum Missfallen von Onkel Dean, das Jagen. Naja, zurück zum Thema Hausmutter, die sie wutschnaubend anstarrte, als wäre sie ein Alien. »Es herrscht Uniformpflicht an dieser Schule, Miss ... Auch wenn Sie neu sind, müssen Sie sich an die Vorschriften halten!«

»Oh nein, danke, Mrs., muss ich nicht, ich gehe hier ...«

Sie wurde von einer männlichen Stimme unterbrochen, die laut durch den ganzen Saal brüllte, »Ey, Dove, ist das mein Hoodie?!«, ihr Bruder und Alpha des Rudels kam mit großen Schritten auf sie zu.

Sudhir hatte dunkelbraune, fast schwarze Haare, seine Haut hatte immer einen leichten Braunton und seine schokoladenbraunen Augen strahlten so gut wie immer Wärme aus.

Er war groß, wirklich groß, aber schlaksig, er musste nicht viele Muskeln haben, um zu beweisen, dass er ein guter Alpha war. Er war gut im Kämpfen, egal ob nun in Wolfsform oder aber in Menschengestalt. Er hatte sein Rudel unter Kontrolle, was das wichtigste war.

Besagter Alpha schritt an der Hausmutter vorbei und schlang die Arme um Dove. Er vergrub sein Gesicht an ihrem Hals und sog ihren Geruch ein. »Du bist endlich mal wieder zu Hause.«, murmelte er gegen ihren Hals. »Wann bekomme ich eigentlich meinen Hoodie wieder?«

»Du bekommst deinen Hoodie niemals wieder, Sudhir!«, grinste sie, während sie der Hausmutter, die nun noch verwirrter aussah, die Hand hinhielt. »Ich bin Dovelynn, Dovelynn Bolt!«

Die Hausmutter schien immer noch nicht ganz zu verstehen, warum sie denn nun keine Schuluniform trug.

»Ich bin über die Sommerferien hier!«

»Wann bist du angekommen?«, fragte Sudhir in ihren Nacken, seine Nase wanderte ihren Nacken auf und ab. Auf einen Außenstehenden musste das wohl sehr komisch wirken, doch für Dove war es normal. Sudhir nahm nur ihren Geruch auf und hinterließ gleichzeitig seinen und den Geruch des Rudels wieder an ihr. So, dass fremde Werwölfe wussten, dass sie zu seinem Rudel gehörte, es war eine einfache Kopfsache.

»Gestern Nacht. Britney hat mich reingelassen, Mum und Dad wissen noch nicht, dass ich wieder da bin.« Mum und Dad, auch wenn Sudhir nicht ihr Bruder war, nannte sie ihn trotzdem Bruder und Lotta und Dean hatten sie aufgezogen, darum würden sie für Dove immer Mum und Dad bleiben, zumindest wenn sie mit Sudhir sprach oder mit Jon. Aber für alle anderen war es immer Tante und Onkel. Sudhir nickte, bevor er sie losließ und sich zu der Hausmutter drehte.

»Sie ist hier willkommen!«, er sah vielleicht die Hausmutter an, doch er redete mit dem ganzen Rudel. Die, die schon länger hier waren, wussten das natürlich schon, doch er machte damit auch den Neuzugängen klar, dass egal, ob sie nun zum Rudel gehörten oder nicht, sie Dove mit Respekt zu behandeln hatten. Dove fand das Ganze eher nervig, was hätte sie doch für eine gute Rauferei mit ein paar störrischen Welpen gegeben. Immer nur Vampire zu jagen, war extrem langweilig, aber davon gab es in Kanada nun einmal die meisten. Die Hausmutter nickte bloß stumm und trat einige Schritte zurück.

Als sich auf einmal zwei Arme von hinten um sie schlangen. Ohne es wirklich zu wollen, fuhr sie mit den Händen nach hinten in Richtung der Augen des Angreifers. Trat der Person gleichzeitig heftig auf den Fuß und packte sie am Arm, als die Person sie losließ, und fuhr zu der Person herum, einen Arm fest gegen die Kehle der Angreiferin gedrückt. Erschrocken starrte sie ihre Mutter an. Lotta Bolts Haare, die sonst so schön braunblond gewesen waren, hatten sich in dem einen Jahr, in dem sie weg war, zu einem grauen Lockenkopf entwickelt.

Die Lachfalten um ihre Augen schienen nun permanent dort zu sein und auch die Falten um ihren Mund verschwanden nicht mehr so wirklich. »Du bist alt geworden!« Ihre Mutter schnaubte. »Und du tauchst hier auf, ohne Bescheid zu sagen! Und diese blauen Strähnchen sind wohl der letzte Schrei bei Jägern, oder etwa nicht?« Dann zog ihre Mutter sie in eine Knochenbrecher-Umarmung, vor der selbst der gemeinste Vampir Reißaus nehmen würde. Doch sie konnte sich nur in die Umarmung ihrer Mutter schmiegen. Sie hatte das vermisst.

Ihre Mutter ließ sie nach einer Weile los. »Mrs. Carpenter, ich kümmere mich um Dovelynn, Sie passen bitte auf die Kinder auf.« Schon zog ihre Mutter sie durch das große Anwesen der Reynolds School. »Wieso bist du hier, Dove?«, fragte Lotta

Bolt sie verwirrt. »Ich, naja, da war die Sache mit dem Vampir in Kanada. Henry, ein echtes Arschloch … Naja, der war eigentlich recht süß … Aber er wollte mich töten. Und davon abgesehen hat er etwas von einem König geredet.

Als Jon davon erfahren hat, ist er durchgedreht und hat mich in den nächsten Flieger hierher gesteckt. Obwohl ich eigentlich noch eine Woche Schule habe, kannst du dir das vorstellen?«, fragte sie Lotta schnippisch, bevor sie ihre Haare zurück über ihre Schulter warf. Sie verschwieg ihr lieber mal, dass Henry nicht nur irgendein Vampir war, sondern die rechte Hand des Vampir-Königs, der wohl momentan in Kanada lebte. Oder zu Besuch war, was auch immer.

Jon war durchgedreht, als er davon gehört hatte, und hatte sie nach Hause zurückgeschickt ohne eine Erklärung, warum er sie nun wegschickte. Er hatte sie ja noch nicht einmal ordentlich angesehen, er hatte ihr immer nur kurze Blicke zugeworfen. So als wollte er überprüfen, ob alles in Ordnung sei.

Aber gleichzeitig so, als hätte er Angst, ihr in die grünbraunen Augen zu gucken. Jon hatte oft gesagt, dass sie das Talent ihres Vaters hatte, was das Jagen betraf, und das Talent, sich in Schwierigkeiten zu bringen, hatte sie wohl von ihrer Mutter.

Lotta stoppte kurz und warf ihr nun auch genau so einen Blick zu, den Jon ihr zugeworfen hatte. »Ok, was soll der Mist?! Habe ich etwa einen Hundewelpen getreten oder warum guckst du mich so an?«, fauchte sie nun ihre Mutter wütend an. »Ich weiß nicht, wovon du redest, Dovelynn!«

»Dove reicht vollkommen aus, Ma, wie oft denn noch?«, zischte Dove wütend zurück. Henry würde sich bestimmt jetzt gut amüsieren, wenn er die gefürchtete Jägerin sehen konnte. Sie schüttelte über ihre eigenen Gedanken den Kopf. Was interessierte sie schon ein Vampir, der ohnehin weit, weit weg war. Sollte er doch irgendeinem anderen Jäger auf die Nerven gehen. Schon standen sie vor der vertrauten Tür, das Büro ihres Vaters, ... ihre Mutter öffnete die Tür, ohne anzuklopfen.

»Ach, und du dachtest, es wäre nicht wichtig, oder was?!«, hörte sie die ziemlich wütende Stimme ihres Vaters laut brüllen. *Na, ganz toll.* Sie schlenderte einfach weiter in das Zimmer hinein.

Ihr Vater stand mit dem Rücken zu ihr an der großen Fensterfront. Auch seine braunen Haare hatten einen silbernen Schimmer bekommen. Zudem war sein Haar etwas ausgedünnt, wofür nicht nur die Werwölfe und Hexen verantwortlich waren, die hier zur Schule gingen. Nein, leider nicht nur die, sie war schließlich so gut wie

jede Nacht unterwegs, um Untote aus ihren Grä-
bern zu holen. Die Vampire, die sich gerade erst
verwandelt hatten, waren die einfachsten. Sie gruben sich selbst wieder aus und konnten dann nur
noch daran denken, jemand anderem die Kehle
aufzureißen und sich satt zu trinken.

Die älteren, so wie Henry oder der König, liefen auch am Tag herum, da sie nicht wie die Jüngeren das Problem mit der Sonne hatten. Ein Vampir,
der frisch verwandelt war, verbrannte zwar nicht
in der Sonne, aber es schmerzte sie doch sehr
schlimm. Wohingegen die älteren Vampire kaum
ein Problem mit der Sonne hatten. Mit der Zeit
ging das einem echt auf die Nerven, wenn Henry
beschloss, einen zu nerven. Vor allem in einer
reinen Mädchen-Schule, auf die sie von Dean geschickt worden war, fiel der blonde Vampir auf.
Da konnte er noch so lange Haare haben, man erkannte ihn trotzdem.

Als Jon erfahren hatte, dass ihr ein Vampir
nachstellte, hatte er sich sehr lange mit ihr und
Onkel Nine gestritten, der an dem Abend gerade
von einer Geschäftsreise, wie er seine Ausflüge in
die Hölle nannte, wiedergekommen war. »Hör zu,
Lucy, ich weiß nicht, was momentan vor sich geht,
aber ich kann dir versichern, dass nicht nur die
Dämonen verrücktspielen. Nate ist wieder auf-

getaucht. In Kanada bei Dove …« Er drehte sich um, so als hätte er gewusst, dass sie dort stand.

»Lucy, ich muss auflegen!«

»Was war das, Dad?« fragte Dove mehr spöttisch als alles anderes.

»Was meinst du, Dovelynn?«

»Ich dachte, du hättest keinen Kontakt mehr mit Lucy Fairchild, nicht seit Tamaras Tod?«

»Es geht dich nichts an, Dovelynn!«, brummte ihr Vater.

Die Rothaarige wusste nicht, warum sie heute so kratzbürstig und unausstehlich war, aber sie war es einfach. Hatte vielleicht mit den zwei Schnepfen im Bad zu tun. Oder vielleicht auch mit Henry und seinem bescheuerten Lächeln, der ihr nicht mehr aus dem Kopf ging.

Oder vielleicht war es auch einfach nur das Verhalten von Onkel Jon. Diese Geheimnistuerei, so wie nun auch ihr Vater, so als wüssten sie etwas, was sie nicht wusste, was sie nicht wissen sollte.

Es nervte sie so unglaublich doll, sie wusste nicht einmal, wie sie handeln sollte. Deshalb wurde sie höchst wahrscheinlich auch zickig und reagierte gereizt.

KAPITEL 25
Der Name ist Dovelynn Reynolds

Die Sonne stand genau auf das Fenster des Büros, somit wirkte ihr Vater in dem sonst so hellen und freundlichen Raum wie ein dunkler Schatten. »Dove!«

Mit zwei großen Schritten war er bei ihr und schlang die Arme um sie, um sie auch in eine knochenbrechende Umarmung zu ziehen. »Ich habe mir Sorgen gemacht, als du nicht angerufen hast! Und die Leitung bei Jon ist tot. Zudem geht niemand bei dir im Internat ran. Ich dachte schon, er hätte dich gefunden!«, redete ihr Vater so hastig auf sie ein, dass er schon über die Worte stolperte.

»Dad, Dad, bleib ruhig und wovon redest du bitte?«, fragte sie ihn verwirrt, als sie sich ein bisschen von ihm wegschob. Ihre schwarzen No-Name-Schuhe waren noch mit Blut besudelt, man sah auf dem dunklen Stoff doch sehr gut die dunkelroten Flecken, da Jon sie direkt zum Flughafen gebracht hatte. Er hatte ihr keine Zeit gelassen, als sie sich umziehen wollte. Mit der Begründung sie hätte ja sowieso noch genug Anziehsachen in der Schule. Tja, nur hatte sie keine Schuhe mehr hier stehen. Sie musterte den dunklen Teppich, der neu sein musste, da der Teppich davor hellgrau gewesen war, und sie, als sie klein gewesen war, mit Sudhir immer auf dem Teppich gespielt hatte. Doch der dunkle Teppich musste neu sein und eigentlich wäre Dove nur sehr ungern auf den Teppich getreten, aber nun stand sie sowieso schon drauf. »Dad?«, fragte sie ihn nach einer Weile, als er nicht antwortete.

»Alles gut, Schatz, du brauchst dir keine Sorgen zu machen … Zudem habe ich noch viel zu tun, also, wie wäre es, wenn du einfach in den Unterricht gehst und wir treffen uns heute Nachmittag!«, meinte er zu ihr. An sich war Dean immer schon ein guter Lügner gewesen, sogar so gut, dass nicht einmal die Werwölfe es mitbekamen, wenn er log. Doch die Lüge hätte selbst ein dreijähriges Kind mitbekommen.

Doch Dove nickte nur, sie wusste, dass es keinen Sinn hatte, nun mit ihm zu streiten. Er hatte ein Geheimnis und wenn sie ehrlich war, war das okay. Wenn er unbedingt wollte, bitte, es war nicht ihr Problem. Auch wenn sie irgendwo in ihrem Hinterkopf wusste, dass er früher oder später mit der Wahrheit herausrücken musste. Sie zwang sich ein Lächeln auf die Lippen. »Ich habe aber Ferien!«, teilte sie ihm zuckersüß lächelnd mit.

»Nein! Dove! Du musstest aus Kanada weg. Das sind keine Ferien … Zudem bist du noch minderjährig. Jägerin oder nicht, du gehörst in die Schule. Es sieht momentan sowieso nicht so aus, als würdest du in naher Zukunft zurück nach Kanada gehen.«

»Aber … aber«

»Kein Aber, Dovelynn.« Wütend schnaubte sie auf. »Meinetwegen, wenn es unbedingt sein muss. Aber wir reden heute Nachmittag und versuch es noch einmal bei Jon. Ich traue der Sache nicht.«, murmelte sie, bevor sie sich umdrehte, um zu gehen, ihre Mutter legte ihr eine Hand an die Schulter. »Dove. Er will dir doch nur helfen.«

»Indem er mich anlügt? Und mich zwingt, hierzubleiben?! Mum, ich hätte den Vampir-König fast gehabt.« Hätte Henry sich nicht dazwischengeworfen, hätte sie ihn erwischt, da war sie sich sicher.

»Das ist aber nicht deine Aufgabe!«, knurrte Lotta nun auf einmal doch ziemlich wütend, bevor die ältere Frau sie bestimmt aus der Tür schob.

»Na schönen Dank auch!«, fauchte Dove, als die Tür des Büros vor ihrer Nase zugeschlagen wurde.

Seufzend lief Dove den Gang des alten Haupthauses entlang. Sie wusste nur eins, sie würde nicht zum Unterricht gehen, eher würde sie in das Waldstück hinter der Schule gehen, das die Werwölfe heute Nacht besetzen würden für ihre Verwandlung und ein bisschen laufen gehen.

Vielleicht würde es ihr helfen, ihren Kopf freizubekommen. Sie wusste nicht, was mit ihr los war, aber sie benahm sich einfach biestig, was sie selbst nicht leiden konnte. »Das ist nicht der Weg zum Klassenzimmer, Miss Bolt!« Die Hausmutter kam aus einer der vielen Türen des mit Kirschholz ausgelegten Ganges.

»Ah Mrs… Wie auch immer, ich gehe nicht zur Klasse. Ich habe Besseres zu tun! Also bye!« Schon wollte sie an der Frau vorbeigehen. »Nur weil du eine Jägerin bist, heißt das noch lange nicht, dass du vom Unterricht freigestellt bist!«, meinte die Hausmutter kundzugeben. Ihre Stimme war rau, so als hätte sie, als sie jünger war, zu viel geraucht. Aber gleichzeitig war ihre Stimme zu hoch für Doves Geschmack. »Oh doch, genau das heißt es!«, grinste Dove. Als sie um die Frau herumtreten wollte, packte die Frau sie und grinste sie auf einmal an. Ihre Pupille schien sich auszubreiten, bis ihr ganzes Auge rabenschwarz war. »Als der Lord meinte, deine Mutter wäre doch nicht die eine, habe ich mich gefragt, wer die wahre Eine sein sollte. Ich muss sagen, ich mochte deine Mutter lieber, du bist, naja, nur ein jammernder, zickiger Teenager!«, grinste die Hausmutter immer noch so gruselig, bevor sie sie auf einmal losließ. Ihre Augen rollten nach hinten in ihren Kopf.

Das Ganze ging so schnell, dass Dove kaum die Zeit hatte, das zu verarbeiten, bevor die Hausmutter zusammenbrach und vor ihre Füße fiel. Eine rauchige Gestalt löste sich von ihrem Körper. Sie hatte die Form eines Mannes, der sie angrinste, bevor sie durch das Fenster rechts von ihr verschwand. »Ach du heilige Scheiße …«, flüsterte Dove, bevor sie sich langsam zu der Frau hinunterbeugte, um ihren Puls zu fühlen.

Der Puls war vorhanden, was ein Glück. Doch bevor sie um Hilfe rufen konnte, wurde ihr Handgelenk gepackt und die Hausmutter zog sich an ihr hoch. »Was suchen Sie denn noch hier, Miss Bolt?«, fragte sie sie genauso scharf klingend wie zuvor.

»Bin schon weg!«, damit riss sie sich von der korpulenteren Frau los und eilte an ihr vorbei. Was suchte ein Dämon in der Schule? Noch wichtiger, warum sollte er so etwas sagen? Und woher zur Hölle kannte er ihre Mutter? Dove stoppte mitten im Schritt, die logen sie hier doch alle nach Strich und Faden an. Zuerst Jon und jetzt auch noch Dean. Sie musste herausfinden, was es mit all dem auf sich hatte. Also bog sie links ab in Richtung der schuleigenen Bibliothek. Sie war noch nie gut darin gewesen zu lernen. Selbst an ihrer Schule schrieb sie meistens Fünfen, mit etwas Glück mal eine Vier.

Sie hatte genau eine 1 und das war in Sport. Was nicht schwer war, laut Jon lag ihr das Jagen einfach im Blut. Doch sogar die drohte zu kippen durch das ständige Schuleschwänzen, um auf der Jagd zu sein. Also ja, ihrer Karriere als Jägerin stand eigentlich nichts im Wege, aber dafür würde sie wohl nie studieren oder einen anderen Berufsweg einschlagen können, sollte sie das denn jemals wollen.

Zumindest nicht laut ihren Noten. Verflucht noch eins, was würde sie nicht alles für ein paar gute Noten geben und für einen blonden Vampir, der sie nicht nervte. Aber das Leben war ungerecht und schlug ihr immer wieder die Tür vor der Nase zu, also musste sie wohl einfach durch das nächstbeste Fenster einsteigen! Sie öffnete die Tür zur Bibliothek.

»Dovelynn!« Schon kam Miss Calnder, eine alte, verrunzelte Frau um einige Lerntische herum. Sie musste sich mehrmals an einem der Tische abstützen, als sie auf sie zugewackelt kam.

»Oh, ich habe dich vermisst, Kind. Was suchst du denn hier?«, fragte sie, bevor sie die Arme um Doves Hüfte schlang und sie fest an ihre knochige Brust zog. Die grauen, lockigen Haare der Frau hatte sie zu einem Dutt aufgesteckt und ihre hellblauen Augen hatten immer noch denselben lebensfreudigen Glanz darin. Dove fühlte sich endlich wieder wie zu Hause. »Oh, Miss C., es ist so schön, Sie wiederzusehen. Sie sind zum Glück ja immer noch super fit unterwegs!«, lächelte nun auch Dove, bevor sie sich von der alten Dame löste.

»Also, was verschlägt dich hierher, Kind, zwischen die staubigen Wände einer Bibliothek, die seit … bestimmt fünf Jahren niemand mehr betreten hat!«, fragte Miss C. sie nun lächelnd.

»Nachforschungen!«, flüsterte Dove ihr verschwörerisch zuzwinkernd zu. Die alte Frau lachte und schob sich wieder an ihr vorbei. »Und wie sind die neuen Schüler so?«

»So wie die letzten starren sie mich an, als wäre ich ihr nächstes Mittagessen. Aber nicht mit mir! Das können die sich aber gepflegt abschminken, würde den meisten sowieso nicht schaden.«

»Du musst ihnen verzeihen. Sie wissen noch nicht, wo ihr Platz ist, und du weißt doch, dass es echten geborenen Werwölfen schwerfällt, sich an den Gedanken zu gewöhnen, dass ein Mensch über ihnen in der Nahrungskette steht. Es war niemals so, nie in einem Rudel stand ein Mensch über ihnen.«

»Ich weiß ja und ich kann das auch akzeptieren, würden sie mich wenigstens in Ruhe lassen und nicht angucken, als wäre ich ein Hamburger oder sowas. Da habe ich noch weniger Probleme mit den Vampiren, die ich jage. Die muss ich wenigstens nicht ertragen, die kann ich einfach umbringen.«, protestierte sie vehement gegen Miss C.'s Ansicht.

Werwolf hin oder her, jeder verdiente es so zu leben, wie er oder sie es wollte. Außer Vampire, die nun wirklich einfach nur nervig waren. Ja, ihr gingen die verfluchten Blutsauger einfach nicht mehr aus dem Kopf. Egal wie sehr sie es auch versuchte, Henry ließ sie einfach nicht mehr los, egal wie oft sie versucht hatte, ihn in den letzten Jahren zu vergessen.

Es ging nicht, der Blutsauger hatte sich in ihrem Kopf festgesetzt. Sie schüttelte den Kopf und eilte die kleine Holztreppe hoch in den zweiten Stock der Bibliothek. Sie schob sich zwischen den eng-stehenden Bücherregalen hindurch auf der Suche nach einem bestimmten Buch.

»Aha!«, entkam es ihr triumphierend, als sie das kleine, in dunkelrotes Leder geschlagene Buch aus dem Regal zog, auf den Einband war in gol-denen Lettern geprägt worden: Besessenheit und verschiedene Arten des Exorzismus von Dämo-nen von James R. Flower. Langsam lief sie damit die Treppe wieder hinunter, während sie schon begann, die erste Seite zu verschlingen.

»Kann ich das mitnehmen?« Sie hielt das Buch gerade so hoch, dass Miss C. allerhöchstens etwas Rotes sehen sollte, aber nicht den Titel. Gott be-wahre, man würde Dove dafür vierteilen, sollte man sie mit so einem Buch finden. »Natürlich, Liebes, bring es aber wieder, sobald du fertig bist.

Und pass auf, dass du kein Essen als Lese-zeichen benutzt. Weißt du, die letzte Leserin, die mir ein Buch wiedergebracht hat, hatte eine Salamischeibe als Lesezeichen benutzt. Es war eine wunderschöne Erstausgabe von **Wenn die Sterne fallen**. Ich musste es wegschmeißen, da ich die Salami nicht mehr von der Seite entfernt bekommen habe.«, seufzte sie wohl mehr zu sich selbst als zu ihr.

Dove fand es dennoch unerhört, so etwas machte man einfach nicht mit Büchern. »Danke, Miss C., ich verspreche hoch und heilig, Ihr Buch gut zu behandeln und Lebensmittel davon fernzuhalten.«, schwor sie der Bibliothekarin, bevor sie mit dem Buch aus den heiligen Hallen des Wissens stürmte.

Sie würde Antworten finden. Antworten auf das, was der Dämon meinte, so wie auch Antworten, weshalb sie Nate so sehr fürchteten. Er war nur ein Blutsauger, sie war schon mit Schlimmerem fertig geworden. Zumindest mochte sie es, das zu denken. Auch wenn Henry und dass er lebte, allein schon genug Beweis dafür war, dass sie nicht gut genug war. Sie war nicht mal ansatzweise so gut wie der große Shayne Reynolds, der so viele Dämonen umgebracht hatte. Und sie, naja, sie kam noch nicht einmal mit einem einzigen Vampir klar. Denn genau dieser Vampir ging ihr einfach unter die Haut.

Ja, noch schlimmer, sie hatte begonnen, ihn zu mögen, seine bescheuerte Art. Ja sogar, dass er ihr egal wohin folgte, um sie zu nerven. Ja, aber am meisten hasste sie sich selbst für ihre Gefühle. Sie sollte ihn nicht mögen, nicht so, oder am besten gar nicht auch nur an ihn denken. Doch dieser bescheuerte Vampir hatte sich in ihrem Kopf und in ihrem Herz eingenistet und nun wurde sie ihn nicht wieder los. Niemals wieder.

Ihre Füße schlugen über den Boden des Waldes immer wieder im selben Rhythmus, ihr Atem ging entspannt, während sie sich nur auf das Laufen konzentrieren musste, damit sie über keine Wurzel stolperte. Sie mochte die Stille, die sie hier genoss, den Frieden des Waldes. Sie wusste, dass es hier draußen genauso gefährlich war wie überall auf dieser Welt, doch sie wusste, wie man sich verteidigte. Sie war vielleicht keine vom Jägerverband anerkannte Jägerin, aber sie war von einem der besten Jäger gelehrt worden. Sie wurde immer langsamer, als sie an der Lieblingsstelle des Waldes ankam.

Ein kleiner Bach führte durch den Wald und auf einer großen Lichtung floss er in einen kleinen Tümpel, der groß genug war, damit einige Leute sich im Sommer darin abkühlen konnten. Oder im Winter darauf Schlittschuh laufen konnten. Sie ließ sich auf einem etwas größeren Felsstück nieder, das über das Wasser ragte. Man konnte ganz wunderbar von dem Felsen ins Wasser springen.

Langsam öffnete sie ihre Umhängetasche und holte das Buch heraus, um es aufzuschlagen. Sie begann, langsam zu lesen. Ihre Finger fuhren andächtig über die dünnen Seiten. Das Buch war ungefähr so alt wie sie, wenn nicht glatt etwas älter. Sie verlor sich langsam in den Seiten des Buches. Sie merkte noch nicht einmal, wie sich jemand, oder besser gesagt etwas, an sie heranschlich. Der Höllenhund starrte das Mädchen an. Das war unmöglich, Tamara Reynolds war tot und die Prophezeiung sollte somit zerstört sein, richtig?

Doch da saß nun dieses Mädchen und eine Macht ging von ihr aus. Eine Macht, die der Hund noch nie zuvor gefühlt hatte, eine Macht, so grausam und stark wie Lucifer selbst.

Der Höllenhund schnüffelte noch einmal an ihr, um ihren Geruch aufzunehmen, bevor er sich langsam umdrehte und wieder von der Lichtung verschwand. Der Höllenhund wusste nur eins, er würde seinen Meister wieder befreien mithilfe dieses Mädchens, mithilfe von Dovelynn Reynolds.

Das Spiel war noch nicht verloren.

Nein, das Spiel schien gerade erst anzufangen und er war ganz vorne mit dabei. Er legte seinen Kopf nach hinten in den Nacken und ließ ein triumphierendes Heulen hören. Der Sieg seines Meisters war noch nicht verloren, nein, ganz im Gegenteil, nun war er zum Greifen nah.

Dove schloss die Augen und versuchte, sich möglichst nur auf die Stille zu konzentrieren. Ihre Nackenhaare hatten sich aufgestellt und auf einmal fühlte sie sich gar nicht mehr sicher hier. Sie wusste nicht, was es war, aber sie sollte sich möglichst schnell wieder auf den Rückweg machen.

Schnell rappelte sie sich auf und stopfe das Buch zurück in ihre hellgraue Umhängetasche. Bevor sie diese hochnahm und mit eiligen Schritten zurück Richtung Schule ging. Nicht ahnend, dass nicht nur ein Höllenhund ihre Fährte aufgenommen hatte. Nein, auch etwas anderes war auf ihren Fersen oder besser gesagt jemand anderes. Die Tür zur Eingangshalle öffnete sich mit einem Quietschen, als sie in den Speisesaal ging, wo gerade gegessen wurde. Sie entdeckte ihren Bruder so wie Britney und Rea sofort, die beiden Beta-Wölfinnen saßen jeweils rechts und links von ihrem Bruder.

Sie lief auf den Tisch zu, einige Werwölfe, die Neuzugänge hauptsächlich, knurrten sie an oder schnappten sogar nach ihr, doch Dove lachte nur und wich ihnen mit Spaß aus. Sie ließ sich zwischen zwei Werwölfe gegenüber von Sudhir fallen und schnappte sich den Apfel, der auf Sudhirs Teller lag. »Hey!« Er versuchte, ihr den Apfel wieder abzunehmen, doch sie lehnte sich aus seiner Reichweite. Sofort war es still am ganzen Tisch, hätte sich das ein normaler Werwolf geleistet, würde er nun bestraft werden, doch sie war kein Werwolf, sie war vielleicht ein Part des Rudels, doch solche Regeln galten nicht für sie. Sie war immer noch die Schwester des Alphas. Sudhir schüttelte bloß den Kopf. »Du bist unmöglich, Dovie!«

»Fuck! Ich hasse diesen Namen, wie oft soll ich euch das noch sagen, hä?!«, fauchte sie ihn an, bevor sie grinste und sich auf die Bank stellte.

»Hey, ihr Neuen, wisst ihr eigentlich, dass euer Alpha nur einschlafen kann, wenn …« Sie wurde unterbrochen, als die Türen der Halle mit Gewalt gegen die Wände dahinter schlugen.

Im Eingang stand ein Mann in schwarz gekleidet, er trug schwarze Springerstiefel, eine schwarze Skinny Jeans. Einen schwarzen Ledermantel und ein dunkelrotes Hemd darunter.
Seine schulterlangen, blonden Haare hatte er im Nacken zu einem Zopf gefasst, allerdings fielen ihm einige Strähnen in die eisblauen Augen.
»Hallo, mein Herz, hast du mich vermisst?«, grinste der Vampir sie an, seine weißen, noch menschlichen Zähne blitzten im Licht der Sonne gefährlich auf.

»Fuck!«

KAPITEL 26

Sein Name ist Henry und nein, wir sind nicht zusammen!

D ie rechte Hand des Vampir-Königs betrat den Speisesaal der Reynolds School, als würde sie ihm gehören, ein breites Grinsen auf den Lippen. Er zeigte den Werwölfen somit die Zähne und zeigte ihnen somit, dass er keine Angst vor ihnen hatte. Dovelynn ließ sich zurück auf ihren Platz fallen und überlegte, ob sie es schaffen würde mit dem Tafelsilber Henry den Kopf abzuschnippeln, da sie ihre geliebte Machete bei Jon lassen musste.

Bescheuerte Flugregeln. Nicht dass es ihr irgendwie helfen würde, in ihrem Inneren wusste sie, dass, wenn sie einen Knopf drücken müsste, nur damit Henry sterben würde, würde sie es trotzdem niemals tun. Sie hing zu ihrem Leidwesen viel zu sehr an dem Blutsauger. Ihre Mutter würde sich bestimmt im Grab umdrehen.

Der Vampir wurde von der Hausmutter aufgehalten. Naja, sie stellte sich ihm in den Weg. Auch ihr Dad erhob sich und trat an die Seite der

Hausmutter. Doch Henry grinste nun mit seinen Vampirzähnen auf sie hinunter.

Schnell sprang Dove auf und machte einen Salto über die beiden hinweg, sodass sie in der Lücke landete, die zwischen Henry und ihrem Dad war. Henry packte sie um die Hüften und zog sie nahe an sich.

»Hallo, mein Herz!«, er schnurrte schon eher, bevor er sein Gesicht an ihrem Hals vergrub und ihren Geruch einsog.

Sie stieß ihn von sich. »Lass das!«, sie versuchte, stark zu klingen.

Er grinste sie, wenn möglich, noch breiter an, seine Zähne nun wieder normal. »Ach, darf ich meiner Lieblingsjägerin nicht mehr so nahekommen, also ich erinnere mich an Zeiten, da hat dich meine Nähe nicht gestört, mein Herz.«

»Wie oft habe ich dir jetzt schon gesagt, dass du mit diesem Spitznamen aufhören sollst!«, knurrte sie wütend.

Doch Henry schien sie schon gar nicht mehr zu beachten. »Ich bin hier, weil mich Nate schickt.«, nun schien er mit ihrem Dad zu reden.

Er nickte. »Dann solltest du wissen, dass wir keine Vampire hier willkommen heißen, egal ob du nun mit Dovelynn zusammen bist oder nicht! Vor allem aber werde ich keinen Anhänger

von dem Vampir-König dulden, nicht nachdem was Nate meiner Schwester angetan hat!«

»Moment mal, zusammen?! Er hat damit
eine Prophezeiung verhindert! Was wäre
dir lieber, das Leben eines Menschen-
mädchens oder dass tausende Unschuldige,
obgleich Mensch oder Wolf, alle tot wären!«
»Die Prophezeiung ist aber nicht aufgehalten.«
Stille. Totenstille. Man hätte eine Stecknadel fallen hören können.

Henrys eisblaue Augen huschten zu ihr und er
schüttelte den Kopf. »Nein, nicht sie!« Seine Stimme klang verzweifelt, ja schon fast so, als würde
er wirklich etwas für sie empfinden, etwas das
nicht Hass war. Sie selbst schaute zwischen ihrem
Vater und Henry verwirrt hin und her.

Dove verstand nicht, was hier gerade vorging, worüber redeten die beiden denn bitte? Und
warum schaute Henry sie so an, als hätte ihm
jemand gesagt, dass alles, was er liebte, sterben
würde. Dean legte Henry eine Hand auf die Schulter, der Vampir hatte ihn in Sekundenschnelle
gepackt, das wilde Knurren der Werwölfe, das
Dove bis eben nicht einmal wahrgenommen hatte,
wurde lauter, Sudhir war sogar aufgestanden,
seine Zähne gefletscht. Sie griff an, es war höchstwahrscheinlich einfach der Jagdinstinkt, der bei

ihr einsetzte, als sie Henry auf den Rücken sprang und ihm das lächerlich kleine Silberbesteck an die Kehle drückte. Dabei war es noch nicht einmal echtes Silber, sondern eher silbern angemalter Stahl. Dennoch schien es wenigstens etwas zu bringen, denn der Vampir ließ ihren Vater los und zog sie von seinem Rücken.

Er nahm ihr das Messer aus der Hand und musterte es spöttisch. »Damit wolltest du mich also umbringen, ja?«, fragte er sie, seine Augen blitzen dabei spöttisch auf, so als überlege er, ob sie es überhaupt geschafft hätte, ihm damit in die Kehle zu stechen. »Ach, halt doch die Klappe, hätte ich meine Machete, würdest du jetzt nicht mehr lachen!«, schnaubte sie, während sie ihm das Messer aus der Hand nahm. »Wir sollten diese Gespräche besser in mein Büro verlegen Mr. …« Sie beschloss, Henry zuvorzukommen, dann konnte sie wenigstens den Irrtum aus der Welt schaffen, dass Henry und sie zusammen wären. »Sein Name ist Henry und nein, wir sind nicht zusammen!«, grinste sie ihren Vater an, bevor sie zurück zu ihrem Sitzplatz ging und sich zwischen die zwei Werwölfe fallenließ.

Sie nahm ihren Apfel hoch und knabberte daran, aus irgendeinem Grund war ihr der Appetit vergangen. Sie schaute zu Britney, die sie genauso wie ihre Zwillingsschwester breit angrinste. »Was?«, fragte Dovelynn ihre besten Freundinnen schnippisch.

»Also ich finde ihn süß, Vampir hin oder her!«, grinste Rea und wackelte vielsagend mit den Augenbrauen. Sie schmiss den Apfel nach der brünetten Schönheit. Die Werwölfin wich der fliegenden Frucht mit Leichtigkeit aus. Britney lachte unterdessen, bevor sie von Sudhir unterbrochen wurde, der sich zu ihnen gesellte. »Was will ein Vampir so kurz vor Vollmond hier?« »Frag ihn doch, vielleicht wirft er ja so wie seine Freundin mit einem Apfel nach dir!«, prustete Rea los. »Wie oft denn noch, WIR SIND NICHT ZUSAMMEN!«, schrie Dove wütend, bevor sie aufstand, um aus dem Raum zu stürmen.

Sie öffnete die kleine dunkelbraune Tür im rechten Flügel des Hauses. Ihr Zimmer war eins der kleinsten, da sie kaum hier war, beinhaltete es auch nur das nötigste. Es hatte nur einige Bilder an den Wänden hängen. Die meisten auf der linken Seite des Zimmers. Da war ein Bild von ihrer Mutter und ihr, es war vor drei Sommern aufgenommen worden und sie waren zusammen im Schwimmbad.

Dann war da noch das Bild von ihr und Sudhir, sie waren ungefähr fünf Jahre alt und hatten es total cool gefunden, als der jeweils andere zu Halloween zu gehen. Sudhir trug auf dem Bild eins ihrer rosa Prinzessinnenkleider, die sie mit fünf Jahren geliebt hatte. Sie selbst trug sein Lieblings-Bob-der-Baumeister-Shirt und eine ausgewaschene Jeans, die ihr viel zu lang gewesen war. Deshalb hatte Lotta sie ihr auch umgekrempelt. Es war eiskalt an diesem Halloween gewesen und es hatte sogar etwas geschneit. Die Wangen von uns beiden waren rot und dennoch grinsten die beiden in die Kamera, als könnte nichts ihr Glück trüben.

Das nächste Bild war ein Bild von ihr, ihrem Vater und Onkel Jon, es war vor vier Jahren zu Weihnachten aufgenommen worden, deshalb trugen sie auch ganz fürchterliche Weihnachts-Pullover. Dennoch liebte sie das Bild abgöttisch. Sie ließ sich auf ihr Bett fallen und schloss die Augen. Verwirrt riss sie die Augen auf, als sie mit einem lauten Platschen im Wasser landete. Sie war orientierungslos, während sie immer tiefer sank. Sie kämpfte sich ihren Weg zurück an die Oberfläche und sog erstmal Luft in ihre Lungen. »Bist du okay?«, fragte da eine ziemlich geschockte Stimme.

Verwirrt drehte sie sich zu der Person. Eine junge Frau stand da, sie trug eine ausgewaschene

Jeans, ein schwarzes Oberteil und eine dunkelblaue Sweatshirt-Jacke, die sie offentrug.

Ihr blondes Haar hatte sie hochgebunden zu einem hohen Pferdeschwanz, dennoch hatten sich einige Strähnen gelöst und umspielten ihr leicht rundliches Gesicht.

Die schwarze Brille saß ihr etwas schief auf der Nase und ihre braunen Augen musterten sie besorgt. Dove konnte sie nur geschockt anstarren, während sie in dem Bach saß. »Mum?!«, fragte sie keuchend, während sie sich versuchte, aus dem Bach zu kämpfen, die Strömung war doch stärker als erwartet, ihre Mutter legte den Kopf schief, der Blick, den sie Dove zuwarf, war ungläubig und voller Misstrauen. Schlussendlich hatte Dove es aus dem Bach geschafft und stand keuchend auf einer grünen Rasenfläche, hinter ihrer Mutter tat sich ein kleiner Wald auf, der aber sehr freundlichen und einladend wirkte.

»Dovelynn, bist du das?«

»Ne, ich bin deine andere Tochter!«, entkam es Dove viel zu zynisch klingend, ja schon beinahe vorwurfsvoll.

»Natürlich bin ich es, aber Dovelynn nennt mich eigentlich nur Onkel Nine, alle anderen nennen mich Dove.« Sie hielt ihrer Mutter die Hand hin, sie war sich nicht ganz sicher, wie sie ihre tote

Mutter zu begrüßen hatte. Mal ganz zu schweigen davon, wo sie gerade waren, denn das sah nicht mehr wie Texas aus. Ihre Mutter schien jedoch mehr als glücklich zu sein, sie zu sehen, denn sie sprang Dove förmlich an und schlang die Arme um sie. Das erste, was Dove auffiel, war, dass ihre Mutter einen halben Kopf kleiner war als Dove selbst.

Und sie roch nach frisch gemachten Apfel-Pfannkuchen. Dove hätte ewig so stehen bleiben können, doch ihre Mutter löste sich nach einer Weile von ihr. »Du bist groß geworden. Wie lange bin ich jetzt schon tot?« Dove taumelte ein paar Schritte zurück. Sie hätte nicht damit gerechnet, dass ihre Mutter wusste, dass sie tot war, die meisten Geister wussten es ja auch nicht. »F…u…«, sie räusperte sich, um den Kloß in ihrem Hals loszuwerden.

»Fast 16 Jahre.« Tamara seufzte, bevor sie zu einer Brücke ging und sich auf ihr niederließ. »Komm schon her, ich beiße nicht!«, rief sie Dove zu, die ihr nach einigem Zögern über das weiche Gras folgte. »Ist das der Himmel?«, fragte Dove nach einigem Zögern.

»Ein kleiner Teil des Himmels, aber ja, es ist der Himmel.«, antwortete ihre Mutter ihr schon beinahe traurig klingend. Sie hatte eine schöne

Stimme, zumindest fand Dove sie schön, so samt-weich und gleichzeitig rau klingend. »Mum ...«, es war komisch, eine andere Frau als Lotta Mum zu nennen. Schließlich war Lotta ihre Mutter, sie teilten nicht einmal dieselbe Blutlinie, aber diese Frau hatte sie großgezogen. Während Tamara nie da gewesen war.

Okay, sie hatte es sich auch nicht ausgesucht, zu sterben, doch ein kleiner, sehr dunkler Teil in Dovelynn wollte sie dafür hassen. Wäre sie bei ihr geblieben, wäre sie nun nicht tot! Auf einmal krib-belte ihr ganzer Körper. »Dove, ist alles okay?« Alles wurde schwarz. Sie fuhr aus dem Bett hoch und schaute sich in dem schon dunklen Zimmer um. Das Licht des Vollmondes fiel durch das kleine Dachfenster auf ihr Bett und spendete ihr somit etwas Licht.

Draußen hörte sie einen Wolf heulen, also hat-ten sie sich schon verwandelt. Also hatte sie sehr lange geschlafen. Was für ein komischer Traum das doch war. Ein komischer, angsteinflößender Traum, der sich sehr real angefühlt hatte, aber ein Traum blieb ein Traum. Wahrscheinlich ver-suchte ihr Unterbewusstsein nur, ihr etwas zu sagen.

Müde rollte sie sich wieder auf dem Bett zu-sammen und versuchte, etwas Schlaf zu finden.

Doch egal wie oft sie sich nun hin- und herrollte, sie konnte nicht schlafen. Das Heulen der Werwölfe half da auch nicht gerade weiter. Ganz im Gegenteil, es schien sie nur noch nervöser zu machen. Schlussendlich seufzte sie und machte die kleinen Kerzen neben ihrem Bett an. Als sie klein war hatte Dean ihr immer wieder verboten, Kerzen anzumachen. Egal wie oft sie ihn angefleht hatte.

»Feuer frisst Bücher und dann die Vorhänge und bevor du dich versiehst, hat es auch dich mit Haut und Haaren verschlungen.« Sie war 16 Jahre alt, sie bekämpfte Vampire und babysittete in ihrer Freizeit Werwölfe, da würde sie ja wohl auf ein paar Kerzenflammen aufpassen können.

Dove stand auf, um die Tasche holen zu können. Ihre nackten Füße berührten den kalten Kork-Boden. Sie tapste zu ihrer Tasche und griff danach, um sich dann wieder unter die noch warme Decke zu flüchten. Sie zog das Buch aus der Bibliothek aus ihrer Tasche und schlug die Seite auf, in die sie ein neues Tempo gelegt hatte, da sie kein Lesezeichen zur Hand gehabt hatte. Zudem war ein Tempo immer noch besser als eine alte gammelige Salami- oder gar Käsescheibe.

Sie fuhr andächtig über die Seite, bevor sie sich in das Buch vertiefte oder es zumindest versuchte. Dummerweise schien James R. Flower nicht viel von Umgangssprache zu halten. Nein, ganz im Gegenteil, er schien voll und ganz auf geschwollene Schnösel-Sprache zu stehen, die kein Schwein mehr sprach. Seufzend ließ sie das Buch auf ihre rote Biberbettwäsche fallen. Sie begann also doch lieber, ihr Handy aus ihrer Schublade zu kramen.

Nicht geladen. Toll! Sie würde jetzt ganz bestimmt nicht zu ihrem Schrank gehen, nur um ihren Koffer von besagtem Schrank zu ziehen, nicht wenn sie morgen noch menschlich sein wollte, denn eins war klar, die Hexen würden sie dafür verfluchen. Also blieb ihre einzige Option, wohl oder übel wieder einzuschlafen. Tja, bloß das konnte sie nicht ohne ein paar gute ASMR-Videos.

Es war wie eine Sucht, sie konnte ohne das sanfte Geflüster und Fingertippen einer Person nicht einschlafen. Verflucht nochmal, das war doch alles wie verhext. Draußen heulte mal wieder ein Wolf. Sie stand schlussendlich auf und zog ihre Schuhe wieder an, sie wusste nicht einmal, wo sie hinwollte, doch überall schien es gerade besser als in dem kleinen engen und viel zu warmen Zimmer. Wo ihr Traum sie zu erschlagen schien, was ihn noch realer wirken ließ. Sie ging also über den Flur, nur um von einer Person aufgehalten wurde. »Fancy, dir hier zu begegnen!« Sie hätte beinahe laut aufgeschrien, hätte er seine Hand nicht auf ihren Mund gedrückt. Sein großer Körper hatte ihren gegen die Wand gedrängt. Viel zu nahe war er ihr. So nahe, dass sie seinen kalten Atem auf ihrem Gesicht spüren konnte. Seine Haare waren offen, das war das erste, was ihr auffiel, der sture Vampir trug seine kinnlangen Haare immer, wirklich immer, zu einem Zopf. Sie legte eine Hand auf seine nackte Brust, um ihn von sich zu schieben. Erst als ihre Hand sein Fleisch berührte, schien es ihr aufzufallen. Er trug kein Oberteil.

Doch da schien es schon zu spät zu sein. Denn er grinste sie an, seine weißen Zähne blitzten im Mondlicht noch heller auf. Erst dann nahm er seine Hand von ihrem Mund. »Was suchst du hier?«, zischte sie wütend, sie realisierte nicht einmal, dass sie immer noch ihre Hand auf seiner Brust hatte. Seiner wohlgemerkt sehr durchtrainierten Brust. Innerlich verfluchte sie gerade ihre pubertierenden Triebe. Henry grinste sie an, als sie versuchte, ihre Hand von seiner Brust zu nehmen.

Doch er hielt sie genau dort fest. »Was ich hier suche? Nun, ich war auf der Suche nach dir.«, lächelte er sie verwegen an. »Oder darf ich das etwa nicht?«, fragte er sie flüsternd, sein Gesicht viel zu nahe an ihrem. Sie spürte seinen Herzschlag unter ihren kalten Fingerspitzen.

So deutlich als wäre es ihr eigener. Sie zitterte, es war doch ganz schön kalt geworden und sie vermisste die Wärme ihres Bettes, das so schön kuschelig war und nach ihr zu rufen schien. Verdammt noch mal, jetzt wollte sie doch wieder nur in Ruhe eine Runde schlafen.

Henry schien ihre Unruhe zu fühlen, er selbst war eine Kreatur der Nacht, es setzte schon voraus, dass es Henry nachts besser ging als tagsüber. Doch sie selbst war nervös, sei es nun wegen des Traumes oder wegen sonst was.

Er fuhr ihr durchs Haar. »Ist alles okay?« Es war diese Vertrautheit, mit der sie und Henry miteinander umgingen, die sie nervös machte. Sie benahmen sich gar nicht mehr wie Feinde so wie früher. Nein, sie benahmen sich wie Freunde. Gute Freunde, die sich mehr als einmal versucht hatten, umzubringen, aber dennoch Freunde.

Sie nickte langsam, bevor sie es endlich schaffte, ihn von sich zu schieben. Sie schluckte schwer, bevor sie sich räusperte, »Ja, alles gut … Mir geht es gut!« Dove fröstelte leicht, seitdem Henry sich nicht mehr gegen sie drückte. »Wo ist überhaupt dein Shirt, es ist eiskalt hier drin!«, fragte sie ihn leicht verwirrt, während sie die Arme um sich selbst schlang, um etwas Wärme zu bekommen. Warum war es nur so kalt hier drinnen? »Ich spüre keine Kälte, Dove.«

»Ach ja, untot und so …«, murmelte sie, ihre Zähne begannen sogar, aufeinanderzuklappern. Warum war sie nochmal hier? Sie hatte das Gefühl, irgendwo anders sein zu müssen. Sie drehte sich wieder zu Henry, von dem sie sich weggedreht hatte, um in die andere Richtung zu sehen, doch er war verschwunden. »Henry?«, rief sie in die Dunkelheit des Ganges. Selbst das Licht des Vollmondes schien kein Licht mehr zu spenden.

Der Gang lag auf einmal in einer schwarzen erdrückenden Dunkelheit vor ihr. Sie hörte auch draußen nicht mehr das Heulen der Wölfe. »Henry?!«, rief sie erneut in die Dunkelheit. »Komm schon, das ist nicht witzig!« Genau in dem Moment kam aus der Dunkelheit etwas, aber es war nicht Henry, wie sie am Anfang erleichtert aufatmend gedacht hatte. Ein riesiger Hund kam aus den Schatten.

Nein, es war, als wäre er die Schatten, so als würde er die Schatten aufsaugen. Aber dennoch blieb der Gang dunkel. Die Augen des Tieres brannten mit schier unbändigem Hass in einem Orange-Rot. Sie wich langsam zurück, bis jetzt hatte das Tier sie noch nicht gesehen. Selbst auf dem dunkelroten Teppich klangen ihre Füße viel zu laut. Die Augen des Hundes wanderten zu ihr. Sie konnte das Tier nur anstarren, als es wild knurrend mit großen Sprüngen auf sie zukam.

»Dovelynn, wach auf!« Dove schoss panisch aufkeuchend aus ihrem Bett hoch. Vor ihr stand eine der Hexen, die sie entnervt anguckte. Anita zog eine perfekt gezupfte, dunkle Augenbraue hoch. Sie trug ein schwarzes, mit Spitze besetztes Spagettiträger-Nachthemd, das nicht wirklich viel der Fantasie überließ.

Ihre langen Beine hatten kein einziges Härchen so wie auch ihre Arme. Dafür fielen ihre dunklen, dicken Locken bis zu ihrer Taille und selbst die schienen perfekt, nicht eins ihrer langen Haare war nicht da, wo es hingehörte und an Spliss war schonmal gar nicht zu denken.

Alles in allem war sie eine Schönheit, mit der Dovelynn mehr als einmal gerne mal ausgegangen wäre, aber Anita war genauso hinterhältig und gemein, wie sie schön war. »Warum schreist du hier so herum?«, fauchte die Hexe genau in dem Moment und Dove tat das, was sie am besten konnte, zurückzicken. »Warum kommst du überhaupt in mein Zimmer? Na los, raus hier und weshalb auch immer ich schreie, geht dich nen feuchten Dreck an, also bye, bye!«, fauchte sie die Hexe an, während sie sich aufrichtete und etwas an ihrem Arm spürte. Verwirrt schaute sie nach unten, der Sweater von Sudhir war am rechten Ärmel mit Blut getränkt. Den Arm, den sie hochgerissen hatte, um sich gegen den Höllenhund zu verteidigen, bevor sie verschwunden war. Verfluchter Mist. Panisch sprang sie aus dem Bett und eilte an Anita vorbei, die ihr empört hinterher starrte. Sie hielt ihren Arm hoch, so gut sie konnte. Es tat tatsächlich weh, aber erst seitdem sie das Blut gesehen hatte und dadurch wahrscheinlich wach geworden war. Es tropfte etwas Blut auf den Teppich, als sie den Gang entlangrannte. Innerlich fluchte sie, doch so wie es aussah, hatte sie weitaus größere Probleme als etwas Blut auf einem Teppich. Sie stieß die Türen zum Büro ihres Vaters auf.

Ihr Dad saß in seinem üblichen Stuhl, doch zu ihrem Verwundern stand Henry vor dem Schreibtisch. Sie schienen in eine hitzige Diskussion hineingeraten zu sein. Zumindest schienen die beiden sich angeregt zu unterhalten, bis Dove hineingestürmt war, nun herrschte eisige Stille. »Dove, ist alles okay?«, fragte ihr Vater sie. Doch bevor sie antworten konnte, war Henry schon an ihrer Seite und griff nach ihrem Arm. Er zog das Sweatshirt hoch und starrte auf das Blut, dann schaute er zu ihrem Vater. »Es hat begonnen!«

KAPITEL 27
Die Erklärung

Sie starrte zwischen ihrem Dad und Henry, der immer noch ihren Arm hielt, hin und her. Henry beugte sich über ihren Arm und leckte das Blut ab.

»Igitt, was soll das, verdammt, Henry!« Sie holte mit ihrem gesunden Arm aus und schlug ihn auf den Hinterkopf. Dieser wich einige Schritte zurück, an seinem Mund klebte ihr Blut, sie zitterte. Na, ganz toll. Ihr Vater kam mit einem Verbandskasten auf sie zu und säuberte ihre Wunde.

»Das hätte ich auch machen können und zudem hätte ich die Wunde geheilt, zumindest ein bisschen!«, maulte Henry, während er sich gegen ein Bücherregal lehnte, das an der weißen Wand stand und aus robustem Kastanien Holz bestand. Sie überlegte, ob sie es schaffen würde, sich eines der Schwerter, die über dem Kamin direkt gegenüber von dem Vampir hingen, schnappen konnte, um ihm dann damit den Kopf abzuhacken. Leider würde sie das wohl eher nicht schaffen, ihr Schwertarm war sowieso von dem Schattenwesen erstmal außer Betrieb gesetzt worden. Zudem begann Henry dann noch so eine blöde Melodie zu pfeifen. Ihr Vater wandte sich kopfschüttelnd von dem Vampir ab, bevor er sich ihren Arm vornahm.

Sie schrie laut, als er begann, ihn anzufassen und in dem Moment wünschte sie sich tatsächlich, dass sie Henry nicht weggestoßen hätte. Vampirspucke hatte tatsächlich so eine schön betäubende Wirkung. Das hatte sie komplett vergessen. So als hätte er ihre Gedanken gelesen, sagte er, »Bei mir hätte das ja nicht so weh getan!« Bescheuertes, arrogantes Arschloch. Dove wimmerte erneut auf, als ihr Vater den Verband noch etwas fester zog. »Also, was, verfluchte Scheiße! Aua!«, versuchte Dovelynn zu fragen, unterbrach sich aber selbst, als Dean den Verband, wenn möglich, noch fester zog.

Sie wimmerte auf und schlug mit ihrer guten Hand nun auch nach ihrem Vater, der den Verband mit einem Pflaster befestigte und dann ihrer Hand auswich. »Also verrät mir jetzt mal bitte einer, was begonnen hat?«, knurrte ich wütend. »Nichts, es ist nichts!«, beeilte sich Dean zu sagen.

Dovelynn glaubte ihm kein Stück, inzwischen erkannte sie sehr gut, wenn jemand log und wenn nicht. Und Dean Bolt war vielleicht einer der besten Jäger ehemals, aber ganz bestimmt war er momentan kein guter Lügner. Sie hob fragend eine Augenbraue.

»Dad?!«, meinte sie forschend, während sie ihn mit ihren Augen durchlöcherte. Er begann sich unwohl zu winden so wie ein Fisch am Haken. Ihr Vater schüttelte bloß den Kopf. »Herrgott nochmal!« fauchte Henry da auf einmal, während er mit dem Kopf schüttelte und sich vom Regal abstieß. »Wie kannst du ihr das nur vorenthalten?«

»Halt du dich da raus, Vampir!«, fauchte ihr Vater Henry auf einmal ziemlich wütend an. Dovelynn ging das aber sowas von gegen den Strich! Sie war hier die, die von einem fucking Hund, der aus Schatten bestanden hatte, angegriffen worden war. »Ähm, hallo, ich bin auch noch hier und ich würde gerne wissen, worüber ihr redet. Schließlich scheint es mich ja zu betreffen!«, knurrte die Jägerin ziemlich wütend. »Dovelynn, Schatz, bitte, lass mich das regeln.«, flehte ihr Vater sie an.

»Nein!« Das Wort war wie ein Schlag ins Gesicht für Dean Bolt, zumindest wenn Dove seinen

Gesichtsausdruck richtig deuten konnte. Doch bevor die beiden weiter diskutieren konnten, hörte man das Heulen eines Wolfs und direkt danach einen Schuss. Sofort stoppte Dean, der seinen Mund gerade noch geöffnet hatte, um auf sie einzureden, und griff selbst nach seinem Jagdgewehr, das mit Betäubungspatronen gefüllt war. Er hatte all die Sachen, die er zum Jagen brauchte, tief im Keller unter der Schule weggesperrt, damit die Schüler keine Angst bekamen. Er eilte an ihr vorbei und deutete im Vorbeigehen mit dem Gewehr auf Henry.

»Pass auf sie auf!« Doch Dovelynn und Henry schauten sich nur kurz an, lächelten ihr Gegenüber wissend an, bevor sie gemeinsam aus der Tür des Büros traten. Als die beiden im Wald ankamen, war die Sonne schon aufgegangen und die Wölfe würden sich in die unterirdischen Tunnel, die unter dem ganzen Wald langliefen, zurückgezogen haben, um sich zu verwandeln.

Zumindest ging Dove davon aus. Henry packte sie an der Hand und zog sie mit sich. »Na los, hier entlang!« Natürlich, er hörte besser als sie. Dove folgte ihm und erstarrte, als die beiden auf die Lichtung traten, das ganze Rudel stand zur Hälfte schon zurückverwandelt oder aber noch als Wolf wild knurrend um jemanden herum. Ein

Mann mit roten Haaren, er war groß gewachsen, seine Schultern waren breit und er trug einen schwarzen Ledermantel, er hielt zwei Pistolen in der Hand, die er immer wieder auf das Rudel hielt.

Vor seinen Füßen lag ein hellgrauer Wolf. Bevor Henry sie hätte aufhalten können, sprang sie über die Wölfe in den Kreis hinein. Dove holte aus und schlug ihm die erste Waffe aus der Hand. Der Mann fuhr zu ihr herum. Dove musste ihren Kopf leicht in den Nacken legen, um in seine grünen Augen zu gucken. Er kam ihr bekannt vor, aber sie konnte nicht sagen, woher. Er hatte einen Arm um ihre Taille geschlungen und drückte mit der anderen Hand seine Waffe gegen ihren Kopf.

Erst dann schien er ihr in die Augen zu schauen, seine Augen weiteten sich. »Tami?«, seine Stimme war rau und er klang verwirrt.

Und ab da wusste Dovelynn, wer da vor ihr stand. Das war unmöglich. »Dad?«, hauchte sie leise, aber das war unmöglich, ihr Vater war in der Hölle! Doch dann jaulte der Wolf auf und Dovelynn löste sich von ihrem Vater. »Sudhir!«

Schon hockte sie neben ihrem Bruder, der eine Schusswunde an den Rippen hatte, das sah gar nicht gut aus. Ihr Bruder keuchte leicht und jaulte wieder vor Schmerzen auf. »Hey, hey, es wird alles wieder gut! Henry!« Panik schien sie zu verschlingen, als sie aus reinem Instinkt nach ihrem Feind rief. Henry jedoch wurde von den Werwölfen, die noch immer zu sehr in ihrem Wolf feststeckten, als dass sie klar denken konnten, abgehalten.

Oder aber sie wollten den Vampir nicht an ihren Alpha heranlassen.

»Hey, Dude, nimm die Waffe runter, ich will nur helfen!«, hörte sie da Henrys Stimme, die tatsächlich etwas verängstigt klang, fast so als hätte er wirklich Angst vor IHM …

Dove wusste, dass Henry keine Angst hatte, egal vor was, nicht einmal vor Jon, doch nun wich er sogar mit erhobenen Händen zurück, während ihr Bruder auf dem verfluchten Waldboden verblutete. »Henry! JETZT MACH SCHON, ER VERBLUTET, VERDAMMTE SCHEIßE NOCH EINS!«, brüllte sie wütend, während ihr Tränen in den Augen brannten.

Henry schien sich nun doch wieder auf ihren Vater zuzubewegen, denn der begann seine Waffe erneut zu heben, zumindest sah Dove das aus dem Augenwinkel, wütend fluchend stand sie auf und zog sich den Pullover aus.

Sudhir brauchte Hilfe und keiner der Wölfe schien in deren Zustand auch nur ansatzweise ein Handy bedienen zu können. »DOVELYNN?«, keuchte Henry erschrocken auf. Oh, ach ja, sie trug ja jetzt nur einen Spitzen-BH. Aber egal, sie fuhr nur wütend zu ihm herum. Shayne hatte seine Waffe immer noch nicht runtergenommen und auch von ihrem Dad fehlte jede Spur.

Fluchend drückte sie den Pullover auf die Wunde, um wenigstens die Blutung zu stoppen. Wo verdammt nochmal blieb ihr Vater nur.

Doch bevor sie sich weiter darüber aufregen konnte, was für ein idiotischer Jäger ihr Vater war, half sie doch lieber Sudhir. »Warum hilfst du ihm?«, fragte Shayne hinter ihr, er war ihr zu nahe, zumindest für ihren Geschmack, sie kannte diesen Jäger nicht einmal, ja klar, er war ihr Blut, aber dennoch kannte sie ihn nicht wirklich. Sie hatte Geschichten von dem besten Jäger seiner Zeit gehört, aber auch die schienen schon nur noch Legenden zu sein und kaum eine entsprach noch der Wahrheit.

In den Geschichten wurde er je nach Erzähler als Held oder als Bösewicht dargestellt. Nein, so wirklich wusste sie nichts von ihm und er hatte auf ihren Bruder geschossen. »Er ist mein Bruder!«, fauchte sie wütend zurück und holte mit ihrer gesunden Faust aus. »Fick dich, Shayne Reynolds, wir tragen vielleicht denselben Nachnamen, das heißt aber noch lange nicht, dass ich dich Dad nennen werde!«, fauchte sie unter Tränen und schlug ihm auf seine Brust.

Ihr rechter Arm schmerzte dabei ungemein und erst jetzt fiel ihr auf, dass Henry nicht mehr am Rand stand. Nein, als sie sich umdrehte, hatte der Vampir seine Hand in den Oberkörper ihres Bruders vergraben, der wieder ohnmächtig war. »Was tust du denn da?«

»Keine Sorge, mein Herz, ich hole nur die Kugel aus deinem geliebten Hund. Hat jemand zufällig Nadel und Faden hier?«, fragte er, über seinen leichten Ton konnte Dove nur den Kopf schütteln. Er klang so, als würde er über das Wetter reden und nicht darüber, mit seiner Hand eine Kugel aus ihrem Bruder zu holen.

»Keine Soge, ich musste ihm nur ein paar Rippen brechen und auch das Loch, das nun an seiner Seite ist, wird in ein paar Tagen verheilt sein.
Er ist schließlich ein Werwolf und der Vollmond war gerade erst.«, zwinkerte er ihr zu. Als auf einmal ein Mensch durch die Bäume stolperte.

»DAD!«, rief sie erfreut auf. »Oh Gott, Dovelynn, ich habe dir doch gesagt, du sollst … Warum hast du nichts an?«, rief er erschrocken. Doch dann fiel sein Blick auf Sudhir. »Wer war das?«, fragte Dean erschrocken und fiel neben Henry auf die Knie. Die restlichen Werwölfe hatten sich wohl endlich in die Tunnel verzogen. Doch das machte es nicht unbedingt einfacher. Vor allem wenn ihr echter Vater hier war. Die Frage war auch noch, wie er hier hingekommen war. »Hallo, alter Freund. Du bist alt geworden!« Ihr Vater sprang förmlich in die Luft und richtete sein Gewehr auf Shayne.

»Hey … Hey, warte!« Doch schon schoss ihr Vater auf ihren Erzeuger, der nach ein paar Sekunden zu Boden fiel wie eine frisch gefällte Fichte. »Na ganz toll und wie sollen wir die beiden jetzt zurück zur Schule bringen?«, fragte sie ihn verwirrt.

»Halt die Klappe, du solltest gar nicht hier sein!«, fauchte ihr Vater sie an. »Hört ihr jetzt mal auf zu streiten, ich habe die Kugel!«, zischte Henry und hielt triumphierend die Kugel hoch.

»Oh, wie toll!«, knurrte sie. Immer noch wütend, weil ihr Vater sie so angefahren hatte. Doch Henry schien sich nicht daran zu stören. Nein, ganz im Gegenteil, er nahm einfach ihren Pullover und drückte ihn auf die Wunde.

Danach hob er Sudhir hoch, als würde er nichts wiegen. »Jemand muss mal bitte auf die Wunde drücken, das kriege ich nicht auch noch hin!«, klagte der Vampir.

Dove drückte schnell den Pullover auf die Wunde, das sonst so dicke Stück Stoff war voll gesaugt mit Blut. Blut, das nun auch ihre Finger benetzte. Na ganz toll, das war so viel Blut, da war sie sich nun wirklich nicht sicher, ob Sudhir überleben würde. Vollmond hin oder her, das war zu viel Blut, was ihr Bruder gerade verlor. Sie machten sich gemeinsam auf den Weg zurück, während ihr Vater sich mit Shayne abmühte. Henry schaute zu ihrem Bruder.

»Er braucht möglichst schnell Blut, aber meins wird er abstoßen.«, murmelte der Vampir ihr leise zu und Dove schluckte. Natürlich, Vampirblut wirkte wie Gift bei Werwölfen. Sie schüttelte sich bei der Vorstellung.

»Ich hoffe, es geht ihm bald besser.«

»Also ist Dean gar nicht dein Vater?«

»Wie kommst du denn jetzt darauf?«

»Ich, entschuldige, aber du hast Shayne Reynolds als Dad bezeichnet …«

»Ja und?«, fauchte sie. »Ich wusste gar nicht, dass ich mit der Tochter von Shayne Reynolds gehe.«, grinste er sie wie ein Volltrottel an. »Wow, wir gehen nicht miteinander! Und außerdem, woher kennst du meinen Erzeuger?« Sie und Henry, also bitte wer hatte ihm denn die Flusen in den Kopf gesetzt. Na, ganz toll. Doch Henry lächelte sie nur an, bevor er ihr antwortete. »Deinem Erzeuger, wie du ihn so liebevoll betitelst, bin ich schon öfter begegnet. Und ich kann verdammt froh sein, schon tot zu sein und nicht mausetot. So wie du das mit einigen meiner besten Leute gemacht hast!«

Nun klang er anklagend. Dove hätte ihn am liebsten stehengelassen, doch das konnte sie nicht. Sie musste weiter auf Sudhirs Wunde drücken.

KAPITEL 28
Von Blut und Herzen

D ie Stille, die in dem kleinen weißen Krankenzimmer lag, war erdrückend. Viel zu still und viel zu traurig. Die hauseigene Ärztin hatte in dieser Vollmondnacht besonders viel zu tun.

Selbst wenn sich heute mal kein Werwolf beim Spielen und Herumtoben im Wald oder in den Tunneln verletzt hatte, hatte sie dennoch gut zu tun, da lag schließlich ein bleicher, halbtoter Werwolf auf einem Krankenbett mit einem Loch so groß wie eine menschliche Faust in der Seite.

Dazu kam noch ein fremder Jäger mit einem Beruhigungsmittel intus, das für einen Babyelefanten gereicht hätte. Mary Higgens seufzte. Schon das fünfte oder sechste Mal, wie Dovelynn beobachten konnte. Sie machte sich wirklich Sorgen um ihren Bruder, doch sie wusste genauso gut, dass das nicht der Untergang sein würde. Sudhir war stark, er würde das überleben. Zumindest versuchte sie sich das einzureden. Ihre

Finger krallten sich in die Jacke von Henry, die er ihr gegeben hatte, bevor sie Sudhir gemeinsam zur Schule zurückgetragen hatten. Henry war irgendwohin verschwunden, während sie mit Dean und Lotta auf ein Ergebnis wartete. Als ihr Dad auf einmal aufstand, um zu gehen. »Dad?«

»Ich bin gleich wieder da, bleib bei deiner Mutter.«, murmelte ihr Vater ihr leise zu. Sie starrte ihm nach. Die Stille, die sich erneut über den weißen Raum gelegt hatte, war erneut erdrückend.

Man hörte nur das stetige Piepen der Geräte, die an Shayne Reynolds angeschlossen waren, um sicher zu gehen, dass sein Herz nicht doch von der hohen Dosis Beruhigungsmittel stoppte. »Lotta, Dovelynn, Sudhir wird langsam wach. Ich habe mein Bestes gegeben, aber das meiste hat wohl der Vampir gemacht, indem er die Kugel entfernt hat. Eine in Wolfswurz getränkte Kugel. Wäre sie auch nur ein bisschen länger im Fleisch geblieben, wäre er wahrscheinlich von dem Gift, das auf der Kugel war, gestorben, anstelle von der Kugel selbst. Aber durch den Vampir hat er es überlebt. Ich habe die Wunde genäht. In den nächsten Tagen sollte die Wunde von selbst verheilen. Allerdings können die Fäden dann in ein paar Tagen gezogen werden. So lange möchte ich ihn aber hierbehalten, damit die Fäden nicht doch noch mit einwachsen.« Lotta sprang auf und eilte zu dem Bett, in dem Sudhir lag. Dovelynn lächelte die Frau mit dem strengen Gesichtsausdruck an. »Es tut gut, dich endlich wiederzusehen, Dove, und es ist gut, dass du jetzt nicht in einem der Betten liegst!«, lächelte die Ärztin sie an.

Dove fuhr sich durch die Haare und eilte zu ihrem Bruder. Henrys Lederjacke zog sie enger um sich. Ihr Bruder öffnete die Augen und lächelte die beiden an. »War das nur ein Traum?«

»Nein, du wurdest wirklich angeschossen, falls dich das wundert …«, grinste sie ihren Bruder an. Dieser grinste.

»Also hatte dein Vampir-Freund seine Hand in mir?« fragte er sie grinsend. Sie schüttelte bloß lachend den Kopf. »Er ist nicht mein Freund!«

»Ach ja, ich habe gesehen, wie er dich ansieht.« »Ach und wie sieht er mich an, oh weiser Werwolf, der noch nicht mal eine Freundin hatte?« *Und gerade ziemlich high von den ganzen Schmerzmitteln!*, fügte sie in Gedanken hinzu.

Sie grinste ihn an mit dem festen Ziel, ihm seine Scharade noch ein kleines bisschen zu lassen, zumindest so lange bis er selbst merkte, wie bescheuert das Ganze war, oder bis er von den Mittelchen der Ärztin wieder herunterkam. »Er sieht dich an, als würdest du ihm alles bedeuten, so als wärst du die eine Person, die ihm sein Leben lang gefehlt hat, Schwester. Versau es bloß nicht!«

Dove starrte ihren Bruder in dem weißen Stahlbett an, sein Gesicht so blass wie sein Kissen. Seine sonst so freudig blitzenden Augen benebelt von den Medikamenten, die ihm verabreicht wurden. Sie strich ihm über seine Wange und lächelte.

»Schon klar, großer Bruder, ich werde ihm meine wahre Liebe gestehen, sobald die Hölle zufriert!«, grinste sie leicht.

»Darüber solltest du keine Witze machen!«, knurrte da eine Stimme aus dem Nebenbett. »Oh klasse, du bist wach!«, knurrte Lotta und starrte Shayne hasserfüllt an.

»Erst nimmst du mir meinen Mann und dann versuchst du mir auch noch meinen Sohn zu nehmen. Du hättest in der Hölle bleiben sollen, Shayne Reynolds!«, zischte Lotta ihn weiter an. Dovelynn hatte ihre Mum noch nie so wütend gesehen. Wütend schon oft, aber sie war ja förmlich rasend vor Wut, während sie zu Dovelynns Erzeuger stapfte und ihn schüttelte. »Wie kannst du nur so ein Arschloch sein?! Du hast auf einen unschuldigen Jungwolf geschossen! Ja, er ist ein Alpha, aber das macht ihn noch lange nicht böse!

Weißt du was, ich bin froh, dass Tami nicht hier ist, so muss sie dich wenigstens nicht sehen!« Autsch, das hatte gesessen. Auch Lotta schien ihre Worte zu realisieren und drehte sich mit Tränen in den Augen zu ihr um. »Dove …«

Doch das rothaarige Teenager-Mädchen drehte sich bloß kopfschüttelnd um, um zu gehen. Doch etwas ließ sie innehalten. »Wo ist Tami?«, er klang gebrochen, so gebrochen, dass es Dovelynn die Kehle zuschnürte und sie am liebsten auf ihn zugeeilt wäre, um ihn zu trösten. Doch sie haderte mit sich selbst und entschied sich dann dagegen.

Sollte Shayne doch gucken, wie er zurechtkam, auf ihre Hilfe konnte er aber sowas von verzichten. Nein, er sollte gucken, wie er selbst zurechtkam. Langsam lief sie über den Flur, die Hexen waren im Unterricht, so wie auch das Rudel selbst, auch wenn man Rea und Brittney wahrscheinlich zum Unterricht zwingen musste, da die beiden Beta-Wölfe nach ihrem Alpha sehen wollten. Zumindest soweit Dovelynn das beurteilen konnte. Sie war hier aufgewachsen, doch die Schule fühlte sich schon lange nicht mehr wie ihr Zuhause an. Nein, ganz im Gegenteil, Kanada fühlte sich inzwischen wie ihr Zuhause an.

Selbst wenn dort tausende von Blutsaugern herumrannten, war die kleine, staubige ehemalige

Abstellkammer in Jons Wohnung ihr mehr ein Zuhause als das große Anwesen. Irgendetwas fehlte hier, doch Dove wusste nicht was. Es war zum Schreien, sie fühlte sich wie eine Gefangene in der Schule, auch wenn sie das nicht war. Sie konnte die Schule verlassen und in die Stadt gehen. Sie könnte einige ihrer alten Freunde wiedersehen. Auch wenn die höchstwahrscheinlich nichts mehr mit ihr zu tun haben wollten, nachdem sie vor vier Jahren jeden Kontakt zu ihnen abgebrochen hatte.

Das war zu dem Zeitpunkt, als sie begonnen hatte, nicht mehr über die Ferien nach Hause zu kommen. Außer zu Weihnachten, aber dann kamen auch Jon und Nine mit, um die Ferien mit der Familie und den Hexen und Werwölfen zu verbringen, die nirgendwohin konnten. Dovelynn konnte irgendwann nicht mehr und ließ sich zwischen zwei Klassenzimmertüren nieder.

Ihre Knie hatte sie an die Brust gezogen. Darauf legte sie den gesunden Arm, um diesen dann als Kissen für ihren Kopf zu verwenden. Den verletzten Arm ließ sie einfach hängen, wobei ihre Fingerspitzen gelangweilt Kreise in den schweren, dunkelroten Teppich malte. Sie kämpfe mit den Tränen, die nun kommen wollten, und fuhr sich mit dem gesunden Arm übers Gesicht, auf einmal schien das Adrenalin sie zu verlassen, denn sie fühlte sich einfach nur überrannt. Sie sackte einfach nur zusammen und schloss die Augen. Das Knallen einer Tür weckte sie. Grummelnd wollte sie sich zur Seite rollen, um wenigstens noch ein bisschen Schlaf zu bekommen, als sich jemand räusperte.

Blinzelnd schaute Dove auf, um dort ein Mädchen stehen zu sehen. Sie hatte blaue Kulleraugen und echte Modelmaße. Sie trug ein graues T-Shirt, auf dem **Sweet but Psycho** stand. Sie hatte es vorne in ihre schwarze Skinny-Jeans gesteckt, die schon mal bessere Tage gesehen hatte oder einfach auf alt gemacht war mit den vielen Löchern.

Sie trug ihre blonden Haare in einem frechen Bob. Ein Lederband lag um ihren Hals, an dem ein Ring hing. Die alte grüne Tasche, die sie bei sich hatte, lag neben ihr auf dem Boden. Ihre Füße steckten in schwarzen Bomberschuhen, die laut dem Matsch auch schon mal bessere Tage gesehen hatten. »Ich suche Dean … Wow, du musst Dovelynn sein. Du siehst deiner Mutter echt ähnlich!«

»Tschuldigung, aber wer bist du?«, fragte Dovelynn, sie duzte das Mädchen mit Absicht, da sie nicht älter als 18 sein konnte. »Ich bin Lucy, Lucy Fairchild.« Dovelynn wusste nicht, was sie sagen sollte. Lucy Fairchild, Lucy Fucking Fairchild. Aber hallo, das vor ihr war niemand anderes als die Tochter des Teufels und sie war keinen Tag gealtert. »Das letzte Mal, als ich dich gesehen habe, warst du wie alt, drei?!«

»Ich war zwei Jahre alt, Lucy!«, murmelte Dove, bevor sie sich aufrappelte, um Lucy zu Dean zu bringen. »Du hast dich gut entwickelt.«

»Danke.« Lucy gab sich wenigstens die Mühe, ein Gespräch anzufangen.

Doch Dove selbst war viel zu müde, um überhaupt einen klaren Satz formulieren zu können. Sie eilte den Gang bis zu dem Büro von Dean förmlich entlang. Sie brauchte einfach nur eine Mütze voll Schlaf. Ihr fiel auf, dass sie immer noch Henrys Jacke trug. Sie musste ihm die dunkle Lederjacke, die so unglaublich gut roch, endlich mal wiedergeben. Aber erst müsste sie sich etwas Neues anziehen. »Hast du einen Freund?«, fragte Lucy auf einmal mehr als neugierig, wie Dove befand.

»Nein!« Wie kam Lucy überhaupt auf so eine Idee? »Also trägst du einfach nur gerne Jacken, die nach einem Mann riechen?« Ach ja, Lucy war ja ein Werwolf. Dovelynn wünschte sich in dem Moment, dass der Boden sich öffnen und sie verschlingen würde. »Nein, also die Jacke gehört einem Freund, er hat sie mir geliehen!«

Ein Freund, es klang falsch, sie würde Henry

ja noch nicht einmal als einen Freund bezeichnen. »Ah ja …« Lucy schaute sie an, als würde sie ihr kein Wort glauben. Auf einmal hatte Dove das dringende Bedürfnis, etwas zu schlagen. Doch sie hielt sich zurück und eilte mit Lucy auf den Fersen einfach weiter.

Sie würde später einfach in die Sporthalle gehen und auf einen der Boxsäcke einschlagen. Das würde ihre Laune bestimmt heben und wer weiß, vielleicht könnte sie danach ja in die Stadt gehen und Sudhir seine Lieblingsschokolade besorgen.

Vor sich hinlächelnd federten ihre Füße nun leichter über den Boden. Sie klopfte an die Tür und trat ein, ohne auf eine Antwort zu warten.

Ihr Vater war nicht da …

Nur Henry döste auf der schwarzen Ledercouch ihres Vaters. Seine Beine hingen über die Armlehne. Ein weiterer Beweis dafür, dass er größer war als ihr Vater. Denn wenn Dean auf seiner Couch lag, hingen seine Füße gerade mal über die Armlehne, bei Henry lagen seine Knie auf der Armlehne.

Sie musterte Henry, der friedlich vor sich hinschlummerte, er wirkte gar nicht mehr so gefährlich, sondern eher entspannt und ruhig. Er schnarchte nicht, wie sie es von ihm irgendwie erwartet hätte, nicht dass sie darüber nachdachte, wie er schlafen würde, nein! Er knirschte allerdings mit den Zähnen! Lucy, die hinter ihr eingetreten war, musterte Henry mit hochgezogenen Augenbrauen. »Das ist aber nicht Dean …« Henry schmatzte und murmelte etwas, bevor er mit seinen Armen nach etwas griff. Er erwischte Dovelynn und zog sie mit einem festen Ruck an sich. Diese stolperte nach hinten und landete auf ihm. »Na, ganz toll!«, entkam es Dove, die sich versuchte, aus Henrys Griff zu winden, doch dieser hielt sie nicht nur fest, nein, der Typ schlief anscheinend wie ein Toter, was er technisch gesehen ja auch war. Na, ganz toll. »Henry!«, sie schlug ihm mit der flachen Hand auf die Stirn.

»Henry, wach auf!«, doch er grummelte nur etwas und nutzte sie nun als hauseigenen Teddybären. Schlussendlich seufzte Dove und schlug ihn noch etwas fester. Dabei schrie sie so laut sie konnte direkt neben seinem Ohr.

Der Vampir schoss hoch, seine Arme hielten sie immer noch fest an sich gedrückt. Sein Blick wanderte etwas desorientiert in dem hellen Büro herum, bis die eisblauen Augen auf die Jägerin in seinen Armen fielen. Dove grinste ihn heimtückisch an, bevor sie ihm erneut eine scheuerte. »Au, was soll das denn jetzt?«, knurrte der Vampir, während er seinen Arm um die Rothaarige löste, um sich die Wange zu reiben. »Lass mich endlich los, Henry!«

Dove stemmte sich mit aller Kraft gegen den Vampir, der die Frechheit besaß, auch noch loszulachen und, wenn möglich, seinen Griff um sie noch etwas zu verstärken. Lucy schaute den beiden eine Weile zu, bis sie beschloss, einzugreifen, und begann zu sprechen. »Keinen Freund, schon klar …«, lachte die Blonde los, bevor sie begann, weiterzureden.

»So niedlich es auch ist, euch beiden zuzugucken, muss ich doch ganz dringend mit Dean sprechen. Also falls einer von euch weiß, wo er ist …« Dovelynn stand auf, da Henry sie losließ als wäre sie eine heiße Kartoffel, an der er sich noch die Finger verbrennen würde, wenn er sie nur zu lange festhielt. Na, ganz toll! Heute war ein scheiß Tag, sie könnte echt einfach nur losschreien.

Die Tür öffnete sich und herein kam die Dämonin/Hausmutter, von der Dovelynn Dean echt noch erzählen musste, das hatte sie total vergessen! Aber eigentlich hatte der Dämon sie ja verlassen, also warum schlafende Drachen wecken, wenn es keinen guten Grund gab!

»Sollten Sie nicht im Unterricht sein, Miss Bolt?«, fragte die Hausmutter sich mal wieder vor ihr aufbauend. »Sorry, Frau wie auch immer, ich habe Ihren Namen schon wieder vergessen, aber ich gehe hier nicht zur Schule, also muss ich hier auch nicht am Unterricht teilnehmen!«, grinste sie die Hausmutter triumphierend an. »Dovelynn, geh mit Rose mit!« Dean betrat den Raum, an seiner Seite niemand anderes als Shayne Reynolds. »Rein technisch gesehen kannst du mir …«

»Fang damit jetzt bloß nicht an!«, knurrte Dean, bevor er sie in Richtung der Hausmutter schob. »Und du auch zum Unterricht!«, knurrte er Lucy an, die mit dem Rücken zu ihm stand. »Danke, aber dafür bin ich, glaube ich, zu alt!«, erklang ihre samtweiche Stimme wie ein Glockenspiel. Dean grinste und schlang die Arme um sie. »Ah, Lucy Fairchild, ich habe dich vermisst!«, grinste ihr Vater Lucy an. Die das Grinsen erwiderte, dann wanderte ihr Blick zu Shayne.

Mit Faszination beobachtete Dovelynn, wie sich Lucy Fairchilds blaue Augen weiteten. »Reynolds, ich dachte, ich sehe dich nie wieder, wie bist du aus der Hölle rausgekommen?« Bevor Dovelynn die Antwort hören konnte, hatte die Hausmutter anscheinend lange genug auf sie gewartet.

Denn die Dame zog die sechzehnjährige Jägerin einfach hinter sich her. »Ach, kommen Sie schon!«, maulte Dovelynn, doch die Hausmutter gab nicht nach und zog das Mädchen einfach weiter den Gang entlang. »Sei froh, dass dein Vater dir nicht auch noch befohlen hat, eine Schuluniform anzuziehen, wie es sich eigentlich gehört.«, grinste Luna, eine brünette Werwölfin, neben die Dove kurzerhand von der Hausmutter verfrachtet worden war. »Oh ja, wie toll!«, grummelte Dovelynn, bevor sie ihren Kopf auf den Tisch fallen ließ.

Nicht nur tat ihr Kopf nach so einem Stunt weh, nein, der Lehrer war durch den Krach auch noch auf sie aufmerksam geworden und nahm sie nun ins Visier. »Was?«, fragte sie leicht benebelt, als Herr Brandt sie etwas über ein rechtwinkeliges Dreieck fragte. Sie hatte echt keine Lust darauf, lieber wüsste sie, wie ihr Erzeuger aus der Hölle entkommen war. Sie würde sogar alles dafür geben, Madame Tosseroso zuhören zu können, wie die alte, kleine, faltige Dame mit den immer nach unten gezogenen Mundwinkeln über Morgagurs letzten Liebesroman schwafelte und wie dieser doch durch die Farben, die er beschrieb, alles und jeden depressiv machte.

Oder wie sie über den letzten Westernroman von Pitch redete, in dem laut ihr jeder schwul war. Ja, selbst auf ihre alte Tosseroso, die viel zu sehr über ihre Romane redete, anstatt ordentlichen Englisch-Unterricht zu machen, hatte sie mehr Lust als auf Mathe. Aber man bekam im Leben ja nie das, was man wollte.

Luna stieß sie an, als sie nicht reagierte und Dovelynn überlegte, ob sich der Mord an der Trulla neben sich überhaupt lohnen würde oder ob es verschwendete Kraft war. Dove zuckte für sich mit den Schultern und begann auf dem Aufgabenblatt, das sie vom Lehrer bekommen hatte, herumzukritzeln.

Da dieser anscheinend aufgegeben hatte, sie mit Fragen zu löchern. Hatte ja auch lange genug gedauert. Alle gingen sie ihr hier auf die Nerven. Gut, sie war aus ihrer Schule geflogen, weil sie die Sporthalle abgefackelt hatte vor einem halben Jahr, danach hatte Jon für sie die neue Privatschule, auf die sie jetzt ging, gefunden, aber nur weil sie die mit Asbest verseuchte Sporthalle abgefackelt hatte, musste man sie doch nicht wie eine Verbrecherin behandeln.

Außerdem hatte sie der Schulleiterin mehr als einmal gesagt, dass die Sporthalle voll mit Dämonen gewesen war. Die Polizei hatte das sogar nachweisen können, aber die Liebe Frau Foroel hatte das nicht interessiert, dass Dove eigentlich etwas sehr Gutes gemacht hatte. Aber gerade dadurch, dass sie als keine offizielle Jägerin irgendwo gelistet war, wurde das Abbrennen der Turnhalle als Vandalismus gesehen und nicht als ein Kampf gegen Dämonen. Also anstelle eines Dankes-Blumenstraußes hatte sie den Rausschmiss bekommen. Der knurrende Wolfshund, den sie gezeichnet hatte, nahm inzwischen das ganze Blatt ein. Lächelnd strich sie darüber, ihr Arm schmerzte immer noch. Sie hoffe darauf, dass Sudhir auch bald wieder fit sein würde. Zumindest sollte er das ja sowieso bald sein, laut der Ärztin zumindest.

»Aua!«, schrie das Mädchen vor ihr laut auf und hielt sich den Hinterkopf. »Was ist denn nun schon wieder, Melanie?«, fragte der Mathelehrer ziemlich gelangweilt, anscheinend ließ auch ihn sein Unterricht müde werden. »Die Neue hat mich an meinen Haaren gezogen!«, meinte diese Melanie ziemlich schnippisch.
Was hatte diese Werwölfin denn bitte vor?! Luna kam zu ihrer Rettung, da Dove zu geschockt war, um überhaupt irgendetwas zu sagen.

»Hat sie nicht, Melanie will nur wieder etwas Aufmerksamkeit!«, knurrte Luna neben ihr. »Halt du dich da raus, Omega!«, zischte die Blondine, die sich nun auf ihrem Stuhl umgedreht hatte. Und Luna ihre Zähne zeigte. Das reichte Dovelynn dann aber auch, sie packte die Blonde an den

Haaren und zog sie zu sich. »Halt deine Klappe oder ich gebe dir gleich einen Grund zum Schreien!«, zischte sie Melanie ins Ohr. Die Werwölfin fuhr zu Dove herum und schnappte mit ihren Zähnen nach Doves Kehle. Bevor sie auch nur reagieren konnte, war Melanie von ihr runter und Henry drückte sie gegen ein großes Klassenfoto, das die rechte Wand des Klassenzimmers ausmachte. »Fass sie auch nur noch einmal an und ich schwöre dir, Chihuahua, man wird dich mit einem geschlossenen Sarg beerdigen müssen!« Henrys Zähne waren ausgefahren.

Seine ganze Haltung strahlte Gefahr aus und zum ersten Mal wurde Dovelynn klar, dass er sie nie wirklich bedroht hatte. Er hatte immer nur mit ihr gespielt, ihr nie seine wahre Macht gezeigt.

Sie erzitterte bei seinen nächsten Worten. »Dovelynn Reynolds steht unter meinem Schutz, sie ist mein!« Das konnte nicht wahr sein. Das hatte er jetzt nicht gemacht. Bei Vampiren war es noch ein bisschen anders als bei Werwölfen, wenn ein Vampir seine Mate fand, legte er ein Recht auf sie ein, indem er sie als sein betitelte.

Allerdings machten Vampire das auch, wenn sie von einer Person tranken, vor allem um sie vor Übergriffen von anderen Vampiren zu schützen. Auch sehr gerne wurden diese Personen als Bluthure betitelt, egal ob männlich oder weiblich. Also hatte Henry sie gerade als seine Bluthure betitelt. Wütend stand sie auf. Ihre Finger krallten sich in die Ärmel seiner verfluchten Jacke, die sie ja immer noch trug. Sie hasste ihn in dem Augenblick, als alle Blicke sich auf sie richteten und einige Mädchen sogar begannen, mit dem Finger auf sie zu zeigen und zu kichern begannen.

Luna, die sie bis eben noch mitleidig angesehen hatte, musterte sie nun mit Abscheu und ging sogar so weit, ihren Tisch von ihrem wegzuschieben.

»Na, ganz toll!«, murmelte Dovelynn immer noch mehr als wütend, bevor sie aus der Klasse stürmte. Sie rannte und rannte, bis sie selbst nicht einmal mehr genau wusste, wo sie war.

KAPITEL 29
Lucy

Ich starrte Shayne erschrocken an, er saß auf dem Sofa, das der Vampir vor einigen Minuten freigemacht hatte, um zu gehen. Nicht einmal Dean hatte aus dem sturen Mann herausbekommen, wohin er gehen würde. Doch der Vampir war einfach verschwunden. »Also, wie bist du der Hölle entkommen? Das hat noch niemand geschafft!«, murmelte ich, während ich mir meinen Pony aus den Augen strich. Ich hatte ihn mir schneiden lassen, nachdem Tamara gestorben war, und ich ihr ganzes Blut in meinen Haaren hatte, als wir sie damals gefunden hatten. An diesen Stuhl gefesselt, die Kehle aufgerissen und ihr Genick gebrochen.

Ich hatte diesen Anblick nie so wirklich überwunden. Immer wenn ich die Augen schloss, sah ich sie vor mir. Ich roch sogar das Blut und das Metall, wenn ich mich genug anstrengte, konnte ich sogar noch die Sirenen hören von dem Krankenwagen, der offensichtlich zu spät gekommen war. Ich konnte mich an alles erinnern, sogar an ihre Brille, die auf einem kleinen Holztisch neben dem Klappstuhl, an den sie mit Seilen gefesselt worden war, lag. So als hätte Tami die Brille von selbst abgenommen und da hingelegt, damit ihr nichts passierte, während ihr die Kehle herausgerissen worden war.

Ich schluckte, während ich mich auf den Stuhl setzte, den Dean mir angeboten hatte.

»Das ist also meine Tochter?«, fragte Shayne, anstatt die Frage zu beantworten, die ich ihm gestellt hatte. Seine grünen Augen schimmerten leicht, als er zu mir sah. Sein rotes Haar war länger geworden und fiel ihm nun sogar ins Gesicht. Sein Blick wanderte zu Dean. »Es tut mir leid, dass ich auf den Werwolf geschossen habe.«

»Du meinst, dir tut es leid, dass du auf meinen Sohn geschossen hast!«, knurrte Dean wütend, was verständlich war.

»Dein Sohn?«, fragte Shayne verwirrt. »Ja, mein Sohn, Shayne! Du warst lange weg und viel hat sich geändert!«

»Oh, wo ist Tami, ich möchte sie sehen! Lotta hat mir keine Auskunft darüber gegeben.«

Ich begann zu zittern, natürlich musste diese Frage kommen. Schließlich war es Tami, die er geliebt hatte. Und von der er höchstwahrscheinlich nicht wusste, dass sie tot war.

»Shayne … Tamara ist vor 16 Jahren gestorben, ein Vampir hat sie in die Finger bekommen.« Ich fiel Dean ins Wort. »Nicht irgendein Vampir, Nate, der Vampir-König. Er dachte, dass er mit Tamis Tod die Prophezeiung aufhalten kann. Er wollte Rache für seine Mate Rory.

Tami war alleine zu Hause, da Jon und ich draußen waren. Es war nicht unsere Absicht, dass so etwas passiert, aber es ist passiert und man kann es nicht ändern!«, murmelte ich. »Ja, Lucy, du hast mal wieder super viel Feingefühl!«, zischte Dean und schlug mir auf den Hinterkopf.

»Tami, ist tot.«

»Ja!« Er brach in Tränen aus. Er weinte, ich hätte nie gedacht, Shayne Reynolds weinen zu sehen. Doch er tat es tatsächlich, er hockte dort vor mir, er hatte sogar seine Beine auf das Sofa gezogen und umarmte seine Beine. Seinen Kopf hatte er zwischen seinen Knien und seiner Brust versteckt. Er zitterte sogar, während er laut schluchzte. Ich hätte nie gedacht, dass ich Shayne jemals so klein und verletzlich sehen würde. Nein, niemals war er so unschuldig. Meine Finger wanderten zu dem Ring um meinen Hals, während ich damit spielte.

Ich kannte seinen Schmerz und auch Dean kannte seinen Schmerz, schließlich hatte er an diesem schrecklichen Tag seine Schwester verloren. Ich wusste, dass der groß gewachsene, inzwischen schon ergraute, Mann sich Vorwürfe machte, weil er nicht dort war, um seiner Schwester zu helfen. Es zerriss ihn innerlich und das wusste ich.

Ich stand auf und ging zu dem dunklen Sofa, auf dem der Jäger zusammengerollt hockte. Ich nahm ihn vorsichtig in den Arm und hielt ihn. Ich wusste, dass er mich höchstwahrscheinlich lieber von sich schieben würde, als mich freiwillig in den Arm nehmen würde. Doch er schlang die Arme um mich und hielt sich an mir fest, sein Gesicht vergrub er an meiner Schulter. Er schluchzte erneut laut auf.

»Shhh … Alles wird wieder gut, alles wird wieder gut!«, murmelte ich abwesend in sein Ohr. Irgendwann hatte er sich ein gekriegt, aber mein graues T-Shirt hatte nun einen dunklen Wasserfleck auf der rechten Schulter. Das Wasserfleck-T-Shirt klebte nun unangenehm an meiner Haut. Dennoch ließ ich mir nichts anmerken und konzentrierte mich lieber auf Shayne, der sich die Tränen aus dem Gesicht wischte. »Ist er tot?«, fragte Shayne leise, seine Stimme sehr rau vom vielen Weinen.

Ich schüttelte nur den Kopf. »Warum nicht?«, knurrte Shayne nun etwas lauter, er war ganz und gar nicht begeistert davon, dass der Mörder seiner Frau noch frei herumlief. Doch nachdem ich ihn so lange gejagt hatte und Aylin sich mir im Endeffekt nur in den Weg gestellt hatte, um ihn zu schützen, hatte ich aufgegeben, so wie auch Dean und Jon, die ihm Waffenruhe versprochen hatten, so lange bis sich die Prophezeiung erfüllen würde. 16 Jahre hielt der wackelige Frieden nun schon und ich würde ihn nicht aufs Spiel setzen, nur weil Shayne Rache haben wollte. »Wir haben Frieden mit ihm verhandelt. Er wird uns in dem großen Krieg helfen, er und jeder verfluchte Vampir auf dieser Welt!«

»Ich dachte, der Krieg ist vorbei. Tamara ist tot!«, fragte Shayne nun sichtlich verwirrt.

»Noch lange nicht. Die Prophezeiung ist einfach auf die nächste geborene weibliche Bolt gesprungen.«, meldete sich nun auch Dean zu Wort.

»Aber … Aber das heißt ja, dass …« Shayne brach den Satz ab, also beschloss ich, den Satz für ihn zu beenden.

»Ja, Dovelynn ist nun die Auserwählte!«

KAPITEL 30

Von Wahrheiten und Tod

Die Stille, die über dem Teil der Schule lag, war gespenstisch, der Heizungskeller lag ruhig und verlassen da. Seit der Hausmeister, Mr. Brendon, vor drei Jahren so schlimm von der Leiter gefallen war, als er eine Lampe in Klassenzimmer Nr. 413 austauschen wollte, hatte niemand ihn mehr gesehen, da er sich beide Beine gebrochen hatte. Seitdem hatte es keinen neuen Hausmeister gegeben, dementsprechend war der Keller auch sehr schmutzig. Den Rest des Hauses hatte eine Hexe mit einem Spruch belegt, sodass es immer angenehm warm war und auch immer sauber. Rea hatte ihr erzählt, dass der Zauber alle fünf Jahre erneuert werden musste. Aber dennoch war der Heizungskeller verstaubt zurückgeblieben, so als betraure er den Verlust des Hausmeisters.

Dovelynn hockte sich schlussendlich neben den großen Wasserbeuler, ihre Arme umschlangen ihre Knie, während sie einfach so geradeaus Löcher in die Luft starrte. Nichts schien mehr irgend-einen Sinn zu ergeben.

Erst mal war da die Sache mit Henry, sie schnaubte innerlich, dieser Typ war das letzte, aber echt jetzt, so etwas Unmögliches war ihr noch lange nicht untergekommen. Und dann meinten einige auch noch, die beiden wären zusammen, was sie verdammt nochmal nicht waren.

Erst da fiel ihr auf, dass sie immer noch seine Jacke trug, mit einem wütenden Schnauben stand sie auf und riss sich die Jacke vom Leib, nur um sie dann in eine Ecke zu pfeffern, sollte sie doch da versauern. Henry konnte sie mal kreuzweise, er sollte lieber wieder zurück in seinen Sarg krie-chen, aus dem er gekommen war! Sollte sie ihm nochmal über den Weg laufen, würde sie das tun, was schon lange überfällig war und ihn endlich umbringen!

Ja, genau! Natürlich war da noch die Sache mit ihrem Vater, die immer noch mehr als komisch war. Kein Mensch war jemals der Hölle ent-kommen, nicht einer, also warum er?! Es sei denn, sie hätten ihn gehen lassen … Aber warum sollten sie den gefürchtetsten Jäger seiner Zeit unverletzt und bewaffnet einfach so gehen lassen? Das war verrückt, einfach verrückt. Natürlich war dann da auch noch die Sache mit Nate, der Vampir-König hatte sie tot sehen wollen, nachdem sie ihn, ohne es zu wissen, angegriffen hatte. Henry hatte sich zwischen die beiden geworfen und Nate von ihr weggezerrt.

Hätte er ihm nur ein paar Minuten mehr Zeit gegeben, wäre sie jetzt wahrscheinlich nicht mehr am Leben. Sie konnte so gut sein, wie sie wollte, doch sie war noch Jahre davon entfernt, auch nur ansatzweise so gut wie ihr Vater zu werden. Shayne Reynolds war und blieb eine Legende, auch wenn er Sudhir angeschossen hatte.

Aber ihr Bruder würde sich schon in ein paar Tagen wieder erholt haben. Spätestens bis zum nächsten Vollmond sollte es ihm wieder gut gehen. Sie frimelte nervös an dem schlichten weißen T-Shirt herum, das ihr Miss Grand, die etwas rundliche Koch-Lehrerin in die Hand gedrückt hatte, als sie gesehen hatte, dass Dove nur die Lederjacke trug.

Auf dem Oberteil direkt über ihrer Brust war das Zeichen der Reynolds School. Ein heulender Wolfskopf auf der linken Seite und ein Schwert auf der rechten Seite, in der Mitte war ein dunkelrotes **R** in den Stoff gestickt. Das T-Shirt saß sehr eng und spannte über ihrer Brust auch etwas. Was höchstwahrscheinlich daran lag, dass nur die Schüler von der ersten bis zur siebten Klasse den Kochkurs hatten und den auch nur als Wahlfach. Dementsprechend passte ihr das Shirt nur so halb. Sie rappelte sich nach einigen Minuten wieder auf und klopfte sich den Dreck von der Hose. Ihre Nase begann zu kribbeln und sie nieste erst einmal.

»Weißt du, wie niedlich du dabei klingst?«, fragte da auf einmal die Person, die sie als letztes auf dieser Welt sehen wollte. Er lehnte gegen der kleinen, schon angerosteten Metalltür, die allerdings wieder mit dunklem Rot übermalt worden war in der Hoffnung, dass man den Rost nicht mehr sah. Es hatte nicht so wirklich funktioniert. Die Tür sah nun so aus, als hätte ein wütender Dreijähriger sie mit Blut beschmiert, tiefe Furchen zogen sich durch das Metall, dort, wo die Farbe abgeblättert war. Und Henry, der lehnte dagegen, als hätte er nichts Besseres zu tun, als sie zu verspotten.

»Was?!«, knurrte sie ihn daher wütend an.

Nicht dass er deswegen einfach gehen würde, er hatte viel zu viel Spaß dabei. Er hob fragend eine Augenbraue an.

»Wer hat dir denn heute Morgen ins Frühstück gespuckt, mein Herz?«, fragte er sie diesmal amüsiert klingend. Sie rollte entnervt mit den Augen, hätte sie jetzt auch nur ein Plastikmesser zur Hand, würde sie ihm den Kopf absäbeln. Fluchend trat sie einige Schritte auf ihn zu, als er den Schlag mit dem verfluchten ganzen Zaun gegen seinen Kopf nicht verstand.

»Ok, hör zu, solltest du mir auch nur noch einmal über den Weg laufen, bete zu Gott, dass ich dich nicht umbringen werde!«, knurrte Dovelynn wütend, während sie ihren Arm gegen seinen Hals drückte.

Er hob die Hände. »Hey, mein Herz, was habe ich dir getan, dass du so sauer auf mich bist?«

»Ist das dein verfluchter Ernst?! Du hast mich vor einer ganzen Klasse voll mit Werwölfen, vor dem Rudel meines Bruders, als deine Bluthure bezeichnet!«, zischte sie wütend, während sie ernsthaft darüber nachdachte, ihn zu schlagen, so lange bis er einfach tot umfiel.

Henry starrte sie an, als würde er sie nicht verstehen, bis sich seine blauen Augen weiteten und er sie geschockt anstarrte. »So meinte ich das aber doch gar nicht!«, protestierte er daraufhin los.

»Ach ja und wie meintest du es dann?«, knurrte Dovelynn, während sie ihn von der Tür wegzog, um diese zu öffnen, sie musste hier ganz dringend raus. »Du bist meine Mate!«

Stille, mehr kam nicht zustande, eine unglaublich, unangenehme Stille. Bevor sie die Tür öffnete und ging. Die Worte, die er gesagt hatte, hinterließen nichts als einen bitteren Beigeschmack in ihrem Mund. »Du bist meine Mate.«

Pah, sie war nicht seine Mate und würde es auch niemals sein. »Er liebt dich.«, die Worte ihres Bruders jagten sie.

Wütend über sich selbst schüttelte sie den Kopf. Nein, sie würde sich keine Hoffnungen machen. »Hallo, Jägerin.«

Die Stimme war nicht mehr als ein Flüstern und es ließ ihre Nackenhaare zu Berge stehen. Sie hob den Blick und starrte in die schokoladenbraunen Augen des Vampir-Königs.

»Nate!«, hauchte sie leise, unfähig sich zu bewegen. »Es ist lange her, weißt du … Lass mich überlegen …« Er wickelte sich eine ihrer blaugefärbten Strähnen um den Finger. Bevor er daran zog, als ihm die Antwort auf seine eigene Frage wieder einfiel. »Ach ja, genau!« Er lächelte.

»16 Jahre genau. Weißt du, ich dachte nie, dass ich verrückt werde, aber nachdem ich Rory gerecht habe, indem ich deine Mutter umgebracht hatte, dachte ich, naja, ich weiß auch nicht, dass Rory aufhört, mich in meinen Träumen zu verfolgen. Ich sehe sie jedes Mal, wenn ich meine Augen schließe, tot vor mir! Aber dann wird mir klar, dass die Prophezeiung nicht mit deiner Mutter zusammenhängen konnte, schließlich bist du ja immer noch hier!

Die Prophezeiung musste also auf dich übergesprungen sein! Weißt du überhaupt, wer du damit bist?« Nate zog immer fester an ihren Haaren. Tränen stiegen in ihre Augen, während sie immer wieder verzweifelt versuchte, ihn zu schlagen, doch die Schläge schienen ihm nicht einmal weh zu tun, es war so, als wären ihre Schläge nur eine Streicheleinheit für ihn, bis sie ihm zwischen die Beine trat, das schien auch ihm ziemlich weh zu tun.

Doch anstelle, dass er sie losließ, griff er sich nun eine Handvoll ihrer Haare und riss so sehr daran, sodass sie sich bücken musste, um dem Schmerz zu entgehen. »Nate, lass sie los!« Ein Mädchen in ihrem Alter stand hinter Nate und packte seinen Arm, mit dem er Dove immer noch festhielt.

»Dove!«

»Aylin, lass mich!«

»Dovelynn, Nate, hör auf!«, mehrere Schreie hallten den Gang entlang, unter anderem der von Henry, doch auch Lucys Schrei. Doch Dovelynn hörte sie alle nur, als wären sie weit, weit weg, denn um sie herum schienen die Schatten zu tanzen und die Erde bebte. Erst leicht, doch dann immer doller, bis Dove ein Brennen in ihrer Brust verspürte und sie schreiend zu Boden sackte, so wie auch Lucy und Aylin. Ein orange- roter Lichtstrahl löste sich aus ihrer Brust, genau wie bei den beiden anderen. Lehrer und Schüler stürmten aus den Klassen, sie hörte irgendwo ihren Vater schreien, dass man die Kinder von hier wegbringen sollte.

Die drei Strahlen bündelten sich in der Mitte des Ganges, bevor es laut rumorte und die Strahlen verschwanden sowie auch der Schmerz in ihrer Brust. Stille, es herrschte eine gespenstische Stille.

Niemand wagte es, auch nur etwas zu sagen. Nur noch einige der älteren Schüler waren da, standen genauso still da wie alle anderen. »Ist es vorbei?«, fragte jemand nach einer Weile.

Doch genau in dem Moment schien es, als würden die Schatten lebendig werden. Sie bewegten sich langsam auf die Menschen zu. Die Schatten kamen immer näher und begannen, Form anzunehmen. Dämonen, tausende von ihnen, standen um sie herum, für einige Sekunden wagte es niemand, etwas zu sagen. Es war unglaublich still, keiner wagte es auch nur, etwas mehr zu atmen.

Ein Mann löste sich aus der Masse von Dämonen, seine dunklen Haare fielen ihm bis zum Kinn. Seine dunklen, fast schon schwarzen Augen verweilten kurz auf ihr, doch es kam ihr viel länger vor als nur ein paar Sekunden. Dove hatte das Gefühl, als würde er in die dunkelsten Ecken ihrer Seele gucken, so als wüsste er alles, was es über sie zu wissen gab. Um dann weiter über Aylin zu wandern, bis sie schließlich an Lucy kleben blieben, die in einer Ecke kauerte und sich halbwegs hinter Shayne versteckte.

»Nein, es hat gerade erst angefangen!« Dämonen stürzten sich auf sie, packten sie und rissen an ihren Klamotten. Henry riss einige von ihr weg, doch er selbst wurde von so vielen belagert, dass er ihr nicht helfen konnte. Sie schlug um sich, biss sogar den ein oder anderen. Werwölfe stürzten sich neben Hexen mit in das Getümmel, nur Nate, der Vampir-König, stand dort um ihn herum, schon nach einigen Sekunden tausende Dämonen, alle tot oder am Verbluten, während er lachte.

Seine Finger krallten sich den nächsten der Dämonen, bevor er zubiss, grinste er den Dämon an. »Der ist doch total verrückt!«, schrie Dove niemandem Bestimmten zu, bevor ein Dämon sie mit einem brennenden Schwert attackierte.

Sie schaffte es, den Angreifer über ihre Hüfte zu werfen und ihm das Schwert aus der Hand zu winden. Sie brach ihm bei dem Unterfangen auch gleich das Handgelenk. Sie stieß das brennende Schwert durch den Dämon, dieser starrte sie ungläubig an, so als könnte er nicht glauben, was gerade passiert war. Als sie sich wieder aufrappelte, belagerten noch mehr Dämonen sie. Um sie herum sah sie Leute kämpfen und sterben, doch sie hörte keine Todesschreie, es war als hätte jemand die Regelung eines Lautsprechers auf leise gestellt. Sie hörte nur noch das Blut in ihren Ohren rauschen, aber nichts anderes.

Bis sie auf einmal von den Dämonen weggezerrt wurde, als dies dabei waren, sie zu überrennen. Der Ton war auf einmal viel zu laut wieder da, es machte es ihr wirklich schwer, sich für einige Minuten auch nur konzentrieren zu können. Dove schaute sich panisch mit dem Schwert schwingend um, um zu sehen, wer sie da weg von dem Kampf zog. Ihr Vater, Shayne schaute zu ihr hinunter, während er sie die Gänge entlangzog. »Lass mich los! Ich muss kämpfen!«

»Nein!«, er zog sie einfach mit sich. Sie schlug nach ihm mit ihrer freien Hand, natürlich während ihr das Schwert, das ihr langsam aber sicher zu schwer wurde, ruhig in ihrer anderen Hand lag, es war ein Wunder, dass sie es mit ihrer verletzten Hand sowieso so lange halten konnte. So als würde es genau dort hingehören.

Ihr Vater schob sich noch ein Stück weiter voran, bevor er sie gegen eine Wand drückte. Der Flur, in dem die beiden standen, war hell und hätte man nicht die Todesschreie bis hierhin gehört, hätte man gedacht, es wäre ein wirklich friedlicher Tag. »Gib mir das Schwert!«, meinte ihr Vater auffordernd und hielt ihr die Hand hin. »Nein!«, knurrte sie wütend und wollte an ihm vorbei zurück zum Kampf gehen. Ihre Freunde und ihre Familie brauchten sie jetzt, jeder, der kämpfen konnte, zählte.

»Dovelynn, nun benimm dich nicht so stur und gib mir das Schwert! Ich weiß sowieso nicht, warum ein Dämon Michaels Schwert hat!«, zischte ihr Vater, diesmal packte er sie und schüttelte sie an den Schultern hin und her, so als wäre sie eine Puppe! Etwas blitzte in seinen Augen auf, für einen kurzen Moment dachte Dove, dass seine Augen feurigrot aufgeleuchtet hätten.

Sie schüttelte den Kopf, das konnte nicht wahr sein. Sie schüttelte erneut den Kopf. »Nein!« Diesmal blitzte es eindeutig länger in seinen sonst so grünen Augen auf und Dove versuchte sich nun, aus seinem Griff zu winden, Panik überkam sie.

»Du bist nicht mein Vater!«, hauchte sie erschrocken, als sie merkte, dass sie sich nicht aus seinem starken Griff winden konnte. Er lachte und schaute kurz vor sich auf den Boden, bevor er sie mit nun tatsächlich rotglühenden Augen anstarrte. »Du bist wirklich die Tochter deiner Mutter!«, er strich ihr über den Kopf. Ein breites Grinsen war auf seinem Gesicht erschienen. »Weißt du, ich habe sie geliebt. Deine Mutter mehr als irgendein Wesen auf dieser Welt. Hätte es sie glücklich gemacht, hätte ich die ganze Welt in Schutt und Asche gelegt, nur um sie wieder lächeln zu sehen! Doch sie liebte diesen Jäger! Und als ich dann zusehen musste, wie sie starb, hätte ich nur zu gerne tausende Leute umgebracht. Doch ich konnte ihr nicht einmal helfen, als dieser Vampir beschlossen hat, sie umzubringen.«, er hob einen

Zeigefinger direkt vor ihre Nase, »Und das alles nur wegen einer Hündin, die mir sowie so schon meinen Sohn genommen hat! Diese verfluchte Hündin hat mir alles genommen, auch meine geliebte Tami! Aber Tada, eine gute Sache hatte das Ganze, du bist hier, bei Tamara wäre ich mir nicht sicher, ob ich es geschafft hätte, sie zu töten, aber du, zu dir habe ich nicht so eine

Bindung wie zu ihr!« Er riss ihr nun das Schwert aus der Hand und richtete es gegen sie. Sie wollte schreien und wegrennen, doch sie konnte sich nicht rühren.

»Lass sie los, Lucifer!« Lucy stand hinter ihnen, feuerflammende Kugeln schwebten um sie herum, ihre Augen so gelb und orange leuchtend wie die Sonne. »Ah, Tochter, du hast also doch Lilith und mein Spiel durchschaut!« »Lilith ist tot! Und du wirst ihr folgen.« Auf einmal spürte Dove, wie eine Energie sie umgab, während sie nach dem Schwert, das Lucifer in der Hand hielt, griff. Sie griff in die Flammen, so als wäre es nichts, sie spürte noch nicht einmal das Brennen der Flammen, als das Feuer an ihrer Haut leckte.

Sie griff nach der Klinge, während Lucy ihn ablenkte und wandte sie ihm aus der Hand. Er fuhr zu ihr herum, doch da hatte sie es sich schon zum Vorteil gemacht, dass Lucifer so dicht bei ihr stand. Sie rammte das Schwert mit aller Kraft in seine Brust. Der König der Hölle stolperte einige Schritte zurück, lachte und zog sich das Schwert aus der Brust. »Also, das war ein wirklich niedlicher Versuch …«, lachte der Teufel, bevor er mit den Fingern schnippste und Lucy hinter ihm zu Boden ging.

»Was hast du getan?«, keuchte Dove erschrocken, während sie sich an der Wand immer weiter von ihm wegschob in der Hoffnung, ihm zu entkommen. »Ach, Dove, versuch es doch gar nicht erst, es ist sinnlos!« Sie stellte ihm mit zitternder Stimme eine Frage, die sie schon die ganze Zeit störte. »Wie kann es sein, dass du hier bist? Ich dachte, du kannst die Hölle nicht verlassen?!«

»Ach ja, weißt du, das stimmt. Ich, also mein Körper, kann die Hölle auch nicht verlassen, allerdings kann Shayne das schon.«, er grinste sie breit an, bevor er weitersprach, »Ich musste deinen Vater also nur brechen, damit meine Seele in seinen Körper konnte. Es war ein schwieriger Prozess, aber jetzt, nun ja, ich bin hier, ich glaube, das beantwortet das soweit!« Er griff nach Dove. »Ich glaube, ich erledige das auf die altmodische Art, was meinst du?« Er schmiss das Schwert, das anscheinend doch nutzlos war, über den Boden aus der Reichweite der beiden.

Danach holte er aus. Dove schaffte es gerade noch, sich zur Seite zu drehen, somit krachte Lucifers Hand in die Wand hinter ihr. Sie trag ihm gegen das Bein, doch er fing ihren Fuß ab und zog einmal daran. Dove schrie auf, als sie Richtung Boden fiel.

Ihr Kopf schlug nicht gerade sanft gegen die Wand, als Lucifer begann, sie über den Boden zu sich zu ziehen. Verzweifelt versuchte sie sich, am Teppich festzuhalten. Ihr Kopf dröhnte ungemein und sie war sowieso schon angeschlagen von dem Kampf mit den ganzen Dämonen. Sie trat mit ihrem freien Bein verzweifelt nach Lucifer und erwischte sogar etwas mit ihrer Fußsohle.

Doch sie hörte nur sein spöttisches Lachen, bevor sie einen Fuß auf ihrem Rücken fühlte. »Du bist wirklich sehr schwach. Das ist ja fast schon komisch.« Danach trat er ihr fest in die Seite, sie hörte ihre Rippen brechen und schrie laut los. »Oh, tat das weh. Sorry!«, grinste er und trat erneut auf dieselbe Stelle ein.

Dove wimmerte, als er sie auf einmal hochriss und zu einem der hohen Fenster an der rechten Seite trug. »Na, kleine Taube, wie gut kannst du fliegen?«

Sie wandte sich in seinem Griff, als er das Fenster aufriss. Doch bevor er sie wieder auf die Füße zerren konnte, um sie aus dem Fenster zu werfen, wurde er von ihr weggerissen.

Die braunhaarige Aylin packte ihn mit einem wütenden Aufschrei und zog eine kleine Klinge aus ihrer Jackentasche, bevor sie damit auf Lucifer losgehen wollte, doch der Teufel wandte sich aus ihrem Griff, dabei stieß er gegen Dove. Die ihn, ohne groß darüber nachzudenken, festhalten wollte. Doch schon nach einigen Sekunden hatte er sie abgeschüttelt. Er rannte in Richtung des Kampfes oder zumindest versuchte er es, da eine Faust vorschnellte und ihn für ein paar Sekunden aus der Fassung brachte.

Genug Zeit für Dove, sich Lucifers einen Arm zu schnappen und ihre Füße fest in den Boden zu stemmen. Lucy griff seinen anderen Arm, während Aylin um ihn herumging.

»Aylin, jetzt mach schon!«, rief Lucy wütend. Dove hatte Mühe, den sich wild wehrenden Lucifer an Ort und Stelle festzuhalten. Aylin rammte die Klinge in Lucifers Herz. Dieser starrte sie kurz breit grinsend an, bevor eine Druckwelle von ihm ausging und Dove sowie Lucy und Aylin von ihm weggeschleudert wurden. Dove schlug mit einem lauten Knall gegen eine Tür, die unter dem Aufprall sogar aus den Angeln flog. Dove rappelte sich nach einigen Minuten, die sie benommen am Boden gelegen hatte, wieder auf. Mit Schmerzen im ganzen Körper trat sie langsam aus dem Klassenzimmer auf den Gang.

»I...Is...ist es vorbei?«, fragte sie die beiden Frauen, die sich nun ebenfalls aufrappelten. »Noch nicht ganz!«, sagte Aylin, bevor sie die Klinge aus

Lucifers Brust zog, der zu ihrem Erstaunen immer noch atmete. »Kommt her!« Aylin zog die beiden anderen zu Lucifer, dessen Augen nur ins Leere starrten, so als würde er sie nicht sehen. »Was denn noch?«, zischte Lucy, die sichtlich am Ende mit den Nerven war. »Wir müssen den letzten Teil der Prophezeiung erfüllen!«, sagte Aylin nur, bevor sie Dove in den Handballen schnitt.

Das Blut kam zuerst zögerlich aus der schmerzenden Wunde, dann immer doller. Dasselbe machte sie auch bei Lucy, dann auch bei sich selbst. Sie griff sie mit der einen Hand nach Lucys und mit der anderen nach Doves. Aylin bedeutete ihnen, es gleich zu machen. Lucy drückte vorsichtig ihre schmerzende Hand. Aylin begann etwas vor sich hinzuflüstern, während das Blut der drei auf den Boden tropfte. Der Gang um sie herum schien sich aufzuwärmen. Aylin entzog ihre Hände den beiden und legte ihre eingeschnittene Hand um das Messer, sie bedeutete es den beiden, ihr gleichzutun. Auch Dove legte ihre blutige Hand um das Messer. Nach einem kurzen Zögern legte Lucy ihre Hand um Doves.

Das Blut der drei lief den hölzernen Griff auf die gezackte Klinge, die Runen, die in die klinge eingelassen waren, begonnen bei dem Kontakt des Blutes zu erglühen, das dunkle, fast schwarze

Blut vermischte sich mit ihrem roten und das wiederum vermischte sich mit dem hellleuchtenden Blut von Aylin. Das Messer begann noch heller zu erglühen und Aylin führte es mit einer so schnellen und ruckartigen Bewegung nach unten, dass sowohl Dove als auch Lucy leicht nach vorne gezogen wurden.

Das Messer landete erneut in Lucifers Brust. Dieser schrie, nein, brüllte wild auf, bevor das feurige Licht in seinen Augen erlosch.

Dove starrte nun in grüne Augen und nun wusste sie, dass ihr Vater sie anguckte.

Er streckte eine Hand nach ihr aus, seine Augen waren mit Tränen gefüllt. Er lächelte sie an, bevor seine Hand zu Boden fiel und er tot liegenblieb.

»Ist … Ist er tot?«, fragte sie Lucy leise, doch diese ging mit einem Schrei auf den Lippen zu Boden.

»LUCY!«, schrien sowohl sie als auch Aylin panisch auf. Lucy windete sich kurz unter Schmerzen. Doch dann hörte sie auf und lag für einige Sekunden nur still da.

Sie rappelte sich wieder auf. »Es ist vorbei.«, war das erste, was ihre Lippen verließ.

Dove schaute sie verwirrt an, doch Lucy zog sie nur mit sich auf die Beine und legte einen Arm um sie, um sie zu stützen. Aylin nahm ihre andere Seite und stützte sie auch. Während sie gemeinsam zurück zum Kampf wankten, blutig und schmerzend, aber dennoch hatten sie gewonnen.

»Sollten die Dämonen nicht verschwinden?«, zischte Dove etwas verwirrt.

»Geht zurück in die Hölle! Lucifer ist tot, ihr habt hier nichts verloren!«, zischte Lucy in dem Moment schon.

»Ja, meine Königin!«, hallte es durch den Gang und die Dämonen verschwanden zurück in die Schatten.

Dean kam mit großen Schritten auf Dove zu und zog sie in seine Arme. »Dad …« Sie brach in Tränen aus, während sie sich an ihrem Vater festhielt. Erst da fielen ihr zwei Leichen auf, das eine war Nate, er lag tot da mit einem Lächeln im Gesicht. Der Verrückte ist selbst mit einem Lächeln im Gesicht gestorben. Und eine alte Frau lag dort dicht an Nate gedrängt.

»Wer ist sie?«, fragte Dove, den Blick zu Lucy gewandt, da diese die Frau geschockt anstarrte.

»Ihr Name ist Lilly. Lilly Jones, die letzte lebende Höllenhündin. Rorys Schwester!«

Epilog

Shayne schaute sich verwirrt um, als er auf einer Wiese landete. Er lag doch eben noch auf dem Boden, seine Tochter hockte über ihn gebeugt, seine Tochter, die ihn befreit hatte! Er schaute zu dem kleinen Bach, der vor der Wiese friedlich langplätscherte. Verwirrt musterte er die Umgebung vor sich. Das war definitiv nicht mehr die Hölle, hier war es friedlich und wunderschön. Doch was sollte er hier bitte tun. Sollte das der Himmel sein? Wenn ja, hatte jemand die Memo nicht bekommen, dass es alleine schnell sehr langweilig werden würde. Auch wenn es hier so schön friedlich war. Über den Bach führte eine kleine weiße Brücke. Erst da fiel ihm auf, dass dort jemand lag. Langsam rappelte er sich aus dem weichen Gras hoch und ging zu der Person hin. Langsam senkte er den Blick und er konnte seinen Augen nicht trauen. Friedlich daliegend, die Augen geschlossen, lag vor ihm niemand anders als seine Frau. Sie runzelte verwirrt die Stirn, als ein Schatten auf sie fiel. Langsam öffnete sie die braunen Augen. Bevor Shayne auch nur reagieren konnte, lagen schon Arme um ihn und Tamara drückte ihn an sich.

»Wie ist das möglich?«, hauchte sie nur leise schluchzend.

»Tami …«, hauchte er leise in ihr Ohr, während er seine Finger in ihren blonden Locken vergrub. Er zog ihren Geruch ein, den er gedachte hatte, nie wieder riechen zu können. Lucifer hatte ihn so oft gefoltert und so viel gequält, er hatte jede Hoffnung aufgegeben, doch seine eigene Tochter hatte ihn aus dieser Qual befreit.

»Sie ist unglaublich, Tami, unsere Tochter ist einfach unglaublich und bildschön.«

Tami lächelte, bevor sie ihre Lippen auf seine drückte. Sie waren beide vielleicht tot, aber sie würden einander hier im Himmel haben. Sie lächelte in den Kuss hinein, bevor sie sich von ihm abstieß, um ihm spielerisch auf die Brust zu hauen. »Du hast mich lange warten lassen, Shayne Reynolds!«

Er grinste und zog sie an sich. »Mhh, das tut mir leid, Mrs. Reynolds, gibt es irgendeine Möglichkeit, wie ich das wiedergutmachen kann?« fragte er sie grinsend, bevor er sie erneut küsste.

*

Lucy starrte auf die Dämonen, die vor ihr knieten. Allesamt unterwürfig, jetzt wo ihr Vater tot war, brauchten sie einen neuen Anführer.

»Meine Königin!«, flüsterte einer der Dämonen, doch Lucy hob nur eine Hand und der Dämon schwieg wieder, bevor Lucy kurz auflächelte. Ihre Augen begannen zu glühen, bevor sie zu den Dämonen guckte.

Alle machten sich noch kleiner, sie kauerten ja schon vor ihr. Auf Lucys Lippen bildete sich ein Lächeln. Sie wusste, dass sie die Hölle am Laufen halten musste. Das hieß, sie müsste Deals abschließen und die ein oder andere Seele foltern. Aber erstaunlicherweise hatte sie kein Problem damit, solange das ihr Überleben sicherte.

»Na los, macht euch an die Arbeit!«, fuhr sie die Dämonen an und verbannte die kleine Stimme, die ihr sagte, dass es falsch war, was sie hier machte und sie lieber aufhören sollte, nach ganz hinten in ihren Kopf.

Lang lebe die Königin!

Ende

Danksagung

Als erstes geht mein Dank an dich, Franzi! Danke, dass du dir die Zeit für meine Bücher nimmst und die ganzen kleinen und großen Rechtschreibfehler heraussuchst und dich mit den ganzen Übertragungsproblemen herumschlägst, die jetzt hoffentlich aufhören. Du kümmerst dich um meine Bücher einfach so unglaublich gut. Ich fühle mich bei dir immer gut beraten und gut aufgehoben. Also danke dir, Franzi.

Ich danke Ria für das unglaubliche Cover, du hast dich mal wieder selbst übertroffen! Ich danke Chaela für den unglaublichen Buchsatz. Ich liebe ihn einfach!

Ich danke meinen Freunden sowie meiner Familie, danke, dass ihr alle immer für mich da seid und euch alles anhört. Ich danke meinen Arbeitskollegen, die einfach unglaublich tolle und liebevolle Menschen sind.

Ich danke meinem Vater für jeden Moment, den er mit mir verbracht hat. Ich danke ihm dafür, dass er hier war und dass er so einen großen Einfluss auf mich hatte. Ich weiß, dass du immer bei mir sein wirst!

Weitere Bücher der Autorin

Ich war mir eigentlich schon immer sicher, dass ich niemals in meinem Leben eine Jägerin werden wollte. Meine Familie war da jedoch anderer Meinung, für sie war jeder Dämon, jeder Werwolf und jeder Vampir etwas Böses, das vernichtet werden musste. Als ich dann jedoch in diesen einen Jäger mit dem Namen Shayne Reynolds renne, sollte sich mein Leben komplett ändern. Nicht nur dass er und meine Mutter mich entführen, um mich in "Sicherheit" zu bringen. Ich erfahre auch von einer Prophezeiung und nun muss ich mich entscheiden, ob ich mich auf die Seite der Jäger stelle oder doch lieber auf die Seite meines besten Freundes Lucifer. Mein Name ist Tamara Bolt und ich soll mit einem Engel und einer Halbdämonin die Hölle öffnen.

»Du hast recht, Elisa, ich kann meine Angst nicht töten. Bei dir wäre ich mir da allerdings nicht so sicher.«

Der dritte Weltkrieg hat die Welt komplett zerstört. Die Menschheit scheint so gut wie ausgelöscht bis auf eine Stadt, die unter der Erde weiterlebt. In Dark Hope gibt es eine Regel, die niemals gebrochen werden darf, die Ein-Kind-Regel. Elisa ist eine sogenannte Zweitgeborene und wird gezwungen, auf die zerstörte Erdoberfläche zu gehen, um dort zu sterben. Allerdings ist oben alles anders als erwartet. Es gibt noch überlebende Menschen. Doch sie sind alle ganz anders als die Dark Hope Bewohner. Und so viel tödlicher noch dazu ...